訳ありモブ侍[illegible]退職希望なのに次期大公様に目をつけられてしまいました

風見くのえ

Kunoe Kazami Presents

fairy kiss

この作品はフィクションです。
実際の人物・団体・事件などに一切関係ありません。

訳ありモブ侍女は退職希望なのに
次期大公様に目をつけられてしまいました

プロローグ

十八年前のその日、日没間近のその時間。

バラナス王国国民の多くが、空を眺めて「あ」と呟《つぶや》いた。彼らの視線の先は、未《いま》だ眩《まぶ》しい陽光。

それが三カ所で輝いている。

複数の太陽が見える現象――――『幻日』だ。

自然現象の一種だが、ここバラナス王国では幻日は特別な意味を持っていた。

「……おい、王妃さまのご懐妊が発表されたのは、いつだった？」

「たしか、十カ月前かそのくらいだったはずだ」

「ってことは、次代の王がお生まれになったんだな」

「しかも『神の恩寵《おんちょう》』を授かりし御子《みこ》だ」

うわぁ、と大きな歓声が、王都のあちらこちらからあがった。

「次代の王だ。『神の恩寵』を持つ御子が誕生されたんだ」

「バラナスに、神のご加護がもたらされたぞ」

「今年は豊作だ！　いや、来年も再来年も、御子がおられれば、ずっとバラナスは繁栄し続ける」

――――うぉぉぉぉ！

高まった人々の歓喜は、すぐに最高潮に達した。それもそのはず、幻日はバラナス王国では吉兆だからだ。王族――代々の王とその子どもの中に『神の恩寵』の徴《しるし》である『痣《あざ》』を持つ御子が生まれた証《あかし》なのである。御子がいる限り、国内は豊作続き。災害の類いは一切発生しない。しかも、御子が王として血筋を残せば『神の恩寵』は数代続く。建国の王をはじめとして、バラナスには三百年に一度程度の間隔で『神の恩寵』を受けた御子が誕生し、この伝承を証明し続けていた。

「みんな、城へ行こうぜ」

「おうっ、御子の誕生をお祝いしなければ」

「我らの喜びの声を陛下に届けるぞ」

「振る舞い酒とかあるかもしれねぇしな」

「御子のお披露目だってされるかも。『神の恩寵』を受けられた御子を、この目で見られるぞ」

一部であげられた声は、あっという間に全員に広まっていく。

城へ、御子の元へと歩きだした人々の数は段々と増えていった。

世にも美しい幻日の輝きに酔ったように、群衆の歩みは止まらなかった。

――一方その頃。同じ歓喜に沸く王城の一室では、喜びの絶頂にいるはずの若き国王が、なぜか厳しい表情を浮かべていた。

「……まだ『痣』は見つけられないのか？」

少し前『幻日』が現れると同時に、王妃が第一子となる王子を無事に出産した。『神の恩寵』を受けた子だ。空に輝く三つの太陽が、その事実を証明している。

「も、申し訳ございません、陛下。王子さまのお体のどこにも『痣』は見当たらず――――」

しかし、肝心の王子の体に『神の恩寵』の徴である痣が見つからない。

おぎゃぁおぎゃぁと泣く赤子を腕に抱き、懸命に痣を探している神官が、焦った様子で返事した。

「そんなバカな話があるか！　今日生まれた王族はその子だけだ。『神の恩寵』を授かれるのが王族だけなのは誰もが知る事実。我が子以外に『痣』が現れるはずがない。それともそなたは、王妃の生んだ赤子が私の息子ではないとでも言うつもりか」

室内には、たった今出産を終えたばかりの王妃もベッドに臥《ふ》していた。夫の言葉を聞いた王妃は「そんな」と呟きワッと泣きだしてしまう。

「め、滅相もございません」

国王に怒鳴られた神官は、平身低頭して謝罪した。

「陛下、そのようにお声を荒げられるものではありませんよ」

激怒する国王を窘《たしな》めたのは、神官のトップである大神官。白く長いひげを蓄える老人で、年齢の割に背が高く背筋もピンと伸びている。

「しかし――――」

「代々の『神の恩寵』の持ち主の中には、痣がとても薄くなかなか見分けられなかった御方《おかた》や、髪の毛の中にあった御方もおられたそうです。おそらく王子さまもそうなのでしょう。見つかりにくくても仕方ありません。なにより、陛下の御子以外に『神の恩寵』を受けられる王族はおられないのですから間違いなく痣は発見されます。国王らしくゆったりとかまえ、しばらくお待ちください」

前々国王の時代から王族と交流のある大神官は、国王が赤子の頃から知っている。一時は師でもあった老爺《ろうや》に諭されれば、国王もそれ以上怒鳴るわけにはいかない。

とはいえ、悠長に待っていられるかといえば、そうでもなかった。なぜなら、この部屋に続く隣室に、次々と騎士が駆け込んでくるからだ。

「王城前の広場に、民が続々と集まっております」

「その数五千。広場に繋《つな》がる道路にも民はひしめいています」

「……人数が一万に増えました」

「民は、皆御子の誕生を祝い『神の恩寵』をもたらした王への感謝を叫んでいます」

我が子の誕生を民が心から喜び祝福してくれていることは、なにより嬉《うれ》しい。しかし、嬉しければ嬉しいほど、その民の前で我が子が『神の恩寵』を授かったと宣言できないことが、国王の焦りを呼ぶのだ。

「民が、バルコニーへの陛下と王子殿下のお出ましを願っています」

「直接お祝いを申しあげたいと」

「陛下の御名を呼ぶ声が、城下に響き渡っております」

騎士からもたらされる報告は本当だ。事実、民の歓喜の声は、王城の厚い石壁を揺らしここまで届いている。熱狂的なその声に背を押された国王は、赤子の方へ一歩近寄った。

「陛下?」

「子を我が手に。共にバルコニーに出て、王子の誕生と『神の恩寵』を授かったことを、民に宣言する」

王子を抱いていた神官は、ビクッと震えた。

「し、しかし、『痣』はまだ――」

「それがどうした。我が子が『神の恩寵』を持つことは間違いない。いずれ見つかるのならば先に発表してしまってもかまわないだろう。……私は、これ以上私の国民を待たせたくない」

王に手を伸ばされた神官は、狼狽《うろた》えて縋《すが》るような視線を大神官に向けた。

一瞬考えた大神官は……「いいでしょう」と頷《うなず》く。

「陛下のおっしゃるとおりです。民の熱狂は、長く放置すれば容易く不満へと転じてしまう。少しでも早く民に王子殿下のお披露目と、祝い酒や料理の振る舞いを行うのがよろしいかと思います」

国王は大きく頷く。王子を抱いていた神官は、その小さな体を恐る恐る王に渡した。

赤子の泣き声が、火がついたように大きくなる。

「元気な子だ。我が子――『神の恩寵』を受けた王子だ」


その後、国王は生まれたばかりの我が子を抱いてバルコニーに立った。

王城前の広場に集まった民衆も、広場に入りきれずその外に溢《あふ》れた民衆も、大きな歓声をあげる。

人々の声は、地鳴りのように空気を、大地を震わせた。

その熱狂の中、国王は王家の紋章が刺繍《ししゅう》された豪華なおくるみに包まれた赤子を、落とさぬように慎重に高く掲げる。

「聞け！　バラナスの民たちよ」

魔法で王の声が拡散され、聞こえた民衆が鎮まり、耳を澄ました。期待が徐々に高まっていく。

「つい先ほど『幻日』と同時に我が子――第一王子が誕生した。『神の恩寵』を受けし子だ。

我と大神官が確認した。……バラナスに祝福がもたらされたのだ！」

国王の宣言がなされた瞬間、うぉぉぉっ！　と、これまでで一番大きな歓声があがった。

誰も彼もが、手を取り肩を組んで、喜び合う。

「第一王子殿下万歳！」

「国王陛下万歳！」

「バラナスに栄光あれ！」

次々に起こる歓声は、とどまるところを知らず大きくなっていく。城から振る舞われる酒やご馳《ち》走《そう》も、その熱を煽《あお》りますます大きくさせていった。

その興奮を眼下にしながら、国王は掲げた我が子を腕に戻す。先ほどまで激しく泣いていた赤子は、疲れたのか静かになっていた。ぐったりと死んだように眠る我が子は、あまりに小さく軽い。

その体のどこにも『痣』はまだ見つかっていなかった。

（この子は、本当に『神の恩寵』を受けているのだろうか？）

言い知れぬ不安が、胸に湧きあがる。

（いや、今日産まれた王族は我が子だけだ。この子以外に『神の恩寵』を受ける資格のある子はいない）

国王は、首を横に振って不安を追い払う。

国王の心境を置き去りに、この日王都は、バラナス王国は、喜びに満ちた。

遡《さかのぼ》ること一時間。

王都の外れに張られたテントの中で、流民の女性が出産の苦しみに喘《あえ》いでいた。

「ほら、もう少しだよ」

「頑張れ」

「頭が見えてきたわよ」

彼女を囲み励ますのは、同じ流民の面々。彼らは旅の芸人で、皆家族同然なのだ。一年近く前からバラナス王国各地で芸を披露し、暮らしている。流民とはいえ、彼らの芸は一流。その腕前は、風流人として有名な前国王に招かれ、御前で歌や踊りを披露したくらい。その芸を大層気に入った前国王は、彼らを自分の邸《やしき》に住まわせ歓待したほどだ。

しかし、一所《ひとところ》にとどまることをよしとしない彼らは、一カ月ほどで前国王の邸を辞去した。もう半年以上テント暮らしをしている。そんな中での出産だったが、彼らの表情に暗さはなかった。旅慣れた彼らにとっては、こういった経験も一度や二度ではないからだ。むしろ今回の出産は街中で、荒野のど真ん中や山の奥でないだけまだマシだと思う。

「ううう〜」

「しっかり！」

しかし、女性は初産だった。苦しむ彼女を、仲間たちは懸命に応援する。

――――やがて。

「おぎゃあ、おぎゃあ」

元気な産声があがった。

「やった！」

「可愛《かわい》い女の子よ」

「きっと美人になるぞ」

歓声をあげる仲間たち。彼らに囲まれ、母となった女性も疲労を滲《にじ》ませながらも幸せそうに笑う。

赤子を抱かせてもらって、ポロリとうれし涙をこぼした。

――――そこへ、テントの外から別の歓声が聞こえてくる。


「幻日だ！」

「我が国に『神の恩寵』を持つ御子が誕生されたんだ」

「神のご加護がもたらされたぞ」

その内容に、仲間たちは顔を見合わせた。

「……幻日」

「今、このタイミングで――――」

ハッとして、彼らはたった今産まれた赤子に視線を向ける。そして、一様に表情を曇らせた。なぜなら、母の腕の中で泣く赤子の胸に、くっきりと太陽を象《かたど》る『痣』が浮かびあがっていたからだ。

仲間の中のふたりが「確認してくる」と言い置き、静かにテントを飛びだしていった。

「…………クソッ」

「あのクソジジイの血ね」

「どこまでも忌々しい」

残った仲間からは、苦々しそうな声が漏れる。

「そんなことを言わないで、この子のお父さんなのよ」

出産を終えたばかりの女性が、弱々しい声でそう言った。

仲間たちは、気まずそうに口を閉じる。

クソジジイとは、前国王のこと。流民の一座を招き、彼らの芸――――中でも、今出産した女性の踊りを気に入った前国王は、熱心に彼女を口説き落とし、結果この子が産まれたのだ。

そう。産まれた赤子は間違いなくバラナス王国の王族だった。

『神の恩寵』を受けたのは王城の王子ではなく、テントの中で泣くこの子なのである。

赤子の母は、ギュッと我が子を抱き締めた。

「……私は、自分で納得してあの人の誘いを受けたの。私の踊りを世界一だと絶賛して、子どもみたいに目を輝かせて、私をほしいと言ったあの人が気に入ったからよ。……まあ、だからってハーレムの一員になるつもりはなかったから逃げだしてきたんだけど。……この子を授かったことは後悔していないわ」

きっぱりと言い切る赤子の母に、仲間たちは「すまない」と謝る。

「しかし……この子の痣は『神の恩寵』の徴だ。この子は、神がこの国に与えた祝福。これでは我らの旅に連れて行くわけにはいかないぞ」

仲間の中でも年長の男が、そう言った。国から国へ世界中を巡り歩く流民は、一所にとどまらないのがルールだ。同じ国での滞在期間は、長くとも一年というのが暗黙の了解だ。

この一座は、既に一年近くバラナス王国にいた。前国王の邸を辞去してすぐに彼女の妊娠がわかり、出産が無事に終わるまではと滞在を延長していたのである。

当然、産まれた赤子も共に自分たちの旅に連れて行くつもりでいた。彼らは新しい家族が増えるのを心待ちにしていたのだ。だがそれは叶《かな》わなくなってしまった。

『神の恩寵』を受けし子は、バラナス王国にもたらされた繁栄の証。その子が国内にいる限り、神の祝福は続くのだが――――逆に、『神の恩寵』を受けし子がバラナス王国外に出れば、神の祝福は消え去ってしまう。

「我ら流民の祖先は、神の眷属《けんぞく》と言われたエルフだ。既に我らの中にエルフの血はほとんど流れていないが、神への信仰心は残っている。神はバラナスに祝福を与えられた。そのご意向を我らが無にすることはできない」

年長の男が言い切れば、赤子を抱き締める母は泣きだしそうに顔を歪《ゆが》める。

「私ひとりが、この国に残ることはできませんか？　せめてこの子が独り立ちできるまで」

必死の訴えに、しかし年長の男は無情に首を横に振った。

「それはできない。我らは流民となる際に頑健な体と健脚、不屈の魂を神より授かった。そのとき、普通の人間より優れた力を得る代価として、様々な誓いを神に立てたのだ。一所に長居しないことも誓いのひとつ。産まれたばかりの赤子は、まだ流民の洗礼を受けていないから大丈夫だが、お前は既に一人前の流民なのだ。誓いを破ることはできない」

赤子の母は、ワッと大声をあげて泣きだした。

それに哀れみの視線を向けながらも、年長の男は表情を引き締める。

「まずは、情報を得に行った仲間たちの帰りを待とう。おそらく、赤子はバラナス王家に渡さなければならなくなるだろうが……すべては情報次第だ」

年長の男の言葉に、他の仲間も沈痛な表情で頷いた。

しかし、彼の予想は悪い方向で外れた。なんと、バラナス国王が、自分の息子を『神の恩寵』を持つ王子として宣言したのである。

「バカな。王子に痣はなかっただろうに」

「――――前国王は、この子の存在を知らないわ。私は、妊娠したことを一切あの人に伝えなかった。今日生まれた王族が、今の国王の子だけだと思っているのなら、痣など見つからなくとも、その子が『神の恩寵』を授かったことは間違いないと判断したのでしょう」

赤子の母は、我が子をギュッと抱き締めた。

「――――これでは、この子を王城に連れて行くわけにはいかないな」

年長の男が、深いため息と共に呟く。

「この子は、国王の宣言が間違いだったということの生き証人だからな」

「ここまで派手に発表してしまっては、今さら間違いでしたとは言えないだろう」

「国王の威厳に関わるからな。……最悪、この子は人知れず殺されてしまうかもしれない」

「いや、さすがに『神の恩寵』を受けた子を殺しはしないだろう。そんなことをしてしまえば、バラナス王国は神に見放されてしまう。……おそらくは、城の奥深くに監禁されると思う」

「決して表にださず……それでも『神の恩寵』の持ち主だ。大切に育てられるのではないかな」

仲間たちは口々に、赤子を王家に引き渡した後の予想を話す。

「……それでは、この子は自由に生きることはできなくなってしまうわ」

ポツリと赤子の母が呟いた。途端、仲間たちは黙り込む。

流民である彼らが、なにより尊ぶのは自由だ。一所に一年以上とどまらないというような、不文律の掟《おきて》はあるものの、基本彼らの行動は自由で、他人からの監視や拘束を非常に嫌う。

まあ、あまりに自由であるからこそ前国王の子を妊娠し、出産するようなことにもなるのだが。

彼女の呟きを聞いた仲間たちは、赤子を王家に返した場合の未来を想像し、惨憺《さんたん》たる気分になった。いくら衣食住やその他の環境が整っていても、自由のない暮らしなど死んだも同然だと思う。

「……この子を王家に渡すのは止《や》めにしよう」

「賛成だ。人は愚かだからな。『神の恩寵』に慣れればそれを当たり前と思い、感謝や畏怖の念を忘れ、この子を蔑《ないがし》ろにする可能性もある」

「一生、城の中だなんて、どんな地獄だ」

若い仲間を中心に、次々と反対意見が出る。

「ではどうすると言うんだ？　孤児院にでも預けるのか」

「城に閉じこめられるくらいなら、孤児院の方がマシだわ！」

そう叫んだのは、赤子の母親だ。

その後、侃々諤々《かんかんがくがく》とした言い合いになったが、最終的に赤子は孤児院に預けるという結論になった。もちろん預ける孤児院はよくよく調べて決定し、赤子が健やかに育てられるよう手を尽くす。

「守護の魔法をありったけかける」

「守るだけじゃ不十分だ。こいつに悪意を向けた奴《やつ》は、一族郎党不幸になるよう呪っておこう」

「先立つものは金だ。この前手に入れた国宝級の宝石と貴金属、珊瑚《さんご》に水晶に――――」

「健康第一よ。最上級の回復薬と毒消し、霊薬、万能薬も持たせましょう」

「止めろ！　……やりすぎだ」

暴走気味の仲間たちを窘めたのは、年長の男だった。

ここでも話し合いが行われ、結局赤子には『神の恩寵』の痣を隠す魔法だけがかけられることになる。痣が見えるのは、本人と本人が心から信頼を寄せられる相手だけという高度な魔法だ。それ以外の魔法や物資は、かえって赤子を目立たせ王家の目を引くという理由で却下された。

「大丈夫だ。数年に一度はまたバラナスに来て、この子の様子を見守ろう。他の流民の仲間たちにも事情を連絡し、ここに来たときには注意してもらうようにする。……そうでなくとも、この子は『神の恩寵』を受けた子だ。きっと幸せになってくれる」

我が子との別れに号泣する母を、仲間はみんなで慰めた。


――――そして『幻日』が現れてから二週間後。

王都のとある孤児院に、ひとりの女の赤ちゃんが預けられたのだった。

第一章　モブ孤児になりました

バラナス王国に『幻日』が現れてから十年後。王都のとある孤児院の前で、ひとりの女の子がため息をついていた。サラサラした銀髪のおかっぱ頭に、大きな緑の目。整った顔立ちは可愛いと評して差し支《つか》えないものなのに、年に似合わぬ眉間の縦じわが、すべてを台なしにしてしまっている。名前は、マリーベル。平民だから姓はない。

たった今まで、孤児院の出入り口の掃除をしていたマリーベルは、箒《ほうき》を片手に唇を尖《とが》らせた。

「十歳児に丸投げって、大人としてどうかと思います」

彼女の前には、修道服姿のシスターがいる。この孤児院は神殿が運営していて、シスターや神父が子どもたちの面倒を見ているのだ。二十代半ばと思われるシスターは、十歳のマリーベルに頭を下げていた。

「ごめんなさいね、マリーベル。でも、リリアンはあなた以外の人の言うことは、まったく聞こうとしないのよ。今も、ちょっとお手伝いを頼んだら、怒って部屋に閉じこもってしまったの。お願いだから様子を見てきてちょうだい」

「……私の言うこともあんまり聞きませんけど」

「あんまりでしょう？　まったくじゃないだけ、すごいことなのよ」

マリーベルは、もう一度ため息をついた。

「私、まだお掃除が終わっていないんですけど」

「私がやっておくわ」

シスターが、サッと手を伸ばす。マリーベルは、仕方なくその手に箒を渡した。

「……わかりました。で、今日はなんのお手伝いを嫌がったんですか？」

マリーベルの質問に、シスターは困り顔で片頬に手を当てる。

「洗濯後のタオルたたみよ。簡単なことだから大丈夫だと思ったんだけど……急に『子どもを働かせるのはロウドウキジュンホウイハンよ』って叫びだして、絶対手伝おうとしなくって」

――――またか、とマリーベルは思った。

ロウドウキジュンホウイハンというのは、リリアンのよく使う魔法の呪文だ。とはいえ、特別な効果はなにもないのだが、リリアンの頭の中では無敵の呪文らしく、その言葉を唱えさえすれば自分の意見が通ると思っている。もちろんそんな思い込みは無視して無理やり言うことをきかせてもいいのだが、そうするとジドウギャクタイだのネグレクトだの、さらに訳のわからない呪文を連発し、手がつけられなくなってしまうのだ。

シスターは、ホウと息を吐く。

「他の子は一生懸命洗濯物をたたんでくれていたし、リリアンひとりを特別扱いするわけにもいかないでしょう。だから、ちょっときつく叱《しか》ったのよ。そしたら、自分の部屋に閉じこもって出てこなくなっちゃって」

それで同室で唯一リリアンが言うことをきくマリーベルに、白羽の矢が立ったらしい。

「いつもごめんなさいね。本当にちょっとだけしか叱っていないんだけど」

シスターは、申し訳なさそうに謝ってきた。この孤児院の大人たちは、基本子どもに優しくよほどのことがなければ叱らない。だから、彼女の言葉は本当のはずだ。

マリーベルは、三回目のため息をついた。

「一応、言い聞かせてみますね」

「お願いね」

シスターは、安心したように笑った。

とても優しいけれど、まったく頼りにならないその笑顔を背に、マリーベルは自分とリリアンの部屋へと向かった。


――――マリーベルが、この孤児院に捨てられたのは十年前。まだ産まれて数週間くらいの赤子だったと聞いている。身元のわかるような物はなにひとつ持っていなかったが、真っ白なおくるみに何重にも巻かれていたそうだ。

「親御さんは、きっとあなたを大切に思っていたのでしょうね。やむにやまれぬ事情で、仕方なく孤児院に預けたのだと思いますよ」

当時を知る年配のシスターはそう言った。正直どうでもいいと、マリーベルは思っている。

(だからって、今の生活が変わるわけじゃないもの)

親が大切に思っていようと疎んで嫌っていようと、孤児院の対応は平等だ。子どもを世話するシスターは、どの子にも分け隔てなく優しく接してくれる。

親はなくとも子は育つ。誰ともわからぬ親の愛情なんてなくとも子は育つのだ。

ただ、シスターが平等でも、お世話を受け取る側の子どもに違いがあれば、対応が違ってくることもあった。その良い例が、リリアンである。

(良い例じゃなくて、悪い例と言うべきかもしれないけれど)

リリアンはマリーベルと同じ十歳だが、三カ月前に孤児院に入ったばかりの新入りだ。なんでも母親と二人暮らしだったのだが、その母が亡くなり、他に身寄りがなかったため孤児院に引き取られたのだとか。柔らかなピンクブロンドの長髪に夏空みたいな青いアーモンド型の目。天使もかくやというほどの可愛い容姿が人目を引く美少女だ。

このため、孤児院に入った当初のリリアンは引く手数多だった。彼女のお世話をしてあげたいという孤児がたくさんいて、競争になるくらい。しかし、そんな孤児たちがリリアンから離れるのに一週間もかからなかった。

「あの子、おかしいの」

「なにを言っているのか、わからないわ」

「僕の言うこと、全然聞いてくれないんだもん」

はじめマリーベルは、その子どもたちの言い分が理解できなかった。王都には、バラナス国内各地はもちろん他国の人間も多数いて、文字どおり言葉が通じない者もいるのだが、リリアンはバリ王都っ子で、流暢《りゅうちょう》なバラナス語を喋《しゃべ》っていたからだ。言っていることがわからないなんて、あり得ない。

しかし、リリアンの面倒を見る子が誰もいなくなり、元々彼女に興味のなかったマリーベルに、で。


そのお鉢《はち》が回ってきて、ようやく深く理解した。

たとえば、その最初の日の午後。

「私、お芋《いも》は嫌いなの。だからそのお芋は洗わないわ」

その日、マリーベルとリリアンに言いつけられたお手伝いは、夕食の準備だった。具体的にはたくさんの芋を洗うこと。孤児院では、子どもたちができる範囲でお手伝いをさせることが、子どもの自立に繋がるからという理由で、推奨されているのだ。

しかし、そのお手伝いをリリアンはきっぱり断った。しかも、自分が芋を嫌いだからという理由で。

(嫌いでも、洗うことくらいできるわよね？)

マリーベルは、首を傾《かし》げてしまう。

「……お芋を触ると、手がかゆくなったり荒れたりするの？」

「そんなことないわ。私アレルギーとか、ないもの」

アレルギーという言葉は初耳だ。なにかはわからないが、芋を触るのは大丈夫らしい。

「だったら、お芋を洗えるわよね？」

「嫌よ。私は食べないんだもん」

「食べないのと洗えないのは、関係ないと思うけど？」

「関係なくても嫌なの」

――まさか、自分が嫌ならお手伝いはしなくていいとでも思っているのだろうか？

マリーベルは、目をパチパチと瞬かせる。あまり感情を表にださない彼女だが、とっても驚いてしまったのだ。

リリアンは、両手を組み、顎をあげてこちらを睨《にら》んでいる。絶対言うことをきかないぞという雰囲気が、華奢《きゃしゃ》な体中から滲み出ていた。

(とんでもなくワガママな子なんだわ)

どうしようと、マリーベルは思う。正論で諭してもいいのだが、なんだか時間が勿体《もったい》ない。

(絶対話が通じそうにないし)

マリーベルは、無駄なことに時間を割かない主義だった。ならば――――。

「……お芋はどうして嫌いなの?」

マリーベルは、そう聞いた。

「イモっぽいからよ。この世界のお芋ったら煮付けしかないでしょう。可愛い私には、似合わないと思わない? 私、お芋はポテトチップスかフライドポテトしか食べないって決めているの」

――――たしかに、なにを言っているのかわからない。これが、他の子どもたちが匙《さじ》を投げた理由かと、マリーベルは思い至った。ポテトチップスもフライドポテトも、まったく聞いたことのない言葉である。

(多分、食べ物だと思うんだけど)

マリーベルは、小さく首を傾げる。銀髪がサラリと耳の横を滑った。

「だったら、煮付けじゃなくて、そのどっちかなら食べられて、お芋も洗えるの?」

リリアンは、青い目を丸くした。

「え? ポテトチップスとフライドポテトを作ってくれるの?」

「作れるかどうかは、お料理をしてくれるシスター次第だけど。……難しい料理なの？」

「ううん。たしか、お芋を切って油で揚げてお塩を振るだけでよかったはずよ」

それならなんとかなりそうだ。

「わかったわ。私、シスターに、そのポテトチップスとフライドポテトを作ってくれるように頼んでみてあげる。……でもそのためには、お芋がたくさんいるわよね。私ひとりじゃいっぱい洗えそうにないから手伝ってくれる？」

マリーベルの言葉に、リリアンは嬉しそうに頷いた。

「もちろん！　うわぁ、嬉しいわ。ホントにポテトチップスとフライドポテトが食べられるのね。そのためなら、リリー、とっても張り切っちゃうわよ」

満面の笑みを浮かべたリリアンは、腕まくりして芋を洗いはじめた。言っていることは難解だが思考回路は単純な子どもである。

マリーベルは、心の中でホッとした。

ちなみに、この日作られたポテトチップスとフライドポテトは、多少の改良を必要としたが、なかなかに美味《おい》しくできあがった。孤児院の人気メニューになったのは、思わぬ収穫である。

誤算は、このことでマリーベルがリリアンに言うことをきかせられると認識されたこと。その後、度々リリアンの世話を任せられたマリーベルは、いつの間にか彼女と同じ部屋になり、専属お世話係になっていた。

「――――もう、リリーったらまた他の子とケンカしたの」

「リリーは悪くないわ。リリーが一生懸命お話しているのに、わかんないって言って聞いてくれないあの子たちが悪いのよ」

可愛い顔をプクッとむくれさせるリリアンから話を聞きだし、なにが悪かったのか調べる。大抵はリリアンのワガママが原因で、ごくたまには相手が悪いこともあった。その間に立って、主にリリアンを納得させるのがマリーベルの役割だ。

「ほら、わかったでしょう？　あの子に悪気はなかったのよ。ちゃんと謝ってね」

「……うん。でもお願い。マリー、一緒に謝って！」

青い目をキラキラと輝かせて頼み込んでくるリリアンを無下にするのは難しい。損な役割だなと思いながらも、リリアンのお世話をするマリーベルだった。


そして、今日もマリーベルは、リリアンの対応をお願いされてしまう。不本意ながら同室になってしまった部屋のドアを、バタンと開けた。

「もうっ！　ノックしてって、いつも言っているでしょう」

途端、声が飛んできた。声の主は、当然リリアンだ。タオルたたみのお手伝いを断ったという少女は、ベッドに転がり暇そうに足をバタバタさせている。ふたつに結んだピンクブロンドの髪が、足に合わせてピコピコと揺れた。

「自分はノックしない人に言われてもね」

リリアンが、ノックをした姿など見たことがない。

「リリーはいいの。ここは元々リリーの部屋だったんだから」

だとしても、三カ月前からのはずだ。しかも、同室の子が次から次へと部屋を出て行って、結果マリーベルが一緒に入ることになっただけ。

そもそもノックをするかどうかに、入室順は関係なかった。とはいえ、そんなことをリリアンに言っても無駄である。基本彼女には、他人の意見を聞く耳がない。

「どうしてタオルたたみをしなかったの？　ロウドウキジュンホウイハンの呪文は唱えないで教えてくれる？」

マリーベルが問いかければ、リリアンは唇を尖らせた。

「呪文じゃないって言っているのに……だって、リリーは子どもなんだもん。子どもは遊ぶのと寝るのがお仕事なのよ。タオルたたみは違うと思うわ」

「タオルたたみは、お仕事じゃなくお手伝いよ」

「お手伝いだってお仕事と同じでしょう。リリーは誤魔化されないんだからね」

ベッドの上で起きあがったリリアンは、枕を抱き締めマリーベルを睨んだ。

ここで、子どもにお手伝いをさせる有用性や孤児院の経営面から見た協力の必要性を説いてもいいのだが……正直面倒くさい。手っ取り早く解決する方法がないかと、マリーベルは頭を働かせた。

「……リリーは、お手伝いをしたくないのね？」

「そうだって言っているでしょう」

「ふ～ん。だったら、私のお手伝いをお手伝いしてもらうのも、やっぱり嫌なのよね」

マリーベルは、リリアンの顔を覗《のぞ》き込んだ。

「……マリーのお手伝いのお手伝い？」

リリアンは、キョトンとした顔をする。

「ええ。私、シスターのお買い物のお手伝いをするんだけど、荷物が多いかもしれないから誰かを連れてきてもいいって言われているの」

「お買い物のお手伝い！」

ワッと叫んだリリアンは、枕を放りだしベッドから飛び降りた。

孤児院の子どもたちにとって、シスターの買い物の手伝いは、一番人気のお手伝いだ。なぜなら買い物の内容によっては、商店側がサービスでつけてくれるオマケをその場で食べることができるから。もちろんサービスしてくれるかどうかは商店次第だが、そういった当たり外れのドキドキ感も込みで、子どもたちはみんな行きたがっている。それはリリアンも同様で。

「行く！　私、お買い物のお手伝いに行くわ」

大声で叫んだ。

「あら、だってリリーは、お手伝いは嫌なんでしょう？　嫌な人に無理してお手伝いをしてもらわなくてもいいのよ」

マリーベルは、横目でリリアンを流し見た。

リリアンは、う～と唸《うな》る。

「……嫌じゃないわ。私、お手伝いは大好きよ」

「あら、ホント。じゃあ、タオルたたみは？」

タオルたたみと聞いたリリアンは、顔を顰《しか》めた。しかし――――。

「……や、やるわよ。当然でしょ。だから、お買い物のお手伝いに連れて行ってね」

結局は、そう言った。

「わかったわ。じゃあ、さっそくタオルたたみに行きましょう」

してやったりと思ったマリーベルは、リリアンに手を差し伸べる。

ピンクブロンドの頭をあげた少女は、ギュッとその手を握り返してきた。

「……きちんとやるけど、手伝ってくれる？」

上目遣いでお願いしてくる姿は、あざと可愛い。

苦笑しながらマリーベルは頷いた。

「ええ、いいわよ」

これくらいなら折れてやってもいい。

（それに、お買い物のお手伝いは、今のところ行く予定はないんだもの。リリーはすぐにでも行けるつもりでいるみたいだけど……別に私は、今日なんて言っていないし）

きっとリリアンは、後でわかって激怒するだろう。それを宥《なだ》めるためにも、恩は売っておいて損はない。

「マリー、早く」

手を引っ張られたマリーベルは、笑って駆けだした。


その後、タオルたたみを終えたリリアンは、すぐに買い物の手伝いに行けるわけではないとわかり、ものすごく怒った。しかし、後の祭り。

「ひどい。もうマリーとは、口をきかないわ」

「はいはい」

「ホントにホントよ。絶交なんだから」

リリアンは、高らかに宣言した。

マリーベルは「わかったわ」と頷く。そして――。

「それで、今日の髪型はどんなのにするの？　リボンはなに色？」

そうたずねれば、口をきかないと言ったはずのリリアンは、即座に答えた。

「ポニーテールで白と赤のストライプにして。結び目はできるだけ高めにね。その方がリリーの可愛さが引き立つんだもの」

自分で自分の髪を持ち、リリアンはクルリとその場でターンを決める。案外不器用な彼女は、髪を自分で結べたことがなかった。そのくせ見た目へのこだわりは人一倍。気に入るまで何度もやり直しを要求するので、リリアンの髪を結んでくれるのは同室のマリーベル以外にいない。

つまり、どんなに怒っていたとしても、リリアンがマリーベルと話さないなんてことはないのだった。むしろ、そうなれば困るのはリリアンの方。それがわかっているマリーベルにとって、リリアンの絶交宣言なんてへのかっぱ。

三日後、本当にマリーベルが買い物の手伝いに行くまでリリアンの機嫌は悪かったが、言い換えれば本当にそれだけだった。毎日のお手伝いだって、むくれた顔をしながらきちんとやっていた。

「ああ、やっぱりお買い物って最高ね！」

晴れて望みが叶った日の夜。リリアンは、上機嫌でベッドに寝転がっていた。

「お菓子屋でもらった飴《あめ》も美味しかったけど、一番は、やっぱり占いだわ。あのおばあさん、リリーのこと、世界一幸せな花嫁になれるって言ったのよ。なかなかわかっているじゃない」

王都には、時々流民の占い師が現れる。時期や場所は決まっていないのだが、フラリとテントの店をだし、客の運勢を占ってくれるのだ。なかなか当たると評判で、そのテントを見つけた者は、それだけで運気が向上するとも言われている。

短いときは数日。長くとも数カ月しか現れないそのテントが、今日買い出しに行った商店の隣に、たまたま張られていた。しかも、運のいいことに今日は商売初日。子どもに限りタダだと言われたので、リリアンとマリーベルが占ってもらえたのだ。

（シスターもタダって言葉に弱いのね。でも、当たるって評判だったけど……女の子ならほぼほぼみんなお嫁さんになるんじゃないかしら？　しかも花嫁なら幸せだって思うのは当たり前だし……そう考えれば、リリーの占いは、誰にでも当てはまるずいぶん適当な内容だったんじゃない？）

どう考えても特別なものには思えない。

それに、マリーベルへの占いは、それとは別におかしなものだった。

（占いの間、元気か？　とか、困っていることはないか？　とか、なんだか現状確認みたいなことばかり聞かれたのよね）

あげく占い結果は「いっぱい遊んで、いっぱい食べて、自由にのびのびと大きくなりなさい」などという、孫を可愛がるおばあちゃんの台詞みたいなもの。……最後に、頭をなでなでされた。

（絶対、占いじゃないわよね。まあ、タダなんだから、あんなものかもしれないけれど）

しわがれた細い手は、思いの外温かかった。ベールの隙間から見えた目も、優しく笑み崩れ、なんだか泣きだす寸前みたいだった。

おかげで文句は言えなかったのだが……まあ、それでよいかとも思えてしまう。

占い師のおばあさんの手を思いだし、自分の髪を触っていたマリーベルに、上機嫌なリリアンの声が聞こえてきた。

「もう、やっぱりリリーがヒロインってことは、隠してもわかる人にはわかるってことなのよね。……困っちゃうわ」

まったく困っていないような口調だ。

「……ヒロイン？」

放って置こうかとも思ったが、耳慣れない言葉が気になって、マリーベルは聞き返した。

「え？　きゃあ、リリーったら声にだして言っちゃってたの？　もう、もう、どうしよう……誰にも内緒だったのに」

リリアンは、焦ったように両手を自分の口に当てる。

「あ、だったら教えてくれなくて大丈夫よ」

マリーベルは、あっさりとそう言った。

「え、えぇえ？　そんな、気にならないの？」

「気にならないわけじゃないけれど、他人の内緒の話を無理に聞きだそうとなんて思わないわ」

そこまでして聞きたいほどリリアンに興味はない。

「そんな……マリーったら、淡泊すぎじゃない？」

内緒だと言うから、教えてくれなくていいと言ったのに、どうやらリリアンは不満のようだ。

「マリーだったら、教えてあげてもいいのにな」

ついにはそんなことを言いだした。チラチラとこちらを見てくる様子からは、話したいという思いが透けて見える。

(聞かなきゃ聞かないで不機嫌になりそうよね)

マリーベルは、仕方ないかとため息をついた。

「じゃあ、教えてちょうだい。……手短にね」

「ああ！　やっぱりリリーの秘密を知りたかったのね。いいわ。そんなにお願いされるんなら、特別に教えてあげちゃう。私とマリーの仲だものね。あのね、リリーはテンセイヒロインなのよ！」きゃあ、言っちゃったぁと、両手を組んで体をくねくねさせるリリアン。

マリーベルは、……は？　となった。

(ヒロインっていうのがなにかって聞いたつもりなのに、答えがテンセイヒロインっていうのは、どういうこと？)

会話がまったく成り立っていない。ジトリとリリアンを睨むのだが、きゃあきゃあと勝手にひとりで盛りあがっている彼女は、マリーベルの様子になど目もくれなかった。

「あのね、あのね、テンセイシャっていうのは、前世の記憶を持っている人のことなの。リリーは前世でニホンのジョシコウセイだったのよ。……あ、ニホンっていうのは、この世界から見たらイセカイのことで、ジョシコウセイっていうのは、コウコウに通う女の子のこと。この世界はね、リリーが前世でやっていたオトメゲームの世界なの！」

――ますますわからなくなった。おそらく一生懸命説明してくれているのであろうリリアンの言葉が、意味不明すぎる。

(元々ロウドウキジュンホウイハンなんていうおかしな呪文を唱えてくる子だったから、仕方ない

のかもしれないけれど）

その後もリリアンは、「スマホ」とか「コミカライズ」とか「イケメンコウリャクタイショウシャ」

等々、訳のわからぬ言葉を連発して、楽しそうに話し続けた。

「私はヒロインなんだけど……ごめんね。マリーはモブなの。ゲームの中で私の子どもの頃の回想シーンがあるんだけど、その孤児院時代のスチルにマリーは写っていたわ。モブで孤児だから略してモブ孤児ね」

「へぇ～」

どこも略されていないと思うし、そもそもモブってなに？　と思ったが、もはやどうでもいい。

「ふぅ～ん」

「そうなのね」

正直言って、リリアンの話には興味の欠片《かけら》も持てなかった。

「もうっ、マリーったらちゃんと聞いているの？」

「はいはい。聞いているわよ」

嘘《うそ》である。こう言って聞き流していれば、そのうち話は終わるだろう。

――ところが、リリアンはとんでもないことを言いだしてしまう。

「ここからが重要なところなんだから。……あのね。実は、王太子のライアンさまには、『神の恩寵』がないの」

息が止まった。それは、信じられない不敬な言葉だからだ。本当であっても嘘であっても、そんなことを言ったと知られれば、捕まって罰せられるのは間違いない。

さすがに聞き流せず、どうすればいいのかと焦るマリーベルとは対照的に、リリアンは平気な顔で言葉を続けた。

「本物の『神の恩寵』の持ち主は、前国王の私生児なのよ」

「……ぜ、前国王の私生児……って、どういうこと？」

「さあ？　その人はゲームに出てこなかったからわからないわ。ライアンさまの人物紹介欄にちょこっと書いてあっただけだもの。……あのね、ゲームで大事なのは、王太子が自分に『神の恩寵』がないことを負い目に感じていることなの。その負の感情を、私が晴らしてあげるのよ。……私には、神の恩寵に匹敵する『聖女の祝福』があるんだもん！」

まだ薄い胸を誇らしげに叩《たた》いて、リリアンはそう言った。その祝福の力で王太子を助けるのだと言って、いかにして自分が王太子や他のコウリャクタイショウシャたちと出会い、彼らの傷を癒し救うのかを力説する。

自己陶酔感溢れる彼女の言葉を聞いていくうちに……マリーベルは段々落ち着いてきた。あまりに荒唐無稽な話ばかりだったからだ。聞いただけでも極刑ものの不敬発言に驚いてしまったが、相手はリリアンだ。

（いつも普通に会話していても、なにを言っているのかわからない子なんだもの。リリーの話をまともに受け取る方が間違いよね）

それにしても危険は危険なので、この話が終わったらリリアンには念を押して口止めしよう。マリーベルは、そう決意する。

「――――そしてね、愛し合ったライアンさまと私は結婚して、私は王太子妃になるの！」

「はいはい、よかったわね」

高らかな王太子妃になる宣言を聞いた頃には、マリーベルはすっかり落ち着いていた。

（この発言も、危険かしら？　これも口止めした方がいいのかも）

考えながら、マリーベルは軽い相槌《あいづち》を打つ。どうやらこの相槌がリリアンの気に触ったらしい。

「もうっ！　マリーったら、信じていないでしょう。私の話は本当に本当なのよ！　……こうなったら証拠を見せてあげるわ。紙と鉛筆を寄越して」

リリアンは、突如手にした紙になにかを書きはじめた。

「私、趣味で絵師もしていたから、描くのは得意なの。今から、門外不出の『神の恩寵』の『痣』の形を教えてあげるわ。これを知っているのは、王族以外ではトップクラスの神官だけなのよ。それを私が知っているってことが、私の話が本当だっていうことのなによりの証拠だわ」

鼻息荒くなにかの模様を描くリリアンを、マリーベルは冷めた目で見つめた。

（そんなほとんど誰も知らないような形を教えてもらったって、私にそれが本物かどうかの区別がつくはずないでしょう？）

話の真偽をたしかめる術《すべ》にはなり得ない。……とはいえ止めるのも面倒だった。

（描いたものを見て、適当に褒めておけば機嫌も直って話も終わるわよね）

そう思ったマリーベルは、黙ってリリアンが描き終わるのを待つ。やがて――。

「できたわ！　我ながら完璧な再現率よ」

リリアンは、ドン！　と紙をマリーベルの目の前にかざした。

「え…………これって」

マリーベルは、目を大きく見開く。

「これが『神の恩寵』の『痣』よ。よく見なさい」

目の前の紙に描かれていたのは、太陽を象徴化したような丸い模様だ。真ん中の小さな円から放射線状に線が延びていて、円周部分には人や動物を単純化したような小さな図形が並んでいる。

「この絵は拡大しているけど、本物の『痣』は直系三センチくらいっていう設定だったわ。これがないことで、ライアンさまは自分を肯定することができなくて苦しんでいるの」

リリアンは、なおもペラペラと話し続ける。

しかし、その言葉はマリーベルの耳に入ってこなかった。ただジッと目の前の模様を見つめる。

(これ……これと同じ『痣』が、私の胸にもあるわ)

意図せず左手が胸の上に移動した。『痣』のある位置だ。

(なんで私の『痣』の形をリリーが知っているの？　この『痣』は、私以外には誰にも見えないはずなのに)

物心のついたときには、当たり前のようにあった胸の『痣』。他の子にはないソレが嫌で、取ってほしいと、幼いマリーベルはシスターにお願いしたものだ。

「え？『痣』って……マリー、あなたの胸にはなにもないわよ」

しかし、誰にどんなに訴えても、みんなマリーベルの胸には『痣』なんてないと口を揃《そろ》える。

「白くて綺麗《きれい》な肌よ。シミひとつないから安心してね」

この『痣』は、自分以外誰にも見えないのだとわかるのに、それほど時間はかからなかった。なのに、今リリアンは、見えないはずの『痣』の形を描いて、マリーベルに見せてくる。

「リリー、あなたにはコレが見えるの？」

マリーベルは着ていたブラウスのボタンを外し、リリアンに自分の胸を見せた。

「え？　きゃあっ、マリーったらいきなりなにするの？　このゲームには、ユリもビーエルもないのよ。健全なセイジュンハオトメゲームなんだから」

訳のわからない言葉を叫びながら、リリアンは顔を真っ赤にする。胸の『痣』が見えている様子は欠片もなかった。

（やっぱり、リリーには私の『痣』が見えていないわ。……ってことは、ひょっとして、コレは本物の『神の恩寵』の『痣』なの？　…………まさか、リリーの話は本当のこと？）

信じられない。信じたくない。しかしそうでないなら、見たこともないマリーベルの『痣』を、リリアンがここまで正しく描ける理由がつかなかった。

（こんな複雑な模様の『痣』が他にもあるとは思えないし……でも、そうだとしたら、もしかしてもしかしなくても……前国王の私生児って、私のことなの？）

――――マズい。

咄嗟《とっさ》にマリーベルは、そう思った。

現在、事実はどうあれ『神の恩寵』を与えられたのは王太子だということになっている。国民の誰もがそう信じているだろう。マリーベルだって、今の今までそれを疑ったことなどなかったのだ。なのに、そこに『神の恩寵』の『痣』を持った前国王の私生児が現れたなら――――。

（王太子殿下は、『痣』もないのに『神の恩寵』を受けたと言った嘘つきってことになるわよね）

実際に王太子が『神の恩寵』を受けたと宣言したのは国王だ。つまり、王家が揃って国民を偽ったということになるかもしれない。

騙《だま》されたと知った国民の怒りはどれほどか。しかも偽った内容は『神の恩寵』という神聖なもの。

（下手をしたら、ことは国王の退位にまで及ぶかもしれないわ。……少なくとも、王太子殿下が次の国王になれる可能性はなくなるわよね）

現れた途端、自分たちをそんな危機に陥れる真の『神の恩寵』の持ち主を、果たして国王も王太子も歓迎してくれるだろうか？

（そんなはずないわ。……きっと、人知れず闇から闇に葬り去ろうとするに決まっている）

マリーベルは、体をブルッと震わせた。さすがに『神の恩寵』の持ち主を殺すなんて暴挙はしないかもしれないが……秘密裏に監禁して飼い殺しくらいするのではなかろうか。

どんなに考えても、好意を持って迎えられるとは思えなかった。

（……見つからないのが一番よね。幸い私の『痣』は、私以外の誰にも見えないんだから、気をつければバレないはずだわ。……君子危うきに近寄らず。王城には近寄らないことにしよう！）

マリーベルは、密《ひそ》かに心に決意する。

「――――リリーはライアンさま一筋だから、マリーの想いには応えられないけれど……でも、そうね。ゲームをハッピーエンドで無事終了できたら、マリーを私の侍女にしてあげてもいいわ」

リリアンは、なにやら勝手に妄想したあげく、とんでもないことを言いだした。

「それはお断りよ」

「ええ、そんな遠慮しなくてもいいのよ。……あ、それとも大好きなリリーが、目の前でライアンさまとイチャイチャするのを見るのが嫌なの？」

そんな気持ちはまったくない。イチャイチャでもハチャメチャでも自由にしてもらっていいから、こちらに近づいてほしくないだけ。

マリーベルは、ブンブンと首を横に振った。

「――――そんなことより、今の話は誰にも言っちゃダメよ。この絵も他の人には見せないで」

「わかっているわよ。リリーとマリーのふたりだけの秘密にしたいってことでしょう？」

フフフとリリアンは、笑う。

「マリーったら、思ったよりヤキモチ焼き屋さんなのね」

完全に勘違いだが、今はそれより口止めする方が重要だ。

「絶対、絶対、内緒よ」

「わかっているってば」

上機嫌に勘違い発言を連発するリリアンに、口を酸っぱくして他言無用を約束させる。

この日、マリーベルは今後一生涯王家には近づかず生きていくことを心に誓った。

第二章　モブ侍女になりました

「マリー、これを三番テーブルにお願い」

「はぁ〜い」

ワイワイガヤガヤと賑《にぎ》やかな昼時の大衆食堂。王都の東門近くにあるその店は、味のよさと接客の丁寧さで評判だ。

十八歳になったマリーベルは、そこで元気に働いていた。おかっぱだった銀髪は、長く伸びてきちっと結いあげられ、背もずいぶん高くなっている。

孤児院を出たのは三年ほど前だ。この国の成人は十六歳で孤児院にもそれまでしかいられないため、十五歳になると同時に働き口を探し、たまたまあった食堂の求人に応募して即採用されたのだ。日々の仕事は忙しいが住み込みで三食付き。週に一日休みもある。賃金も高いため、マリーベルに不満はなかった。ときには厄介なお客も来るけれど、マリーベルにとってはなにほどのこともない。

(リリーに比べれば、全然マシなのよね)

十歳で出会って十五歳近くまで一緒にいたリリアンの性格は、残念なことにずっと変わらなかった。自由気ままで天真爛漫《らんまん》と言えば聞こえはいいけれど、要はワガママなだけ。意味不明な言葉の乱発は、マリーベルの注意でほとんどなくなったのだが、自己中なところは直らなかったのだ。

（厭味《いやみ》がないから、それほど他人から嫌われたりはしないんだけど、つき合っていると振り回されて疲れちゃうのよね）

おかげで、マリーベルはずっとリリアンのお世話係のままだった。

それが終わったのは、十四歳の春のこと。孤児院前の道路で大きな馬車の事故があったときだ。

その際、たまたま外に出ていたリリアンが、その事故の被害者を助けようとして『聖女の祝福』である治癒の力を発現させたのだ。

（あのときは、神殿や王城から人がいっぱいやって来て、スゴい大騒ぎになったのよね。最終的に、馬車の事故で怪我《けが》を治してもらったカルス伯爵が、リリーを養女として迎え入れたんだけど）

――――それは、十歳のときにリリアンが語ったオトメゲームの内容そのままだった。信じたくはなかったのだが、リリアンの話は本当だったのだ。

つまり『痣』の形も本当で、マリーベルは前国王の私生児であり『神の恩寵』があるということ。

それを確信したマリーベルは、その後すぐに就職活動を頑張って、今の仕事に就いた。目標は、お金を貯めて王都から少しでも遠くの町へ移住することである。

（絶対王城には近寄らないわ。田舎でのんびりゆったり自由に暮らすのが理想だもの）

心に決めたマリーベルは、毎日せっせと働いている。週に一日の休みも図書館に通い、独学で勉強していた。お金と知識は多いに越したことはない。

数カ月前に王太子の結婚式があり、花嫁は『聖女の祝福』を受けた令嬢だという噂《うわさ》を聞いた。

（きっと王太子妃になったのはリリーだわ。やっぱりオトメゲームの内容どおりなのね。……私は本当に前国王の私生児なんだわ）

心のどこかでは、まだ信じたくないと思っていたのだが、もう信じざるを得ない。

ますます王城に近寄りたくない気持ちが固まった。一日も早く王都から脱出しよう。

「マリー、お会計をお願い」

「はぁ～い」

旅立つ日を夢見て、マリーベルは今日も働いていた。


そんなある日。食堂の買い出しに王都の中心部まで来ていたマリーベルは、ピンチに陥っていた。

突然路地裏に引っ張り込まれ、若い男に迫られているのである。男は大柄で、ただでさえ薄暗い場所なのに、視界は彼の体でいっぱいだ。

「ちょっと優しくしてやればつけあがりやがって、俺の誘いを断るなんてなにさまのつもりだよ」

大声で怒鳴る男は、最近食堂を利用するようになった客。よく話しかけられるなと思っていたのだが、先日「俺の女にしてやるよ」と、なぜか上から目線の提案を受けたのだ。せっかくの申し出であるのだが、マリーベルの夢は王都脱出。男性とつき合うことに興味がないわけではなかったが、王都在住の男は論外。丁寧にお断りしたばかりだ。

「えっと、お断りした理由は、お話ししたと思うのですが――」

「王都の男が嫌だなんていう、そんな体《てい》のよい断り文句を信じるわけがないだろう。女ってのはな、王都で派手な暮らしをすることを夢見る生き物なんだよ」

偏見である。心の底から王都を逃げだしたいだけなのに、言いがかりも甚だしい。

（……そういえば『男難の相』が出ているって、占い師に言われていたわ）

子ども時代リリアンと一緒に占ってもらった流民の占い師は、あの後も不定期に王都に現れた。そしてなぜか会う度マリーベルを無料で占ってくれるのである。口コミで宣伝してくれればいいよと言うのだが、そこまで友人が多いわけでもないマリーベルにそんなことを頼むあたり、占い師の腕は大したことなさそうだ。

（まあ、相変わらず占いっていうより、現状確認と『やりたいことをやってのびのびと暮らしなさい』っていう感じのおばあちゃんの助言みたいなものばかりなんだけど）

そんな占い師なのだが、先日会った際に「男難の相が出ている」と、はじめて占い師めいた言葉を聞いた。もっとも同時に「女難の相もある」と言われたため、なんだかなぁとは思ってしまったが。男難も女難も出ていては、対策なんて立てようもない。引き籠もって誰にも会わなければいいのかもしれないが、食堂の従業員にそれは不可能だ。

どうしろって言うのよ？　と思っていたところにこの騒動である。

（本当にどうしたらいいの？）

困り果てていれば、救いの手が現れた。

「――――こんなところでなにをしている？」

突如聞こえてきた低い声に、今にもマリーベルに掴《つか》みかからんとしていた男が、ビクッと震える。

「……な、なにって」

男が、声の方に振り返ったため、マリーベルの視界が少し開けた。隙間から見えたのは、王都の騎士が着ている服と腰に下げた剣。運よく警備兵が通りかかったのだろう。

「た、助けてください」

マリーベルは、声を張りあげた。

「黙れっ！」

男は口を塞ごうとしたのか、焦ったように手を振りあげる。

「きゃっ」

「────止めろ」

咄嗟に身を縮めたが、衝撃はやって来なかった。

見れば、大柄な男の腕を、騎士が片手で摑んで捻《ひね》りあげている。

「いっ！　痛たたた────」

よほど痛いのだろう。男はガクンと膝を折った。

よく見れば、騎士は背が高いが細身で、大柄な男に比べれば一見ひ弱に見える。それなのに、片方の手だけで男の動きを封じ圧倒していた。

「離せっ……た、頼む……離してくださいっ」

最初威勢のよかった男は、すぐに涙目になる。恥も外聞もなく懇願した。

「止めるか？」

「は、はい……もちろんです」

男は、コクコクと頷く。

それを見た騎士は、普通に手を離した。

男がヘタリとその場に蹲《うずくま》る。

ホッとしたマリーベルだったが……ふと見れば、蹲った男が懐から短剣を取りだしていた。

「危ないっ」

「クソッ！　邪魔しやがって……死にやがれっ」

マリーベルが叫ぶと同時に男が立ちあがり、騎士に向かって短剣を振りあげる。

しかし、その剣が振り下ろされる前に、カンッ！　と高い金属音が響いた。

（……っ、スゴい）

マリーベルの目の前で、騎士が剣を一閃《いっせん》。男の短剣を弾《はじ》き飛ばしたのだ。その上、返す剣で男の喉元に切っ先をピタリと突きつけている。

「う……あ、あぁ」

男と騎士では、体術も剣も、なにもかも格が違った。

（か、格好いい――――）

マリーベルの胸が、ドキドキと高鳴る。

今度こそ戦意を失った男は、真っ青な顔でブルブルと震えだした。

「失せろ。二度と顔を見せるな。……私にも、そこの女性にもだ」

「は、はいっ！」

喉元から剣を離してもらった男は、命からがら逃げだしていった。

高鳴る胸に手を当てて、マリーベルは下を向き、深く息を吐く。襲われかけてから助かるまで息もつけない展開で、ようやく今度こそ助かったのだと実感した。

（……あ、ちゃんとお礼を言わなくちゃ）

慌てて顔をあげれば、なんと彼女を助けた騎士は背を向け去っていくところ。

「ま、待ってください。お礼を――――」

「不要だ」

慌てて呼び止めるのだが、返ってきたのは素っ気ない一言だった。

(そんなわけにはいかないわ)

マリーベルは、走りだす。なんとか追いつき騎士の前に回り込んだ。

「助けてくださって、ありがとうございました」

深々と頭を下げる。

騎士は――――無言だった。

なんの反応もないことに不安になったマリーベルは、恐る恐る頭をあげる。

「あ――――」

間近で見た騎士は、ひどく整った顔をしていた。スッと通った鼻筋も、ギュッと引き結ばれた唇も、人の心の奥底まで見抜きそうな鋭い光をたたえた紫の目も、神の造形かと思ってしまうほど完璧な配置に収まっている。髪色は、マリーベルと同じ銀髪だが、直毛ではなく自然なウェーブがかかっていて、とても同じ銀色だとは思えないくらい輝いていた。

マリーベルの胸の高鳴りが大きくなる。自分を窮地から救ってくれた騎士がとんでもない美形だったのだ、十八歳の女性としては当然の反応だろう。うっとりと騎士を見あげて……しかしすぐに気持ちは落ち着いてきた。それどころか、なんだか残念になってきてしまう。

(まるで王子さまみたいだわ。――――この人が、無表情でさえなければだけど)

そう。騎士は未だかつてマリーベルが見たことがないほど、感情の読めない表情をしていたのだ。

まるで、マリーベルの存在など見えていないかのよう。

こんな表情を間近にして浮かれていられるほど、マリーベルは鈍感ではなかった。

「あの――――」

声をかけても返事もないし、相変わらず表情はピクリとも動かない。

(なんで？　私、なにか悪いことをした？)

マリーベルは居心地が悪くなってきた。今すぐこの場から立ち去りたいと思う。

すると、無表情の中、紫の目だけがマリーベルの方を向いた。

「……気は済んだか？」

「え？」

「礼を言って君の気が済んだのならそこを退《ど》いてくれ」

「なっ！」

なんと、そんなことを言われてしまう。それでは、まるでマリーベルが自己満足のためにだけお礼を言ったようではないか。

「私は、自分の気持ちをスッキリさせるためにお礼を言ったんじゃありません。助けてもらって、本当にありがたかったからお礼を言ったんです」

思わず怒鳴った。

騎士は、少し目を見開く。

「……そうか」

やがて小さく呟いた。しかし、それきりまた黙ってしまう。

自分の気持ちが通じたのかどうかわからないが、とりあえずもういいかとマリーベルは思った。彼の物言いは気に障ったが、恩人は恩人。これ以上の文句は言いたくない。お礼はきちんと言ったのだし、早く立ち去ろうと思った。

(そもそもそのお礼だって不要だって言われたんだし……早く帰らないと食堂の女将さんも心配しているわ)

それでも、マリーベルはもう一度騎士に頭を下げた。

「それでは失礼いたします。……ありがとうございました」

感謝の言葉も重ねて告げる。言っても無駄かもしれないが、マリーベルは常識人なのだ。相手が非常識だからといって、合わせる必要はないと思う。

クルリと背を向けて歩きだす。背後の騎士の表情は、確認しなかった。

その後、足早に帰路についたのだが――。

(いったいなんなの?)

タッタッと足を運びながら、マリーベルの頭の中は疑問でいっぱいだ。

王都で市場が開かれる中心部から食堂のある東門近くまで、通い慣れた道を歩いているのだが、今日はなぜか遠く思える。いつもはマリーベルなど気にも留めないはずのすれ違う人々が、チラチラこちらに視線を向けていた。

正確には、視線の先はマリーベルではなく、彼女の後ろ数メートル。その位置をスタスタと歩いているひとりの騎士だ。背が高く美形な騎士は、人々の注目を引きまくっていた。

（なんであの人は、ついてくるの？）

そう。ついてくるのは、先ほどマリーベルを助けてくれた騎士だ。無理やりお礼を言って別れてそれきりだと思っていたのに、何度振り返ってもマリーベルの後ろに彼がいる。もしや先ほどのやり取りが気に障って、報復でも考えているのだろうか？

（まさか、これも男難なの？　もう、もうっ、こんな占い、当たらなくていいのに）

小走りから最後は全力疾走になって、マリーベルは食堂に駆け込んだ。

「おかえり。マリー、遅かったね」

「女将さん、助けてください！」

大声で泣きつけば、食堂の女将は目を白黒させる。恰幅《かっぷく》のいい頼りがいのある女将なのだが、さすがに突然助けを求められては戸惑うようだ。

「いきなりなんだい？」

「──失礼、少々ものをたずねたいのだが」

問い返す女将の言葉に被《かぶ》せるようにドアが開き、あの騎士が入ってきた。

「あ、はい。いらっしゃいませ──」

来客に対応するのは、女将の条件反射だ。自分から離れて騎士の方へ向かう彼女を見て、マリーベルは覚悟を決めた。

「待ってください、女将さん。この人は私の後をつけてきたんです」

女将の前に出て、騎士と対峙《たいじ》する。

「え？」

女将はびっくりして動きを止めた。

一方、騎士は相変わらずの無表情。

「ずっと後ろを歩いてくるなんて、いったいなんなんですか？　私から謝礼金でもふんだくろうっていうんですか？」

そう言ってマリーベルが見あげれば、端整な顔の眉間にしわが一本寄った。

「そんなつもりはない」

「だったら、どうして後をつけてきたんですか？」

「後などつけていない。君がずいぶん早足で私の前を歩くから追い越せなかっただけだ。……私は、この食堂で働いているマリーベルという女性に用がある」

騎士の答えは思いも寄らぬもの。

「へ？」

「耳が悪いのか？　私が用があるのは、マリーベルという名の女性だと言っている」

無表情ながらも、騎士が苛立《いらだ》っていることがわかる。

一方マリーベルは――混乱していた。いったいどうしてこの騎士が自分を探しているのだろう？　マリーベルは、平民だ。しかも孤児院出身で、働いているのも普通の大衆食堂。どう考えても騎士との接点はないし、探される理由もない。

（……え、でも……待って。騎士ってことは王城に勤めているのよね？）

まさか、とマリーベルは思った。無意識に胸の上で手を握る。そこには誰にも見えないけれど『神の恩寵』の痣がある。

（……ひょっとして、私が『神の恩寵』を持っていることがバレた？　……それとも、前国王の私生児だっていうことの方？）

どっちにしろ、そうであればお終《しま》いだ。パニックになりそうになったマリーベルだが、拳をギュッと握ってなんとか耐えた。

（まだそうだと決まったわけじゃないわ。だいたい私の痣は誰にも見えないんだから、バレる可能性はほとんどないはずよ。……それに、この騎士さまは私がマリーベルだって知らないんだから）

しらばっくれて誤魔化せばなんとかなるかもしれない。そう思ったマリーベルなのだが、すぐにその案はダメになった。

「あら、マリーにご用があったのですか？　それで後をついてきたんですね」

女将が納得したようにうんうんと頷く。

「理由がわかってよかったわね、マリー」

安堵《あんど》を表面にだして、女将はマリーベルに話しかけた。

「――――マリー？」

「ええ。マリーベルだからマリーですよ」

女将の大きな手が、マリーベルの肩を叩く。……地味に痛い。肩も、名前をバラされたことも。

「マリーベル？　君がか？」

騎士が意表を突かれたように聞き返してきた。まさか、自分が助けた女性がマリーベルだとは思わなかったのだろう。そんな偶然そうそうない。

マリーベルは、ガックリと項垂《うなだ》れた。こうなっては誤魔化すことは無理そうだ。

「そうです。私がマリーベルですが、私は騎士さまに探されるような心当たりがありません。人違いではありませんか？」

　最後の悪あがきをしてみる。

「いや。私が探しているのは、王都の東門近くの大衆食堂で働くマリーベルという名の十八歳の女性だ」

「それなら間違いなくこの子のことですよ。この辺りに食堂は他に三軒ありますが、マリーベルって名の従業員は彼女だけですからね。働き者で器量よしって評判なんですよ」

　女将が、手放しで褒める。嬉しいけれど、今は嬉しくない。

「それで騎士さま、マリーにどんなご用ですか？」

　女将は、不思議そうに聞いた。騎士は立派な身なりで、愛想のなさを除けば怪しいところはないのだが、それでも前触れなしに急にたずねてくるなんて、あまりない事態だ。

「私は、マリーベル嬢を王城に連れに来た」

「お断りします」

　マリーベルは、間髪容《い》れず断った。

　騎士の眉間のしわが、もう一本増える。

「え？　お城に？　どうしてマリーを？」

　女将は、驚き目を見開く。

「さる御方がマリーベル嬢をお呼びなのだ」

「……急に言われたって困ります！」

（さる御方って誰？　やっぱり王太子？　それとも前国王？　まさか、国王ってことはないわよね？）

絶対行きたくないとマリーベルは思う。

しばらく黙り込んでから、騎士は低い声をだした。

「……王城からの命令に逆らうのか？」

「急は困るって言っているんです。……明日じゃダメですか？」

（そしたら、今夜逃げだしてやるわ）

マリーベルは、考えを巡らせる。王都を脱出し遠くに行くにはまだ資金が足りないが、そんなことを言っている場合ではなくなってしまった。こうなれば行けるところまで行ってやろう。

決意を固めたマリーベルだが、騎士は「ダメだ」の一言で切り捨てた。

「すぐに行くぞ。仕度しろ」

「そんな、横暴です。仕事だってあるのに――」

「あ、仕事は大丈夫よ。マリー」

なんとか断ろうとするマリーベルだったが、その努力を女将がくじいた。

「女将さんっ」

「騎士さまが『さる御方』って言うんだもの、きっと相当のお偉いさんだろうさ。なんでそんな方がマリーを呼ぶのかわからないけれど、命令には従っておいた方がいいよ。うちは気にしなくていいから行っといで。……騎士さま、王城に行ったからって、マリーが罰せられたり危険な目に遭ったりはしないんですよね？」

「もちろんだ」

心配する女将に、騎士は安心させるように頷く。

(危険な目には遭わなくても、監禁されちゃうかもしれないんです！)

心の叫びを言葉にできず、マリーベルは歯がみする。

しかし、女将にここまで言われては、これ以上ごねるわけにもいかなかった。

「行くぞ」

恨みがましく騎士を睨んでみたが、無表情は変わらない。

(仕方ないわ。まだどんな用事かわからないんだし、今は素直について行くしかないわよね。……それに、痣が見えない限り私が『神の恩寵』を持っているっていう決定的な証拠はないはずだもの……なんとか誤魔化して無事に帰ってこよう)

こっそり拳を握り締め、泣く泣く騎士に連れられ王城に向かうマリーベルだった。


バラナス王国の王都は広い。それゆえ各所に王都の警備を担う警備兵の派出所がある。

食堂を出た騎士は、東門の派出所に向かいそこで馬車を用立てて、マリーベルと一緒に乗り込んだ。これでは逃げだしようがない。

(まあ、覚悟は決めたから逃げるつもりはないんだけど)

騎士は、相変わらず無表情でだんまりだ。

「さる御方って、どなたですか？」

「……行けばわかる」

そりゃそうだけど、教えてくれたってよいだろう。ジトリと騎士を睨んでしまう。そんなことをしたって反応なんてないだろうと思ったのだが、騎士は意外にも口を開いた。

「その御方から、絶対自分の正体を教えないでほしいと頼まれたのだ」

だから教えられないということなのだろう。

（そこまで隠したがるってことは……呼んでいるのは前国王かしら？　自分の子どもの存在を知って、現国王や王太子には内緒で匿《かくま》ってくれようとしているの？）

――――いや、現国王は愛妻家だが、前国王は好色で有名だ。国王としての能力は高かったのだが、女性問題が多すぎて早々に玉座を息子に譲ったのだと聞いている。当然子だくさんで、現国王以外の子どもの名前は多すぎて覚えられないという噂さえあった。

（今さら私生児のひとりやふたりを気にかけるなんてことはなさそうよね）

ならば、やはり王太子なのか？　それとも国王？　マリーベルは、うんうんと悩みはじめる。

それをどう取ったのか、騎士が静かな声で話しはじめた。

「そんなに心配することはない。城に行っても君に害はないはずだ。むしろ今までよりよい暮らしができるようになると思うぞ」

（まさか……今この騎士は、私を安心させようとしてくれているのかしら？）

無表情で無愛想。マリーベルの心情なんておかまいなしな騎士だと思ったのだが、少しは思いやりもあるらしい。そういえば、そもそも最初に出会ったきっかけだって、男に絡まれているマリーベルを助けてくれたことだった。

（あんまり冷淡な態度だから私もムッとしちゃったんだけど……本当は優しい人なのかも）

そっと騎士をうかがい見る。ニコリともしない顔は相変わらずだが、最初のときほど嫌な気分にならない。

マリーベルの視線に気づいたのか、騎士がこっちを見てきた。

咄嗟に目を逸《そ》らし、馬車の窓から外を見る。

ちょうど王城の門をくぐるところで、窓の近くを白い鳥が飛んでいくのが見えた。


そして到着した王城で、マリーベルは拍子抜けしてしまう。

「きゃあ、久しぶりマリー。ねぇ、ねぇ、びっくりした？　絶対、私だって言わないでって頼んでおいたのよ」

騎士に連れられて入った大きな扉の中、待っていたのは十四歳のときに別れたきりのリリアンだったのだ。そういえば、王城には王太子妃になったリリアンもいたのだった。

(……あんただったの)

煌《きら》びやかな衣装に身を包み、柔らかなピンクブロンドの髪にティアラを載せた女性は、無邪気にマリーベルに飛びついてくる。

「びっくりさせないでよ」

「やだわ。驚かせたくて口止めしたんだもん。びっくりしてくれなくちゃつまんないじゃない」

リリアンは嬉しそうに笑う。体は大人になったのに、性格は相変わらずだ。天使のように可愛い笑顔に……殺意が湧いてきた。

(最初からわかっていれば、あんなに緊張したり覚悟したりしなかったのに！)

額でも小突いてやろうかと思ったマリーベルだが、すんでのところで、ここがどこだったか思いだす。天井の高い広い部屋は、この国の王太子妃の私室。豪華な調度品も、透明度の高い大きな窓ガラスも、そしてそこから見える極彩色の花々が咲き誇る庭園も、なにもかもが最高の物で調えられている。

そして、自分に甘えるように頭をぐりぐり擦《こす》りつけているのは、王太子妃殿下その人だった。

（……ま、リリーなんだけど）

ベリッとリリアンを引き剝がしたマリーベルは、そのまま深くお辞儀する。

「ご無礼をお許しください。王太子妃殿下」

大きな声で謝罪した。

この部屋の壁際には侍女が三人控えている。そのうちのひとりは年配者だからきっと侍女長だろう。背後にはここまで案内してくれた騎士がそのまま立っていた。

そう、この部屋にいるのは、マリーベルとリリアンだけではないのだ。同じ孤児院出身の幼馴染《おさななじ》みとはいえ、今や王太子妃となったリリアンに、平民のマリーベルが気安い態度を取っていいわけがない。

（原因は百パーセントリリアンだけど、不敬を責められるのは私になるはずよね）

そんなの絶対ごめんである。ここは謝る一手だ。

なのに、空気を読まないリリアンは「ええっ！」と叫んで、マリーベルの体を強引に引き起こしてきた。両肩に手を置いて、ユサユサと揺さぶってくる。

「マリーったら、なんで謝るの？　そんなことしないでよ。前みたいに、リリーを『いけない子ね』

って優しく叱って！」

――優しく叱った記憶なんてない。問題行動ばかり起こすリリアンに対しては、いつも厳しく注意していたはずなのだが、あれがリリアン的には『優しく叱られた』ということになっているのだろうか？

まあ、どんなに叱っても手応えはないなと思ってはいたのだが。たいへんだった孤児院時代を思いだし、マリーベルの頭が痛くなる。

「王太子妃殿下――」

「ダメ、ダメ、ダメ！　そんな風に呼ばないで。マリーはリリーの特別なんだから。名前で呼んでくれなくちゃ許さないわ」

許してくれなくていいので、早く帰してほしい。

「王太子妃殿――」

「リリーって、呼んでって言っているでしょう！」

頬をプクッと膨らませて、リリアンは睨んできた。たいへん可愛らしい姿なのだが、十八歳の人妻として、その態度はいかがなものだろう。

なんとかしてほしいという願いを込めて、壁際の侍女たちに視線を送った。

すると、侍女長らしき人が近づいてくる。

「王太子妃殿下、それより早くそちらの方をお呼びした理由を、お伝えになった方がいいのではありませんか？」

言われたリリアンがハッとした。パンと手を打ち鳴らす。

「そっか。そうよね。私ったらマリーに会えた喜びで、肝心な話をするのを忘れていたわ」

キラキラとした青い目で見つめられ、なんだか嫌な予感がする。孤児院時代、リリアンにこの目を向けられた後の無茶振りで、散々苦労したからだ。

（そういえば、今は女難の相もあったんだったわ。こっちは間違いなくリリーよね）

話なんて聞かずに逃げだしたいが、背後には騎士が立っている。前門のリリー、後門の騎士である。

「あのね、マリー、私、マリーに私の侍女になってほしいのよ」

想像どおりの無茶振りがきた。

「お断りします」

間髪容れず断る。

「ええっ！　どうして？」

どうしてもこうしてもありはしない。リリアンの侍女というのも嫌なのだが、なにより王城で働くなんて絶対お断りだ。

「私は、孤児院出身の平民です。王太子妃の侍女なんてできるはずがありません」

王城の侍女とは、王族や官吏、騎士に仕えて身の回りの世話をする女性のこと。そのほとんどが中位、下位の貴族出身だ。王族の侍女ともなれば、高位貴族の令嬢であっても不思議ではない。その中に平民が混じるなんて、前代未聞もいいところだろう。

「侍女なんて口実よ。私はマリーに傍《そば》にいて話し相手になってほしいの！」

「そんなもの、なおさら嫌に決まっているでしょう！」

思わず怒鳴ってしまった。多少言葉が崩れたが理解してもらいたい。

「ええっ！　どうして？」

どうしてもこうしてもありはしないのだ。先ほどと同じような思考を繰り返しながら、マリーベルは額を押さえる。

「平民が侍女になるだけでも、周囲は私を面白く思わないはずよ。それなのに仕事もろくろくしないでお喋りしているだけなんて、恨んでくださいって頼んでいるようなものじゃない」

そんなのお断りよと言うマリーベルに、侍女長も壁際の侍女ふたりも小さく頷いている。

「それなら侍女の仕事もしたらいいじゃない。マリーは私と違って、頭がいいし、器用だし、働き者だもの。きっと侍女だってうまくやれるに決まっているわ」

褒めてもらっても全然まったく嬉しくない。

「平民が侍女になるのが問題だって言っているでしょう」

「リリーがよいって言っているんだもの。問題なんてないわよ」

そんなわけあるか！　マリーベルは、大声で怒鳴りつけたいのをかろうじて堪《こら》えた。前々から話の通じないリリアンだったが、なんだかグレードアップしている。

（……ああ、違うわね。グレードアップしているのは会話の内容じゃなく、リリーの身分の方だわ。今の彼女なら本当に私を侍女にできるんだもの）

幼い頃のロウドウキジュンホウイハンやジドウギャクタイなんていう呪文は、唱えてもなんの効果もない訳のわからない言葉だった。しかし、王太子妃になった今、リリアンが言えば、訳がわからなくても実現させられる力のある言葉なのだ。平民を侍女にするなんてことでも、ごり押しできるに違いない。

（厄介だわ……王城で仕事をするなんて、絶対避けたいのに）

それでも相手はリリアンだ。なんとか言いくるめられるはずだと、マリーベルは思う。

「そもそも、どうして今さら私と話がしたいの？　孤児院を出て三年以上音信不通だったでしょう？」

素朴な疑問からぶつけてみた。

「そ、それは、その……ライアンさまと結婚するまでは、学園とかでいろいろと……その、やることがあって忙しかったのよ」

いろいろと言いながら、リリアンはマリーベルに目配《めくば》せする。彼女の言ういろいろとは、件《くだん》のオトメゲームのことだろう。きっと王太子をコウリャクするために一生懸命だったに違いない。

「それでなんで結婚したからって、私と話がしたくなったの？　私じゃなくともあなたと話がしたい人は、たくさんいるでしょう？」

マリーベルの質問に、リリアンはちょっと黙った。やがて――――。

「……だって、だって、王太子妃って思っていたよりずっとたいへんだったのよ。毎日毎日、すごくたくさん勉強しなくちゃならないの。それ以外のときも、カップの持ちあげ方から姿勢まで、気の抜けないことばかり。疲れたからって、ダラッとすることもゴロッとすることもできないの……私、もう、息が詰まって死にそうなのよ！」

両拳を握り、力一杯主張するリリアン。

部屋中に響き渡ったその声に、マリーベルは呆《あき》れた。

（そんなの当たり前でしょう）

壁際の侍女や侍女長、背後の騎士にチラリと視線を向ける。背筋をピンと伸ばし、リリアンの叫び声など聞こえなかったように立つ彼らは、おそらく全員生まれついての貴族だ。リリアンが死にそうだと主張することなど普通にできて、情けないその姿に呆れる様子さえ見せない。

（これが当然の世界で生きていかなきゃいけないのに、なにを今さら言っているのよ）

「それでも、王太子殿下と一緒にいたいんでしょう？」

「もちろんよ！　ライアンさまは、私のすべてなんだもん。だから、王太子妃教育だって、その他のことだって、リリーはちゃんと頑張っているわ。……でもでも、頑張ることと愚痴を言うことは、別なの！　リリーは、うわぁ～ってなったときに、弱音と泣き言を聞いてくれて共感してくれる人が必要なのよ。そして、それはマリー以外にいないの！」

……勘弁してほしい。そんなストレス発散先になりたくない。

「私には、無理だわ」

「そんなことないわ。むしろマリー以外にはお願いできないことだもの」

「ダメよ。だって私は黙ってリリーの愚痴を聞くだけなんてできないもの。きっと、いっぱい叱ってしまうに決まっているわ」

「マリーになら叱られたっていいのよ。孤児院のときで慣れているもの。それに、マリーはただ叱るだけじゃなくいろいろ助言もくれたわ。私、マリーにならむしろ叱ってほしいの！」

きゃっ、と恥じらいながら、そんな告白をしてくるリリアン。

マリーベルは、一歩後退《あとずさ》る。

「リリーはよくても、他の人は違うでしょう。私は不敬罪で罰せられたくないもの」

「大丈夫。もう、今回の話をする前からマリーには不敬を問わないって、みんなには言ってあるのよ。だから今までだって平気だったでしょう？」

……道理で多少無礼な会話をしても誰もなにも言わないなとは、思っていた。しかし、マリーベルが求めるのはそんな免罪符ではない。むしろ不敬だと城から追いだしてほしいくらいだ。

「リリーがそう言っても許してくれない人だっていると思うわ」

「え？　誰？」

「そうね、たとえば……王太子殿下とか」

「ライアンさまは、リリーのお願いを聞いてくれるわ。とっても優しいんだから。それに、マリーが昔と同じように私に接しても怒らないって約束してもらっているのよ」

「本当にそうかしら？　そんなにあなたを愛しておられるのなら、たとえ約束していたとしても私みたいな平民があなたを叱っているのを目にして許せるわけがないと思わない？」

「そんなこと――――」

「リリーだったら、大好きな人が他の人に叱られているのを見て、どう思う？」

リリアンは、段々自信がなくなっていくようだった。

もう一押しとマリーベルは思う。

「ね、やっぱり私を侍女にするのは止めておきましょうよ。もしこのことで、あなたと王太子殿下がケンカでもしたら、私は、とっても悲しいわ。どうしても誰かに愚痴を聞いてもらいたいなら、手紙をやり取りしてもいいから――――」

本当は手紙も嫌なのだが、侍女になるより百倍マシ。なんとかリリアンを説得しようと、マリーベルは言葉を尽くす。

「でも」と「だって」を繰り返し、声が弱くなってきたリリアンを追い詰めていく。

「……マリーの言うとおりなのかな？」

ついに、そう言いだしたときには、心の中で小躍りした。後は最後の詰めだけだ。

「そうよ。そのとおり――」

「いや、そんな心配いらないよ」

しかし、マリーベルが話しだした途端、あらたな声がその場に響いた。

「え？」

振り向けば、騎士が胸に片手を当て顎を引いている。壁際では、侍女長たちも深々と頭を下げていた。

「ライアンさま！」

リリアンの声が一オクターブ高くなる。

扉が大きく開いて、現れたのは腰まで届くストレートの金髪をゆるく背中で結んだ美青年だった。緑の目が真っすぐリリアンに向いている。

マリーベルの脇をパタパタと駆け抜けたリリアンが、パフッと彼に飛びついた。

「一時間ぶりですわ。お会いしたかったです。ライアンさま」

「私もだよ。リリー」

長い手がリリアンの背中に回り、優しく抱き寄せる。

一時間ぶりというのは、そんなに熱烈な抱擁をする間隔だろうか？　そんな疑問が浮かぶ間もなく、ドキドキドキと心臓がうるさく鼓動を刻む。手に汗が滲むのを感じながら、マリーベルも深く頭を下げた。

（……彼が、王太子）

未だにそんな実感はないが、前国王の私生児であるマリーベルにとっては『甥《おい》』である。

（同い年なんだけど）

同い年どころか、幻日が現れた十八年前の同じ日に産まれているはず。目の前でリリアンとイチャイチャするこの男こそが、マリーベルの『神の恩寵』を自分のものだと主張する王太子だった。

一生顔を合わせたくないと思っていた相手が、同じ部屋の中にいる。

（大丈夫……大丈夫のはずよ。私の痣は見えないんだし、私が本物の『神の恩寵』の持ち主だなんて、バレっこないもの）

それでも緊張せずにはいられない。頭を下げてジッとしていれば、ボソリと声が聞こえた。

「イチャつくのは、いい加減にしろ」

驚いたことに、それはマリーベルをここまで案内してくれた騎士の声。

頭を下げたまま視線を向ければ、今まで気配を消していた騎士は、不機嫌丸だしで腕を組み王太子とリリアンを睨んでいた。

「アル兄さん――――」

「お前は、言うことがあってこの部屋に入ってきたんじゃないのか？」

王太子は騎士に「アル兄さん」と呼びかけ、それを途中で遮った騎士は王太子を「お前」呼ばわりする。普通に考えればあり得ないことだ。

（え？　この騎士何者なの？　ただのリリーの護衛騎士じゃなかったの？）

びっくりしたマリーベルは、思わず頭をあげて騎士を見つめてしまった。

王太子は国王の第一子である。仲睦《むつ》まじい国王夫妻の間には、他に男の子と女の子がひとりずつ。当然弟妹だ。国王は側妃も愛妾《あいしょう》も持たないので、腹違いの兄弟もいなかった。

（私みたいに隠れた私生児がいるのかもしれないけれど……でも、他人の目のある場所で堂々と「兄さん」なんて呼びかけたりしないわよね？）

頭の中に疑問符が溢れかえる。考え込んでいれば、リリアンを腕から離した王太子が「そうだったね」と苦笑した。

「ついついリリーが可愛くて……ああ、ごめん、睨まないで。きちんと本題に入るよ。――――私は、マリーベル嬢を引き止めるためにここに来たんだ。君は、リリーが王太子である私に叱られてしまうのではないかと心配して身を退《ひ》こうとしているんじゃないのかな」

王太子は爽やかにそう言って、マリーベルの方を見た。

「え？」

「あらためて挨拶しよう。はじめましてマリーベル嬢。私はこの国の王太子であるライアンだ」

――――知っている。絶対会いたくない人だが、さすがに自国の王太子の顔がわからないほどマリーベルは無知ではない。

「お目にかかれて光栄です。マリーベルと申します」

慌ててマリーベルも挨拶を返した。貴族らしいお辞儀なんてできないから、さっきと同じように頭を深く下げるだけ。

「顔をあげてほしい。君のことはリリーからよく聞いているよ。孤児院でとても仲がよかった親友なんだと」

いや、親友になった覚えはない。思いっきり否定したいのだが、さすがにこの場でする勇気はなかった。

「そうなの。リリーとマリーは、とっても仲のいいベストフレンドなのよ！」

躊躇《ためら》っていれば、リリアンがテンション高く主張する。

「……勿体ないお言葉です」

顔を引きつらせないよう気をつけて、そう言った。

王太子は微笑《ほほえ》みながら、言葉を続ける。

「君は、孤児院に入ったばかりで不安だったリリーをよく支えてくれたそうだね。ときに優しく、ときに厳しく、教え導いてくれたのだとか。だから、私は今回君を侍女に迎えたいとリリーから相談を受けたとき、迷わず許可をしたんだよ。……同時にリリーは、君に昔と同じように接してほしいのだとも希望した。王太子妃の身分を考えれば難しいことだったけれど……私はそれにも許可をだしたんだ。リリーにとって、君の存在が大切だと思ったからね。だから、王太子妃に対する君の言葉遣いや態度について、私も他の誰も君に不敬を問うことはないと誓うよ」

王太子はきっぱりと言い切った。

……ありがた迷惑である。まったく一ミリも嬉しくなかったが、マリーベルは頭を下げる。他にどうしようもなかったからだ。

王太子はなおも言葉を続けた。

「リリーは、今、王太子妃となって慣れない王城暮らしで寂しい思いをしているんだ。私も精一杯支えているのだけれど、男の私では目の届かないところもあってね。君にも彼女を支えてもらえると嬉しいな。よろしく頼むよ」

……終わった。完璧に退路を断たれてしまった。マリーベルは、心の中でガックリと項垂れる。

王太子に「よろしく頼む」と言われて、断れる平民がいるだろうか？

少なくともマリーベルには、無理だ。

(相手がリリーだけなら、なんだかんだで言い含められたんだけど————)

「……わかりました。全力を尽くします」

仕方なくマリーベルは頷いた。

「きゃあっ！　ありがとう、マリー。マリーだったら、きっと『うん』って言ってくれると思っていたわ」

ピョンと跳びはねたリリアンが、喜び勇んでマリーベルに飛びついてくる。

押されて倒れそうになったマリーベルだが、グッと踏ん張った。

(……そうよ。このまま押し切られてたまるもんですか。なんとか少しでも活路を見つけてやるわ)

そう心に誓い、キッと顔をあげた。

「侍女になる件は承りましたが……期限をつけてもいいですか？」

リリアンを体にしがみつかせたまま、王太子に視線を向ける。

「期限？」

「え？　どういうこと、マリー？　ずっと傍にはいてくれないってこと？」

驚くリリアンはそのままに「はい」と答えた。

「リリー――――あえて、リリーと呼ばせていただきますが、彼女は王太子妃となったばかりで心が疲弊し、それを癒すために私という話し相手を求められているということは納得しました。でも、そうであれば、王太子妃の責務に慣れ王城の暮らしに順応すれば、私は不要になるはずです。なので、私の侍女としての任期は、一年間としていただけませんか？」

本当は半年……いや、できれば数カ月でお役御免にしてほしい。しかし、そんな短い期限では説得できないと思い、一年間と提案をした。

「ええ、そんな。リリーはマリーとずっと一緒にいたいのに」

腕にしがみついてくるリリアンの姿を、王太子に見せる。

「期限をつけなければ、リリーはずっとこの調子で私に甘えたままです。それでは、いつまで経《た》っても立派な王太子妃になれないと思います」

きっぱりと言い切ってやる。

王太子は、少しの間考え込んだ。

その間もリリアンは「嫌々」とマリーベルに縋ってくる。

それを見ていた王太子は「わかった」と頷いた。

「君の言うことも一理ある。望みどおり期限は一年間としよう」

その言葉を聞き、王太子がリリアンに甘いばかりのおバカじゃなくてよかったとホッとする。

リリアンは「えぇぇ～」と、情けない声をあげた。

「ライアンさま～」

「ただし、一年が経ったところで話し合い、延長することも可能としよう。……リリー、マリーベル嬢にずっと傍にいてほしいなら、頑張って彼女がそのまま仕えたいと思うような立派な王太子妃になればいいよ」

王太子に言い聞かされてもリリアンは不満そうだった。それでも最終的に「はい」と頷く。

延長なんて絶対しないと思ったマリーベルだが、落としどころとしては妥当かなと受け入れた。

「私の言葉をお聞き届けいただきありがとうございます」

「いや、今のやり取りで、君が本当にリリーのためを考えてくれていることがよくわかったよ。こちらこそありがとう。そして、今後一年間……できればその先もよろしく頼む」

王太子は、爽やかに笑った。

いくら爽やかでも、延長の件は受け入れられないが。

(絶対一年で城から出てやるわ！)

密かに拳を握り締めていれば……声が聞こえた。

「フン。……たしかにいい話だが、あまりに優等生すぎるな。――――王太子妃付きの侍女ともなれば、高位貴族の令嬢でもふたつ返事で引き受けるものだ。それを最初は固辞し、受け入れるとなったら期限をつける。……よほど君は王太子妃に仕えたくないらしい」

声の主は、王太子に「アル兄さん」と呼ばれた騎士だ。マリーベルを王城に連れてきたのも彼で、よくよく考えれば、彼がそもそもの元凶なのではと思えてしまう。

「あなたは、どなたですか？」

思いの外冷たい声が出た。

マリーベルの質問を聞いた騎士が、無表情を崩しフンと笑う一方、驚き声をあげたのは、リリアンだった。

「ええっ、マリーったらデラーン小大公さまを知らないの？　一緒に入ってきたから、てっきりお友だちになったんだとばかり思っていたのに」

「小大公さま？」

いったいどこをどうやったら、平民が小大公なんていう身分の人とお友だちになれると思うのか？　相変わらずリリアンの思考回路は、理解不能だ。

「アルフォン・ド・デラーン小大公さま。超有名人なのよ」

マリーベルの知らないことを教えられるのが嬉しいのだろう。リリアンが得意そうにフルネームを教えてくれる。

（小大公っていったら、大公家の嫡男のことじゃない）

大公というのは、王侯貴族において王家に次ぐ地位を表す称号だ。前々国王の弟がデラーン大公家の始祖で、現大公はその息子。国王にとって大公は従叔父《いとこおじ》に当たるはず。

（その息子が小大公だから、国王の再従兄弟《はとこ》になるのよね。……てことは、私にとっても再従兄弟なんじゃないかしら）

国王はマリーベルの異母兄になるので、その認識で間違いないはずだ。

ただの騎士だと思ったら、とんでもない身分の人だった。

「どうして、小大公さまのような偉い御方が、一介の騎士のまねごとをされているのですか？」

「一介の騎士だと名乗った覚えはないが？」

「お供もつけずに単身で私を迎えに来られるのですもの。一介の騎士だと思うに決まっています」

どう考えても、身分を偽ったとしか思えない。

「ごめんね、マリー。マリーを侍女にしたいってライアンさまにお願いしたときに小大公さまも一緒にいて、まず自分が会ってみたいって言われちゃったのよ」

「いろいろ問題の多い王太子妃が、王城の人事を無視して自分の幼馴染みを侍女に据えようというのだ。この目で人物確認をしたいと思っても不思議ではないだろう？　私の身分を明かしてしまえば素の姿が見られないからな。正体を隠すのは当然だ」

両手を合わせて謝ってくるリリアンとまったく悪びれない騎士……いや、小大公。王太子が困ったように「……アル兄さん」と彼を呼ぶ。なんとなくこの三人の関係性が見てとれた。実際の地位に関わらず、一番権力を持っているのは、間違いなくアルフォンだろう。

(王太子殿下が「兄さん」と呼んでいるんだものね。リリーのことだって、問題が多いとか言っちゃっているし)

少なくともアルフォンが、王太子やリリアンに遠慮している様子は少しもない。

「私のことより……マリーベル嬢、君はなぜそんなに王太子妃に仕えることを嫌がる？　平民であれば、泣いて喜ぶほどの幸運だろうに」

アルフォンは、ズバリ聞いてきた。

本当の理由を言うわけにはいかないマリーベルだが、言い訳くらいは考えてある。

「幸せは人それぞれ。私は自分の分を弁《わきま》えているだけですわ」

殊勝な態度で主張した。

「ほぉ～。では、そこの王太子妃殿下は分を弁えていないと言うんだな？」

小大公ともあろう者が、あげ足取りみたいなことを言わないでほしい。

「人それぞれと、言っています」

「ああ、たしかに弁えるも弁えないも人それぞれだな」

ああ言えば、こう言う。

「そうじゃなくって、分が人それぞれって言っているのよ！」

ついにマリーベルは、怒鳴ってしまった。

フンと鼻で笑ったアルフォンは、さらになにかを言おうと口を開く。

しかし、そのとき大きな声があがった。

「なっ！　あの白い花は……いったいいつからあの花は咲いている？」

焦ったような声の主は王太子。彼の手は真っすぐ伸びて、ガラス窓の外で咲き誇る花々を指している。この部屋に入ったときに見えた庭園の極彩色の花々だ。その中に数輪白い花が交じっているので、きっとそれのことだろう。

「え？　……あら、あんな白い花が咲いていたのね。全然気がつかなかったわ」

小さく首を傾げながら、リリアンはそう言った。侍女たちも顔を見合わせるばかりで、王太子の質問に答えられる者はいないようだ。たしかに、あれだけたくさんの花が咲いている中の数輪がいつから咲いているかなんて、覚えているはずもない。

（たしかに可憐《かれん》な花だけど、そんなに目立たない花だし、他の彩り鮮やかな花の方がよっぽど豪華で綺麗よね？）

白い花は、少し形が変わって見えるが、マリーベルにはどこにでも咲いていそうな花に見える。庭や道端で普通に咲いていたっておかしくない。

（誰も気にも留めないような花が咲いていることに、なぜそんなに驚いているの？）

内心首を傾げていれば、なんとその花を見たアルフォンまでが、顔色を変えた。

「まさか……あの花は」

「ああ、アル兄さん。あれは『神祥花《しんしょうか》』だ」

……嫌な予感がする。

「神祥花ってなんですか？　そんなに立派な名前の花には見えませんけど？」

よせばいいのに、リリアンが王太子にたずねた。「どこにでもありそうな花ですよね？」と、マリーベルと似たような感想を言っている。

「神祥花とは、王城に『神の恩寵』を持つ者がいるときに咲くという伝説の花だよ。今まで図鑑でしか見たことはなかったんだけど……」

王太子の声は、段々小さくなっていった。つまり、今日このときまで、王城にこの花は咲いていなかったということだ。

「お前がいるんだ。神祥花が咲くこと自体は不思議でもなんでもないが……なんで十八年も経って今頃咲いたんだろうな？」

心底不思議そうにアルフォンは考え込む。王太子の顔色は……悪い。

「ともかく、本当に神祥花かどうかたしかめよう。あと、城内の他の場所でも咲いていないか調べさせた方がいい」

王太子の肩をポンと叩いたアルフォンは、侍女長に庭師を呼ぶよう指示をだしながら部屋から出て行く。

「ライアン、行くぞ。騎士を集めろ。あと研究者も集めろ」

「あ、アル兄さん、待って。……リリー、また後で来るから」

「はい、ライアンさま。待っています」

部屋の外から促され、王太子も慌ただしく出て行った。バタバタと急に騒がしくなった周囲から完全に忘れ去られたマリーベルは――――密かに戦慄していた。

(十八年咲かなかった神祥花が咲いたのって……やっぱり私がここに来たせいよね)

それ以外考えられない。『神の恩寵』を持つ者が現れるのを待ち続けた花は、マリーベルの存在を感じ取り、満を持して咲いたのだ。

それは、王太子ではなくマリーベルこそが『神の恩寵』の持ち主だという証。今まで、そうだと思っていながらも、どこかでなにかの間違いではないかと……そうであってほしい！　と、願っていたマリーベルの、僅かな望みを打ち砕くたしかな証拠だった。

――――背中に、冷や汗がツーと流れる。……もう、ダメだ。

(王城、怖すぎでしょう！　こんな地雷があるなんて聞いていないわよ！)

やはり、一刻も早く侍女を辞めて城から出て行くべきだ。

そう決意をあらたにしたマリーベルだった。

第三章　小大公が協力者になりました

王城に着いたその日に、神祥花なるものを咲かせてしまったマリーベルだが、幸いにしてそれで怪しまれることはなかった。なんといっても王城は、バラナス王国の中枢機関。国王をはじめとした王族が暮らすだけでなく、大勢の文官、武官、神官に侍従や侍女、下働きの使用人まで数えれば、万にも及ぼうかという人々が集う場所でもあるからだ。マリーベルと同日に城に雇われた者で、同年代の者だけでも数十人。様々な理由で登城した者も入れれば百人は優に超えるため、そのうちのひとりでしかも平民のマリーベルに注目する者など誰もいなかった。

（それに、そもそも神祥花が咲いたのは、王太子になんらかの変化があったためだって思われているらしいし）

先日王太子はリリアンと結婚した。大恋愛の末、晴れて妃《きさき》を娶《めと》り心身が充実したために、神祥花は花開いたのではないかというのが、城内の大多数の見方だった。

（『神の恩寵』を持っているのは王太子だって、みんな信じ切っているんだから、それが普通の考えよね。……そうじゃないって知っているリリーは、自分の『聖女の祝福』のおかげだって思っているみたいだし）

「きっと、マリーに会えて嬉しすぎたリリーの感情が、あのお花を咲かせたのよ。さすが私。ライアンさまを支える最高のヒロインだわ」

自画自賛が強すぎる。

まあ、そういうことにしておいてもらえればありがたいので、ツッコミはしなかった。

王城に侍女として雇われたマリーベルの第一の仕事は、リリアンの愚痴の聞き役だ。このため、毎日夕食後の一時間ほどを彼女と一緒にすごすことになった。

城に連れられてきた翌日、リリアンから発せられた第一声が、先ほどの言葉である。そして、その後は、愚痴、愚痴、愚痴のオンパレード。

「リリーだって一生懸命やっているのに、誰も認めてくれないのよ。ひどいと思わない？　そりゃあ、礼儀作法や隣国の言葉なんかを覚えるのが大切だっていうのはわかるんだけど、大昔に死んだ王族の名前やら功績まで覚える必要はないと思わない？」

どうやら今日の王太子妃教育は王族の歴史だったらしい。その必要性がわからなかったリリアンは、不平不満だらけ。よくもここまでというほど愚痴を連ねている。

（そういえば、リリーは興味のないことを暗記するのが苦手だったわよね）

孤児院時代、一緒に勉強したときのことを思いだしたマリーベルは、同時にそのときの自分の苦労も思いだし、顔を顰める。

「……そういえば、私の働いていた食堂で、昔リリーが教えてくれたラーメンっていうのに似た食べ物があったわよ。なんでも何代か前の王さまの発案した料理って話だったけど」

「ええっ！　嘘っ、ラーメンがあるの？」

リリアンは、すごい勢いでマリーベルに迫ってきた。

「その話、詳しく！」

「そんなこと言われたって、私はリリーの言っていたものに似ているなぁって思っただけだもの。……私よりリリーの方がわかるんじゃないの？」

「そ、そうよね。ラーメンなら私の方が詳しいわ。……ええっ、でもこの世界にラーメンがあるなんて……ひょっとして、その何代か前の王さまも私と同じテンセイシャなのかしら？　リョウリチートがあったりして……うわっ、今日習った王さまの中にいたのかな？　誰だろ？　ああ、もっと真面目に授業を受けていればよかったわ」

リリアンは、ブツブツと呟きながら歴代の王を思いだそうとする。

マリーベルは、しめしめと思った。

（これで、歴史の授業は嫌がらずに受けるようになるわよね）

興味のないことには、とことんやる気をださないリリアンだが、その対処方法は実に簡単だ。要は、興味をかき立ててやればそれでいいのである。

（孤児院時代の苦労がここで生きるとは思わなかったわ）

ちなみに、ラーメンを昔の王さまが発案したなどという事実はない。実は、ラーメンは、リリアンの思い出話を元にマリーベルが作ったもの。試行錯誤の末に完成し、今では食堂の人気メニューになっている。

（リリーが食堂に問い合わせるといけないから、後で女将さんに手紙を書いて口裏合わせをしてもらおう）

まあ、バレたとしてもそれほど問題はない。ラーメンの一、二杯も作ってやれば、リリアンの機嫌は即直るから。

（単純だし、悪意を引き摺《ず》る性格じゃないのよね。明るくていい子だわ。……自己中なだけで）

マリーベルは、こっそりため息をついた。


さて、王太子妃の話し相手という重責を担うマリーベルだが、それは一日の一時間ほど。他の時間は普通に侍女の仕事をすることになった。それも王太子妃の専属ではなく、城内の掃除や消耗品の整理等々、誰にでもできるものを回してもらっている。

（リリーと四六時中一緒にいるなんて、絶対疲れるに決まっているもの。侍女の教育も受けていないから、高級なお茶の淹《い》れ方とか王族の身支度の手伝いなんかもできないし。下働きの仕事で十分だわ。……まあ、それでも問題だらけなんだけど）

別に仕事が難しいわけではない。問題は、仕事内容ではなくマリーベル自身にあった。

通りがかった廊下の隅でため息をつく。ちょうど正面から文官がふたり歩いてきたので、そのまま頭を下げた。

移動中らしいふたりは、マリーベルには見向きもせず会話しながら通りすぎて行く。

「聞いたか？　城の尖塔《せんとう》に神鵠《しんこう》が現れたとか」

「私は、昨日神殿の涸《か》れていた神泉《しんせん》に聖水が湧き出たと聞いたよ」

「今や庭園のあちこちで神祥花が咲き乱れているからな」

「吉兆だ。喜ばしいことだが――――なんで、今さらなんだろうな？」

ふたりは不思議そうに、ああでもないこうでもないと話しながら廊下の角を曲がって姿を消す。

マリーベルは……背中に冷や汗をかいていた。――――神鵠とは、なんのこともない白い鳥のこと。文鳥より大きくて椋鳥《むくどり》より小さい。長くフワフワの冠羽《かんう》を持っているが、それさえなければ他の鳥との見分けなどつかないとマリーベルは思う。

なので、先日尖塔の掃除をしていたときに窓の外で群れているのを見つけたマリーベルは、箒で追い払おうとしたのだ。すると――――。

「マリーベルさん、あなたはなにをしているの！」

窓を開け、振りあげた箒を勢いよく下げようとしたところを、他の侍女に止められた。

「え？　窓に鳥のフンがついたら嫌なので、ちょっと追っ払おうかなと思ったんですけど」

「今すぐ止めなさい！　その鳥は、神の祝福を運ぶ神聖な鳥なのよ！」

「……は？」

マリーベルは、呆然《ぼうぜん》とした。

なんでも神鵠は、神祥花と同じく『神の恩寵』の持ち主の元に飛来する鳥なのだそうだ。追い払うなど言語道断とのことで、その後マリーベルは侍女長にこってり絞られた。

――――ちなみに神殿の清掃に行ったのは昨日。特に何事もなく終了してやれやれと思いながら帰ってきた。帰る前に涸れた泉を見て、水を張った方がいいのになとは思ったが、それだけ。

夜にリリアンのところに行って、神泉という『神の恩寵』の持ち主が神殿に祈ると聖水が湧き出る泉が満たされたと聞いた。……無関係だと言い張りたい。

（私は祈ったりしなかったもの！　チラッと見ただけで水が出るとか、おかしいでしょう）

幸いにも、その日は王太子とリリアンも神殿に行ったそうだ。なんでも隣国イドゥーンから留学している王子に神殿内を案内するためだったとか。高貴な身分の三人が神殿を訪れる前の掃除のためにマリーベルは派遣されたのだった。

王太子とリリアンが並んで祈っているときに、神泉に聖水が湧き出たと報告されたため、原因は『神の恩寵』を持つ王太子だと断定されたらしい。

「もちろん、本当はリリーの『聖女の祝福』のおかげなのよ。リリーったら、内助の功を発揮しすぎだと思わない？」

マリーベルが全力で同意したのは言うまでもない。リリアンには、ぜひこの調子でいてほしい。

（…………っていうか、王城って地雷ありすぎでしょう！）

マリーベルは、声なき叫びをあげる。このままでは、気楽に散歩もできやしない。

幸いにして、今のところ誰も『神の恩寵』がもたらす奇跡とマリーベルを結びつけていないが、いつ何時気づかれるかわからない。

（とりあえず、仕事は最低限するとして、後は外に出ずに引き籠もることにしよう）

どうせ一年で辞めるのだから、人づき合いもしないと決めた。どのみち、平民から王太子妃付きの侍女に抜擢《ばってき》されたマリーベルは、周囲の侍女から疎まれている。無理に好かれようとせず、距離を取っていれば見向きもされないだろう。

（……ちょっと、へこむけど）

いや、なにより大切なのは我が身の安全だ。

監禁されない自由な未来のために、頑張ろうと思うマリーベルだった。

そんなある日。

「貴賓室の掃除ですか？　私ひとりで」

「ええ、そうよ。あなたはひとりが好きみたいだから、ちょうどよいでしょう？」

「なんといっても、王太子妃殿下に直々に抜擢された侍女なんですものね。私たちみたいな一般の侍女とは一緒に働きたくないわよね？」

「大丈夫。お部屋はそんなに広くないと思うわ。私たちは入ったことがないからわからないけれど」

マリーベルは、三人の侍女に囲まれて、今日の仕事を言いつけられていた。

城の奥にある貴賓室の掃除をひとりでしなければならないらしい。

「貴賓室なんて、そんな重要なお部屋を私が掃除してもいいんですか？」

「いいのよ。滅多に使われない部屋だから」

「そうね。私は使われているところを見たことがないわ」

「私もよ」

クスクスと侍女三人は笑う。

なんだか嫌な笑い方だった。この三人は、マリーベルを嫌う侍女たちの中心で、普段からなにかと嫌がらせをしてくるのだ。きっと、貴賓室の掃除もいつもの嫌がらせなのだろう。ものすごく汚れているとか、とんでもなく広いとか、そんな部屋に違いない。

しかし、マリーベルは渡りに船だと思った。普段から使われていないのならそこには誰もいないだろうし、なによりひとりで仕事ができるのが最高だ。

（ひとりっきりなら、おかしな奇跡が起こっても誤魔化しやすいわよね。掃除はたいへんそうだけ

ど……まあ、このくらいの嫌がらせなら黙ってされておいた方が、面倒がないわ）

「わかりました」

「お願いね。じゃあ、これが部屋の鍵だから」

渡されたのは、古い鍵だ。持ち手が複雑な透かしグリップになっていてずしりと重い。

「鍵が回りにくいかもしれないけれど、あなたなら大丈夫よね？」

「開けるのにちょっとコツがいるのよ。最初はうまくいかなくても諦めないで頑張ってね」

「乱暴にして壊さないでよ」

最後まで嘲るような笑みを浮かべたまま三人は離れていった。

その態度にはむかつくものの、言い争うのは時間の無駄。さっさとその貴賓室に向かって掃除をはじめた方が、ずっと建設的だろう。

そう思ったマリーベルは、背筋を伸ばしてこの場を立ち去ったのだった。

◇◇◇

この世界が乙女ゲームの世界なら、そこにはヒロインと敵対する悪役令嬢がいる。乙女ゲーム『幻日』において、王太子を攻略する際に立ちはだかる悪役令嬢は、キャロライン・ド・デラーン。小大公アルフォンの妹だった。

もちろんそんなことを知るはずもないアルフォンは、妹が王太子に婚約を解消されたことに、ひどく腹を立てている。

「いったいライアンは、なにを考えているんだ」

アルフォンは、国王の再従兄弟だが年齢は王太子に近い。二歳年下の王太子を、弟同様に可愛がってきたのに、この裏切り。怒るなと言う方が無理だ。

しかも婚約解消の理由は「真実の愛を見つけたから」などという不確かなもの。

「その『真実の愛』とやらが、初恋に浮かれた一時的なものとどう違うのか、お前に説明できるのか？」

「……それは。でも、すみません。私はリリアン以外との結婚は考えられないのです。どんな罰でも受けます。キャロラインとの婚約を解消してください」

大公家を訪れ、真摯に頭を下げた王太子を殴らなかったのは、許したからなわけじゃない。殴るのもバカバカしくなっただけ。絶対通りっこないと思った王太子の身勝手は、しかしリリアンに『聖女の祝福』があるとわかった途端、あっさりと通った。

たしかに『聖女の祝福』の力は得難いものだが、王太子に『神の恩寵』があるのなら無理に王家に取り込む必要はないはず。それより大公家と疎遠になる方が問題だろう。なのに、国王までもが頭を下げてきたのには驚いた。しかも、国王はアルフォンの機嫌を取るために、彼に婚約者をあてがおうとまでしてきたのだ。どんな美女も才華の持ち主も望みのままだと言われたが、そんなもので誤魔化されるはずがない。

「今問題なのは、ライアンの身勝手でしょう！　ご自分の息子の婚約も取り締まれない状況で、なにをやっておられるのです！　今後二度と私の婚約者について、関与しないでください！」

かなり不敬な態度を取ってしまったが、後悔はしていない。

憤懣《ふんまん》やるかたないアルフォンだったが、国王と極秘裏に話し合いを行った父の大公までが、婚約解消を受け入れてしまったため、どうにもならなかった。

「婚約解消の非はすべて心移りをした王太子にありキャロラインに瑕疵《かし》はないと、公式に王家から発表されることになっている。それで怒りを収めろ」

父の言葉には到底頷けなかったが、国王と大公が話し合って決めたのならアルフォンにはどうにもできない。

（いったいどうして王家は『聖女の祝福』を持つ妃を、そこまで必要とするんだ？　父まで認めるなんて本当におかしい）

――――おかしいと考えたアルフォンは、そういえばおかしいことは他にもあるなと考えた。それは、他ならぬ王太子の『神の恩寵』である。昔の文献には『神の恩寵』を受ける者が現れた際に、多くの奇跡がその者の周囲で起こったとあるのだが、それが今回は一切起こっていないのだ。バラナス王国内には『神の恩寵』が隅々まで行き渡り、国民はそれを享受している。だから不平不満などはないのだが、それでも不思議に思う者はいた。

（まさか、ライアンの『神の恩寵』は、不完全なのか？　そのため『聖女の祝福』で補おうとしている？）

いやいやまさかと、アルフォンは自分で自分の考えを否定した。王太子の『痣』は、誕生と同時に国王と大神官が確認している。たとえばその『痣』が一部欠けたりとかしていたとしても、その程度のことであれば、きっとライアンは自分に相談してくれているはずだと思った。

――――よもや欠けるどころか『痣』そのものがないのだなどとは、想像もつかなかったのだ。

(……今さら、愚にもつかないことを考えても仕方ないな)

不満を抱えながらも、アルフォンは王太子夫妻の結婚式に参加し祝辞を述べた。

だから、王太子の選んだ妃が優秀であったなら、その後の不満は抑えられたと思う。

しかし、王太子妃リリアンは、天真爛漫と言えば聞こえはいいが、考えなしの脳天気。すべてを自分の都合のよいように解釈し周囲を振り回す自己中心的な人物だった。

「あれのどこに王太子妃の素養がある？　キャロラインにもワガママなところはあるが、それでもあれよりよほどマシだ」

どうしてあんな者に自分の妹が負けたのか？　怒りを堪える日々を送っていたアルフォンだったが、リリアンはそんなアルフォンを煽るかのように、平民を自分の侍女にしたいと言いだした。

もちろんアルフォンは反対したが、王太子を味方につけたリリアンの願いは聞き届けられてしまう。

「それなら私が、その侍女候補を迎えに行く」

アルフォンは、そう申し出た。まず自分の目で人物鑑定を行うためだ。

「え～、小大公さまがですか？　まあ、それでもいいですけど……マリーはモブだけどとっても美人なので、小大公さま好きにならないでくださいね。いくら小大公さまでも、マリーの一番の座は譲れませんから！　あ、あとびっくりさせたいので、私が呼んでいるってことは内緒にしてください。……フフッ、マリーきっと喜んでくれるわよね」

表情豊かに語られるリリアンの言葉は、半分意味がわからない。なぜアルフォンが、リリアンの友人などを好きにならなければいけないのだろう？

いろいろ言いたいことはあったが、アルフォンは無表情のままリリアンの元を去った。急いでその侍女候補の元に赴くためだ。

（万が一、王太子妃と同じような性格だったら、どんな理由をつけても王城には近寄らせない）

あんな傍《はた》迷惑な性格の人間は、ひとりで十分だ。仲間を増やしてなるものか。

覚悟を決めてアルフォンは、侍女候補のマリーベルという女性の元に向かった。途中、悪漢に絡まれている女性を助け、それが当のマリーベルだったと知ったときは驚いたが、当初の覚悟に変更はない。

しかし、意外なことにマリーベルは、王城行きを断った。迷う素振りもなく、一刀両断だ。

頑《かたく》なな彼女の態度を見て……アルフォンの考えは変わった。

――――彼女を王太子妃の侍女にするのは、案外良策かもしれない。出会ってからの短いやり取りの中で見る彼女は、リリアンとはまったく違う。礼儀正しかったし、気が急《せ》くあまり無愛想になったアルフォンに、真正面から言い返した姿は、堂々としていた。

アルフォンは、実力主義者。気に入らない王太子妃の友人でも、使える者ならば使った方がいい。

（もっとも、本当に使えるかどうかの判断はまだ早いな。もう少し人となりを知りたいから、少々厳しく当たってみるか）

「……王城からの命令に逆らうのか？」

アルフォンは冷たい口調で問いかけた。

「急は困るって言っているんです。……明日じゃダメですか？」

隙あらば逃げだそうとしていることがうかがえる態度で、マリーベルは逆らってくる。

ここまで嫌がるのも、不可解だ。見知らぬ人物からの呼びだしで警戒するのはわかるのだが、こちらはきちんと騎士の装束を着ている。先ほど悪漢から助けたことでも、害を加えるような者ではないことは、わかるはず。

(普通の平民ならば、騎士からの呼びだしに逆らおうなどと思わないのでは？)

よほど城に来たくないのか？　それとも、アルフォンに不信感を持っているのか？

どちらにせよ、このまま引き下がる気はなかった。

平時の無表情から、冷静沈着な人間と思われがちなアルフォンだが、実は案外負けず嫌いなところがあった。ここまで徹底的に拒まれると、反対にどうやっても連れて行こうと思ってしまう。

「行くぞ」

食堂の女将の口添えもあり、無事にマリーベルを王城に連れて行くことができた。

そして、なんと彼女は侍女になってほしいという王太子妃からの頼みも断ろうとした。最終的に受け入れたが、不承不承だったのは一目瞭然だ。しかも一年間という期限までつける。

「……マリーベル嬢、君はなぜそんなに王太子妃に仕えることを嫌がる？　平民であれば、泣いて喜ぶほどの幸運だろうに」

「幸せは人それぞれ。私は自分の分を弁えているだけですわ」

それだけが理由とは思えないが。

その後、王太子が神祥花を見つけたことにより、その場を離れてしまったが、アルフォンの中にマリーベルは強く印象づけられた。

その後王城には『神の恩寵』にまつわる吉兆が次々と現れた。今では庭園のあちこちに神祥花が咲き乱れ、頭上を神鵠が飛ぶ。神殿の神泉には聖水が満々と溢れ、飲めば病《やまい》がたちまちに治ると言われる『神の恩寵』の水を求めて、人々が列を成していた。

次々と起こる奇跡の対応に振り回され、マリーベルの存在など思いだす暇もなかったアルフォンが、彼女の名を耳にしたのは侍女の控え室前。近道だからと普段使わない通路を歩いていたら聞こえてきたのだ。

「フフフ、マリーベルったらいい気味だわ」

「いくら頑張って鍵を回したって、あの『開かずの間』の扉が開くわけがないもの。諦めるなって言っておいたし……掃除をするどころじゃなくなって、今頃泣いているんじゃないかしら？」

「平民のくせに、王太子妃さまのお気に入りだからって、すましちゃってさ。身の程を知るといいんだわ」

大きく開かれた控え室の扉の向こうで、侍女が三人ニヤニヤと笑いながら話している。『開かずの間』というのは、昔『神の恩寵』の持ち主が使っていたという部屋のこと。王太子は自分の宮を持っているため不要だということで、今は使われていない。というか、『神の恩寵』を持つ王太子以外に部屋の鍵を開けられないのだ。

（まさか、あの侍女たちは『開かずの間』の掃除をマリーベル嬢に言いつけたのか？）

話を聞く限りは、そうとしか思えない。きっと、平民なのに王太子妃の侍女になったマリーベルを妬んでそんな愚行に及んだのだろう。

（……チッ）

アルフォンは、心の中で舌打ちした。マリーベルを侍女として望んだのはリリアンだが、実際に連れてきたのはアルフォンだ。王城に来ることを最後まで嫌がっていたマリーベルの顔を思いだす。

（面倒だが、このまま見すごすのは寝覚めが悪いな）

この場で三人の侍女を叱りつけてもいいのだが、その結果マリーベルがさらなるイジメに遭うようになれば本末転倒だ。アルフォンは、踵《きびす》を返すと『開かずの間』を目指した。

さっさと行ってマリーベルを助けだそう。

カッカッと、靴音高く城内を進むアルフォンを、すれ違う人々が驚いたように見てくる。その中には、隣国から留学している王子の姿もあったが、今は挨拶する間も惜しく黙礼だけで通りすぎる。

そして着いた『開かずの間』の前で、アルフォンは戸惑った。そこにいると思ったマリーベルの姿がなかったからだ。

（諦めて戻ったのか？）

それならそれでいいのだが。

無駄足だったかと、その場を離れようとしたアルフォンだが、ふと足を止めた。扉の中から音が聞こえたような気がしたからだ。

（……まさか鍵が開いている？）

恐る恐るドアノブに手をかければ——ガチャリと動く。信じられない思いで中を覗けば、そこには機嫌よく鼻歌をうたいながら絨毯《じゅうたん》にブラシをかけるマリーベルがいた。

素早く部屋の中に入ったアルフォンは、バタンと扉を閉める。

マリーベルが驚いたように振り向いた。

「君は、なにをしている！」

「……掃除ですけど？」

そんなことは、見ればわかる。

「ここは『開かずの間』だ。この部屋の扉を開けられるのは『神の恩寵』の持ち主だけなんだぞ！」

怒鳴ったアルフォンに、マリーベルはこの世の終わりを見たかのような顔を向けた。

◇◇◇

アルフォンが部屋に突入してくる少し前、マリーベルは上機嫌で掃除をしていた。

開けづらいと脅かされた貴賓室の鍵はなんの抵抗もなく素直に開いたし、恐る恐る覗いた部屋の中も、綺麗だしそれほど広くないしで、ある意味拍子抜けするほど順調だった。

（調度品はものすごく高価そうだけど、壊さないように慎重に掃除すれば問題ないわよね）

嫌な感じだった三人の侍女も、警戒したほど悪い人間ではなかったらしい。この程度の嫌がらせなら、むしろ毎日ウエルカムだ。フンフンと鼻歌まで出てきてしまう。

せっせと絨毯にブラシをかけていれば、バタンと扉が音を立てた。

驚いて振り返れば、いつの間に入ってきていたのだろう、アルフォンが立っている。

「君は、なにをしている！」

「……掃除ですけど？」

なにをわかりきったことを聞くのだろう？

内心首を傾げれば、とんでもないことを言われてしまう。

「ここは『開かずの間』だ。この部屋の扉を開けられるのは『神の恩寵』の持ち主だけなんだぞ！」

――――なんだ、それは。

マリーベルは、この世の終わりのような心地になった。

ど、ど、どうしよう！

「え、えっと……これは……その……あれで……それで」

まともな言葉が出てこない。しどろもどろになったあげく、グッとブラシを握り締めて大きく振りあげ、思いっきり床に叩きつけた！　ブラシは、ガコンと音を立て二、三度跳ね返る。

「なんて傍迷惑な扉なのよ。王城って地雷多すぎでしょう！」

怒鳴ってしまったが、仕方ない。ハアハアと大きく肩で息をつく。

……まさかそんな部屋だとは思いもしなかった。今すぐここを出て鍵をかけ、すべてなかったことにしたいのだが……そうもいかない。

アルフォンが鬼気迫る表情で近づいてきた。

「いったいどういうことだ？　なぜ、君がこの部屋の扉を開けられる？」

そんなもの、言うまでもないだろう。しかし、絶対認めたくない。

ギュッと唇を引き結べば、アルフォンは戸惑いの表情を浮かべた。

「……………まさか、君も『神の恩寵』の持ち主なのか？」

どうやら彼は、マリーベルに『神の恩寵』があると推測しても、王太子にないとは思わなかったらしい。

（それが普通よね）

王太子に『神の恩寵』があることは、疑う余地なく周知されている。現に今までこの国は『神の恩寵』の恩恵を受けてきたのだ。それがマリーベルのおかげだなんて思いもしないのだろう。

マリーベルは、なおさら認めたくなくなって、視線を逸らして横を向いた。きっと自分がなにを言ったって、信じてくれないに決まっている。

アルフォンが大きく息を吐く音がした。

「正直に話せ。……さもなくば、私はこのことを国王陛下と王太子殿下に報告するぞ」

マリーベルの体が、ビクッと揺れた。

「それだけは、止めて！　私は監禁なんてされたくないの！」

「監禁？　なぜ監禁されると思うんだ？」

アルフォンは、考え込む。……やがて、ハッとした。

「まさか『神の恩寵』があるのは、君だけなのか？　ライアンは偽物で、それを隠すために監禁されると恐れている？」

——驚いた。わかってくれるなんて、思ってもみなかった。

きっとアルフォンは、とても優秀な人間なのだろう。そうでなければ、これまでに王太子の『神の恩寵』に対し、なにか不審を感じていたのかもしれない。

（彼ならきちんと話せば、わかってくれるのかもしれないわ）

そうは思ったが、信じ切れないマリーベルは頑なに横を向き続けた。

「それで城に来ることを嫌がったのか。……いいからさっさと本当のことを言え。君は……国王陛下の隠し子なのか？」

とんでもない誤解だった。思わずマリーベルは、正面を向く。

「違う！　違います。私は……前国王の私生児なんです……多分」

「前国王の私生児？　多分？」

言ってしまった。……もう、こうなっては仕方ない。ここまで知られたからには、余計な誤解を生まないためにも知っていることは話してしまった方がいいと、マリーベルは思った。

覚悟を決めた彼女は、アルフォンに真実を伝える。

――――リリアンとの出会いから、彼女にオトメゲームの話を聞いたこと。その際に見せられた『神の恩寵』の『痣』が自分の胸にあり、しかしそれは他の人には見えないものだということ。リリアンの話を信じたくはなかったが、その後彼女は自分が言ったとおり『聖女の祝福』を発現させ、王太子妃になったことも。……包み隠さず洗いざらい、マリーベルは話した。

アルフォンは、ところどころ口を挟みたそうにしていたが、それでも最後まで黙って聞いてくれる。長い話を聞くうちに、彼は段々落ち着いてきたようだった。そして――――。

「オトメゲームだと？　それがなにかはわからないが、この世界の運命や未来の可能性を記したモノということか？　……にわかには信じ難いが、君はたしかに『開かずの間』の鍵を開けた。ライアンは、自分には王太子宮があるから必要ないと言って、この部屋には近寄ろうともしなかったしな。……それに、神祥花が咲いたのも神鵠が飛来したのも神泉に聖水が溢れたのも、すべて君が王城に来てからのことだ。……どれもこれも、君が本物の『神の恩寵』の持ち主で、ライアンは間違って『神の恩寵』を持っているとされてしまった偽物だということを裏付けている。……そうか。だからライアンも国王陛下も……そして父までも――――」

アルフォンは、顎に手を当て眉間にしわを刻む。なにかに納得したように頷いたが、表情は険しかった。

「お願い！　このことは誰にも言わないで。私、お城に監禁されたくないの！」

マリーベルは、必死に頼む。両手を胸の前で祈るように組んで懇願した。

「監禁されるとも決まっていないとは思うが………ああ、いや、現状ではその可能性が一番高いな。そうでなければ、君が女王になってライアンは廃嫡――――」

「絶対嫌です！」

なんと恐ろしいことを言うのだろう。アルフォンの言葉を遮って、マリーベルは叫んだ。女王だなんて面倒くさくてたいへんそうな存在には、なりたくない！　マリーベルの理想は、田舎でのんびりゆったり暮らすことなのだ。

心の底から力一杯否定する彼女に、アルフォンは頷いた。

「賢明だな。一国をまとめる困難やその重責を担う覚悟のない者が王になんてなるものじゃない」

そのとおりだと思う。孤児院育ちで学もなにもないマリーベルに、国を治めることなんて無理だ。

アルフォンは、なおもなにかを考え込んでいた。やがて顔をあげる。

「……そうだな。いろいろと思うところはあるが……国王となるのはライアンのままがいいだろう。あいつは、まだまだ力不足だが覚悟は十分ある。よき王になろうと真面目に努力しているからな。……『神の恩寵』などあろうとなかろうと、あいつは王に相応しい」

女性を見る目は最低だがなと付け加えながら、アルフォンはそう言った。

どこかスッキリした表情を浮かべるアルフォンに、マリーベルは力強く頷いた。

「お願いします。私は女王なんてなりたくないし……でも監禁されるのも嫌なんです！　贅沢《ぜいたく》なんてしなくていい。平民として自由に暮らしていきたいんです。……別に、私がお城にいなくたって今までも困らなかったし、これからも困りませんよね？」

マリーベルの訴えに、アルフォンは「そうだな」と頷く。考えながら口を開いた。

「私は、常々我が国の『神の恩寵』第一主義には疑問を持っていたんだ。『神の恩寵』を持つ者を大切にするのはともかく、その者が王である必要はないのではないかとな。王となる者は『痣』の有るなしに関わらず、王の資質を持ち、よい王たらんと努力する者であるべきだ」

現実的で実力を重んじるアルフォンの考えに、心から同意したマリーベルは、パチパチと手を叩いた。無表情で無愛想。マリーベルの言動に文句をつけるアルフォンを嫌な奴だと思っていたが、ちょっとだけ見直してもいいかもしれない。

そんなマリーベルに、アルフォンは呆れたような視線を向けた。

「手なんか叩いている場合か。とりあえず私は、今の段階で君をどうこうしようとは思わないが、同じように考える者は他には皆無だと断言するぞ。それくらい我が国にとって『神の恩寵』は特別なんだ。君の存在を知れば、誰もが君を放っては置かない。……少なくともライアンは、君に玉座を渡そうとするだろう」

「ええっ！」

なにその迷惑行動。

思考が顔に出たのだろう。アルフォンは珍しく苦笑した。

「ライアンは、良くも悪くも真面目な男だ。今は、国民を動揺させないように『神の恩寵』を受けたことを否定していないのだと思うが……本物の『神の恩寵』の持ち主が現れたならすぐにでも王太子の座を明け渡そうとするに違いない」

「そんなもの、いりません」

「君がいるかいらないかは、ライアンにとって重要ではないだろうな」

本当に迷惑千万である。

「やっぱり今すぐ王城を出た方がいいかしら？」

アルフォンに事情がバレたのだ。王太子よりもよほど偉そうな彼ならば、マリーベルを城からだしてくれることが可能ではないだろうか？　期待を込めて見つめれば、首を横に振られた。

「それは止めた方がよい。君が来たことで王城内に『神の恩寵』の奇跡が起こったんだ。今は誰も君とその現象を結びつけていないが、君が去った後に奇跡が起こらなくなったなら……その関連性に気づく者が出てくる可能性はある」

やはり王城は鬼門だった。来るべきではなかったのだと、マリーベルは実感する。

項垂れるマリーベルの肩を、いつの間にか近寄ってきていたアルフォンがポンと叩いた。

「大丈夫だ。私が君に協力しよう。君に『神の恩寵』があるとわかって、女王になんてなられたら困るからな」

たいへん心強い提案だが、信用しても大丈夫だろうか？

不安が顔に出ていたのか、アルフォンはニッコリ笑った。

「とりあえず、この『開かずの間』のように王城内には『神の恩寵』に関する様々な言い伝えのある場所や物があるからな。それを一覧にして渡してやろう。覚えて近づかないようにするといい」

それはとてもありがたい。

「……それってどれくらいあるんですか？」

「そうだな。ざっと思いだせるくらいで、一、二、三――――」

アルフォンは、指を折って数えはじめる。両手を三回折ってもまだ終わらなかった様子を見たマリーベルは、その場でガックリ崩れ落ちた。そんなに多いなんて聞いてない。

「安心しろ。私もできるだけサポートする」

「本当ですか？」

「ああ。無能な王を戴《いただ》く家臣ほど悲惨な者はないからな」

言葉にトゲがありすぎると思う。

それでも今はアルフォンを頼るしかないマリーベルだった。

第四章　小大公の恋人（？）になりました

その後、マリーベルは無事部屋を出ることができた。

表向きには、彼女は『開かずの間』の前で鍵を開けることができず途方に暮れていたところを、ちょうど通りかかったアルフォンに助けられたという形で、体よくアルフォンは侍女長に抗議した。

「彼女は、王太子妃殿下の依頼を受けて私自ら城に迎え入れたのだ。そんな女性にこのような幼稚な嫌がらせをするなど、王城の侍女はよほど暇だと思える」

小大公の怒りを恐れたのか侍女長は、嫌がらせをした侍女三人に厳罰を下した。具体的には減給三カ月とマリーベルへの接近禁止令だ。加えて事の次第を実家に連絡したため、小大公の不興を買いたくなかった彼女たちの実家は、程なく三人を宿下がりさせた。王城の侍女を途中で辞めさせられたような貴族令嬢に、今後良縁がくる可能性は低く、彼女たちの未来は明るくないと思われる。

「また同じようなことが繰り返される恐れもある。今後マリーベル嬢の仕事の割り当ては、私の目の届くところにするように」

アルフォンの要望を最優先で聞き入れた侍女長によって、マリーベルは小大公の執務室の掃除や書類整理などを優先的に行うようになる。おかげで『神の恩寵』関連のトラブルを未然に防げるようになったのだが、それには大きな代償がついてきた。

「ああ、マリーベル、私の方に来てくれないか」

無表情、無愛想、不機嫌が標準装備の小大公が、ひとりの侍女を手招きする。

「はい。小大公さま」

呼ばれた侍女は、タタタと軽い足取りで小大公に近づいた。

侍女の耳元に小大公がそっと口を近づける。

「その先には、資料ナンバー十八の自動再生ピアノがあるから近づくな」

自動再生ピアノとは、弾き手がいなくとも自動で音楽を再生するピアノである。再生スイッチが『神の恩寵』の持ち主が傍に行くことなのは、言うまでもない。

侍女は、コクコクと何度も頷いた。

このように、当人同士の会話には甘いものなど欠片もないのだが……周囲から見たその様子は、まるで恋人同士のやり取りのようで――――。

「マリーったら！　いったいいつの間に小大公さまとラブラブイチャイチャバカップルになったの？」

いつもの王太子妃の愚痴を聞く仕事で、久しぶりにリリアンの呪文を聞いたマリーベルは、お茶を飲む手を止めた。ロウドウキジュンホウイハンと同じくらい長い呪文ではないだろうか。

「違うわ」

すぐに否定する。訳のわからない呪文でも、同意しちゃいけないことくらい前後の言葉でわかる。

「えぇ～？　今、お城の中では、小大公さまと侍女のミブンサ×デキアイ物語で持ちきりなのよ。小大公さまの一目惚《ひとめぼ》れからはじまる禁断の愛！　今後の展開にみんな興味津々なのに。……ねぇ、リリーにだけ内緒で教えてよ。本当はラブラブなんでしょう?」

「違うわ」

ともかく否定する。

リリアンは、不満そうに頬を膨らませた。

マリーベルがうっかり『神の恩寵』に関わる奇跡を引き起こさないように、アルフォンがサポートしまくった結果がこれだ。

(いくらなんでもあり得ないと思うんだけど……とんでもない誤解だわ)

一生懸命否定しているのだが、なかなか信じてもらえない。ついにはリリアンにまで伝わって、マリーベルは質問攻めに遭っていた。

「違うったら違うわ。これは絶対よ」

断固として宣言すれば、リリアンは残念そうなため息をつく。

「あ〜あ、つまんないわ。誰にも心を許さない小大公さまが愛する人にはデレデレだとか、絶対面白いのに。これで小大公さまに婚約者でもいたらリャクダツアイも入って完璧になるのになぁ〜」

なにを期待しているのだろう? そんな妄想ばかりしているから王太子妃教育が進まないのだ。

呆れかえったマリーベルだが、ちょっと気になる言葉があった。

「小大公さまには、婚約者がいないの?」

高位貴族であればあるほど婚約者がいるのが普通だ。中には産まれてすぐに決まるケースもあり、大公家の嫡男に婚約者がいないとは思わなかった。

「あ、気になっちゃう? やっぱりマリーったら恋しているんじゃない?」

「違うったら。でも小大公さまはもう二十歳でしょう？　なんでいないのかなと思って」

やはり、あの性格だろうか？　あれほどの無愛想であれば女性が嫌がっても納得だ。

何気に失礼なことを考えていたのだが、リリアンの返事は予想外だった。

「もう、マリーったら素直じゃないんだから。……わかったわ。リリーが特別に教えてあ、げ、る。あのね、小大公さまに婚約者がいないのは、妹のキャロラインのせいなのよ」

リリアンは身を乗りだすと、耳元に囁《ささや》いてきた。

「キャロライン？」

「ええ、そうよ。キャロラインは、オトメゲームのライアンさまルートで立ちはだかるアクヤクレイジョウなんだけど、ものすごいブラコンなのよ！」

……聞かなければよかったと、マリーベルは思った。リリアンは、オトメゲームの話をはじめると止まらない。しかし、時既に遅し。リリアンは嬉々《きき》として語りはじめた。

「あのね、キャロラインはね、小大公さまの妹で、ライアンさまの婚約者なの。ライアンさまをコウリャクしようとすると嫌がらせや意地悪をしてくるんだけど、やることは教科書を破くとか部屋に閉じこめるとかで、うざくはあるんだけどそれほどひどいイジメはしてこないのよね。それには理由があって……実は、キャロラインは重度のブラコンで、ライアンさまにはあんまり興味がないのよ。私のせいで婚約破棄――この世界では婚約解消されたんだけど、そうされて表向きは怒って見せても、内心喜んでいるくらいなの。あ、ゲームの中には、キャロラインとのユウジョウエンドもあるくらいなのよ」

王太子と婚約解消して内心喜んでいる大公令嬢なんているのだろうか？

普通なら信じられないが、リリアンの話は、どんなに荒唐無稽に思えても真実だ。

「だから、私からしたらキャロラインは全然怖くないんだけど……ゲームのセッテイシュウにキャロラインのブラコンぶりが載っていてね。過去のキャロラインは、兄の婚約者に過度な嫌がらせをして全員を婚約辞退させていたみたい。社交界で仲間外れにしたり、故意に誤った情報を伝えて恥をかかせたり、お相手の令嬢がノイローゼになるまで苛《いじ》めたんですって。あんまりそれがひどかったものだから、小大公さまは『妹が嫁ぐまで私は婚約しない』って宣言したらしいわ。さすがに王太子妃になって落ち着けば、兄の結婚に横槍《よこやり》を入れたりしなくなるだろうっていう判断だったみたいだけど、私が王太子妃になった今となっては、どんな暴走をするかわからないわよね」

またもやツッコミどころ満載の話である。兄が好きだからといって、兄の婚約者に嫌がらせして婚約破棄させる妹なんて怖すぎる。キャロラインには近づかないようにしようと、マリーベルは心に誓った。

「マリーもキャロラインには気をつけてね。……ああ、でもそういう障害のある恋もステキよね。ハードルが高ければ高いほど燃えあがる恋心！　リリー、精一杯応援するわ！」

そんな応援必要ない。

「違うって言っているでしょう」

「もうっ、マリーったら恥ずかしがり屋さんなんだから」

「違うわ」

この後、マリーベルは何度も「違うわ」と繰り返した。

リリアンが納得したかどうかは、甚だ疑問である。

◇◇◇

キャロライン・ド・デラーンは、兄のアルフォンが大好きだった。どのくらい好きかと言うと、お兄さまのためならば、顔ぐらいしか取り柄のない王太子と婚約できるくらいだ。

（その顔も、お兄さまに比べたら月とすっぽんなのだけど。ああ、あと『神の恩寵』を持っているところも評価できるかもしれないわよね。……お兄さまの役に立ちそうだから）

お兄さまのためならば自分の婚約者だって馬車馬のようにこき使う。それを当然と考えるのがキャロラインだった。

しかし、そんな考えが悪かったのか、王太子には婚約を解消されてしまう。まあ、それもお兄さまがよしとしてくださったので、問題はなかったのだが。むしろ鬱陶しい王太子妃教育とか婚約者の義務だとかに煩わされず、お兄さまを愛《め》でる時間が増えたので、キャロライン的には大歓迎。婚約解消後のキャロラインの日常は、お兄さまではじまりお兄さまで終わる日々が続いていた。

この日もキャロラインは、起床後に素早く身支度を整えて、朝の鍛錬中のアルフォンにタオルと水を差し入れに行く。そのままうっとりと見学してから、一緒に朝食をとり、登城するアルフォンを、涙を堪えて見送った。

午前中はアルフォンに渡すハンカチに刺繍をしたり、アルフォンに届いた手紙に身の程知らずの令嬢からの恋文が交じっていないかの確認をしたりと、キャロラインなりに忙しくすごす。

昼は大公家の料理人が腕を振るった昼食を城にいるアルフォンに届け、そのまま一緒に食べた。

そして、現在、帰るふりをしながら王城に残り、遠くから物陰に隠れてアルフォンをジッと見守っている。

「お嬢さま、さすがにこれはやりすぎです。アルフォンさまも、昼食後はすぐに帰るようにとおっしゃっていたじゃないですか」

キャロラインの後ろに控える大公家の侍女が、遠慮がちに主人の袖を引いた。アルフォンは、その他にも昼食をわざわざ持ってくる必要はないとも言っていたのだが、キャロラインの耳は聞きたくないことをすべてスルーできる特別仕様だ。

「うるさいわね。私には、お兄さまに関する口にするのも汚らわしいある噂を確認するという重大使命があるのよ。黙って控えていなさい」

オペラグラスを目に当てるキャロラインの視線の先は、騎士の鍛錬場だった。王の閲兵式も行える格式張ったスペースで、これからアルフォンは王太子夫妻と共に、近衛《このえ》騎士の訓練を査閲することになっている。

「ああ、お兄さま。騎士服姿もお似合いですわ！」

剣を腰に佩《は》き鍛錬場に現れたアルフォンの勇姿を、キャロラインはうっとり見つめた。

ちなみに一緒にアルフォンより立派な剣を佩いた王太子も入ってきているのだが、キャロラインの目には映らない。

甘く下がったキャロラインの目尻は、しかしアルフォンの後ろに付き従う侍女を見た途端、キリリとあがった。

「ひょっとして、あの侍女が――――」

キャロラインが小さく呟いたときだった。空から数十羽の神鵠が舞い降りてくる。きっと『神の恩寵』の持ち主である王太子を祝福に来たのだろう。しかし、いささか勢いがつきすぎているようだ。

「きゃっ」

小さく悲鳴をあげた王太子妃を王太子が庇《かば》った。

続いて、王太子のすぐ横にいたアルフォンが、自分の背後の侍女を庇うように抱き寄せる。

王太子夫妻とアルフォン、侍女の四人は、あっという間に神鵠に囲まれた。

「あっ！　やっぱり。あれよ！　あの侍女が、お兄さまの不愉快極まりない噂の元凶に違いないわ」

隠れていることも忘れて、キャロラインは怒鳴る。飛びだしていこうとしたところを、慌てて侍女が引っ張り、物陰へと連れ戻した。

「お嬢さま、ダメですって。ここで騒いだら、アルフォンさまに見つかって、私までお叱りを受けてしまいます！」

侍女は必死だ。大公家の使用人には、アルフォンから直々に、キャロラインを暴走させるなと厳命が下っている。そのためならば多少の不敬も問わないと言われているくらいだ。

「離して！　離しなさい！　私が行ってあの侍女に、自ら鉄拳制裁を下してやるのよ！　お兄さまに抱き締められるなんて羨ましいこと、許せるものですか！」

キャロラインは、ジタバタと暴れる。侍女は必死に主人を逃がすまいと押さえ込んでいた。

そのうちに、散々王太子に纏《まと》わりついて満足したのか、神鵠がようやく四人から離れていく。

キャロラインの目には、アルフォンが侍女をしっかり腕の中に囲っているのが見えた。ちなみに、その脇には妃を抱き締める王太子もいるのだが、そちらは目に入らない。

――――実は、この騒動で神鵲が纏わりついたのはマリーベルであり、アルフォンはその事実を隠すため、王太子のすぐ傍で彼女を拘束していただけなのだが、それがわかる者などキャロラインを含め誰もいなかった。

「お、落ち着いてください。お嬢さま。今この場で飛びだしていっても、お嬢さまがアルフォンさまに叱られるだけです。あ、あの侍女に思い知らされるのなら、後日体勢を整えて、アルフォンさまに知られないように計画的にやらなければいけません！」

未だキャロラインを引き止めている大公家の侍女は必死だ。ちょっと発言内容はブラックだが、決して悪意はない。ただ単に直近のキャロラインの暴挙を防ぎたいだけ。

切々と訴えられたキャロラインは……やがて小さく「そうね」と呟いた。

「たしかに、怒鳴りつけただけでは、私のこの怒りは収まらないわ。もっと用意周到に準備して、完膚なきまでにやっつけてやらなくっちゃ――――」

兄と同じキャロラインの紫の目が、爛々と光る。

……ようやく自分の発言を振り返り、ちょっとまずかったかなと後悔する侍女だった。

◇◇◇

王城は、本当に一秒も息を抜けない。

先日の出来事を思いだしたマリーベルは、大きなため息をつく。

（まさか神鵠が、あんなに集まってくるとは思わなかったわ）

マリーベルが王城に住むようになってから三カ月。当たり前に見られるようになった神鵠だが、空を飛ぶ鳥は自由気まま。城の屋根や庭木に止まる姿はあっても、人に向かってくるところは見たことがなかった。それは『神の恩寵』のあるマリーベルも同様で、先日までは彼女が外を歩いていても近寄られたことなど、とんとなかったのに。

（まあ、窓の外を見るとよくいるなって思うことはあったんだけど……少なくともあんなにたくさんの神鵠が私めがけて集まってきたことはなかったわ）

なのに、どうしてあんな事態になったのか……なのだが、どうも原因はマリーベルのポケットに入っていたドライフルーツだったらしい。あのとき、集まってきた神鵠は、執拗《しつよう》にマリーベルのスカートのポケットを狙っていた。当のマリーベルも王太子夫妻も混乱してまったくわからなかったのだが、アルフォンだけがそのことに気づいた。

アルフォンは、咄嗟にマリーベルのポケットにズボッと手を入れ、ドライフルーツの入った小袋を取りだし、神鵠に投げつけたのだという。

途端、白い鳥たちはその小袋をかっさらい、あっという間に飛び去ってしまったのだ。

（まったく。食い意地が張っているったらないわよね。なんでアレが神のお告げの鳥なの）

その後、あらためて『神の恩寵』を受けた者について書かれた書物をたしかめてみたのだが……何代前かの『神の恩寵』を受けた女王が、意のままに神鵠を使役したという記述が見つかった。

「多分、餌付けしたんだろうな」

アルフォンは、疲れたようにそう呟いた。

普通の人間には近寄らない神鵠だが、『神の恩寵』を受けた者に対しては警戒心を抱かない。それを利用して好物を持っているときにだけ集まるように条件付けをし、国民に対する神の奇跡アピールみたいなものに利用していたのではないかと言う。

「……そのときの神鵠と今の神鵠は、同じ個体なんですか？」

「私に聞くな。そもそも神鵠は『神の恩寵』を受けた者が城にいるときにしか現れない鳥なんだ。そんな鳥の生態なんか、調べようがないだろう」

マリーベルの質問に、アルフォンは顔を顰めて答えた。

なお、今後のこともあるので、マリーベルとアルフォンは、人目のない中庭でどんなときに神鵠が集まるかの実験をした。結果、マリーベルがドライフルーツを持っているときだけ神鵠が集まってくることが確認できた。アルフォンが持っていてもダメだし、マリーベルがドライフルーツ以外を持っていてもダメ。試しに新鮮な果物を持ってみたのだが、それでも神鵠は来なかった。

（要は、くれる人とくれる物を選ぶワガママ鳥ってことよね）

……心底面倒くさい。今後、絶対ドライフルーツは持ち歩かないとマリーベルは決心した。

「――――ねぇねぇ、今日の昼頃、マリーったらいったいどこに行ったのよ？　同じ時間帯に小大公さまも行方知れずになっていたから、みんな興味津々だったのよ」

実験をした日の夜は、リリアンから執拗な追求を受けた。

「私は、中庭で休憩をしていただけよ。小大公さまの行方なんて知らないわ」

「ええ、ホントに？　小大公さまも中庭で休んでいたみたいだって、ライアンさまが言っていたんだけど。やっぱり一緒にいたんじゃない？」

「違うわ」

王太子がアルフォンの行き先を知っていたとは思わなかった。違う場所にいたと言えばよかったかと、マリーベルは反省する。

「またまた、隠さなくたっていいのに。マリーとリリーの仲じゃない。……あ、でも、もしも本当に小大公さまとご一緒じゃなかったんなら、気をつけた方がいいわよ。中庭みたいな人目のない場所でひとりっきりになるのは危険だと思うわ」

ニヤニヤと笑っていたリリアンだが、ふと表情を引き締めてそんなことを言いだした。

「気をつけるってなにに?」

「う〜ん。……これは、噂なんだけど、なんだかキャロラインの動きが怪しいみたいなのよね」

「キャロラインさま?」

マリーベルは、首を傾げる。

リリアンは、大きく首を縦に振った。

「そうそう。なんでも自分の取り巻きを集めて頻繁にお茶会をしているみたいなの。今までは小大公さまをストーカーみたいに追い回してばかりいたのに……それを止めて集まっているなんて、きっと悪巧みをしているに違いないわ」

ストーカーとは、特定の誰かにつきまとったり、待ち伏せしたり、押しかけたりと迷惑行為を繰り返すことだそうだ。

だが、キャロラインが悪巧みをしていると、どうして自分が危険なのだろう?

素直にそう聞けば、リリアンが呆れたように肩を竦《すく》めた。

「マリーったら……あなた、自分と小大公さまの噂を知らないの？」

噂は噂だ。そんな事実はどこにもない。

「誤解だもの」

「誤解じゃないって思うけど、問題はそこじゃないのよ。その噂をキャロラインが知っているってことなの。彼女なら、自分の愛するお兄さまとそんな噂になっている女性を放って置くはずないわ」

リリアンは、力強く断言した。

ぜひ放って置いてほしいと思うのだが、ダメだろうか？

「私は貴族じゃないのに、それでも？」

「貴族じゃなければなおさらよ。多少ひどいことをしたって問題ないと思われるかもしれないわ」

……ゾッとした。思わず自分で自分の体を抱き締める。

「本当に気をつけてね。私もライアンさまに、キャロラインの暴走を止めてもらえるようにお願いしてみるけれど、彼女、本当に小大公さまが絡むと人が変わるから」

マリーベルは、コクコクと頷いた。まったく当てにならないリリアンだが、今回だけは縋りたい気分だ。

「ともかく絶対気をつけること。ひとりになっちゃダメよ！」

素直に頷くマリーベルだった。


――――しかし、どんなに気をつけてもダメなときはダメなものである。三日後、マリーベルは王城の西に広がるナチュラルガーデンの片隅で、五人の貴族令嬢に囲まれていた。

「あなたがマリーベルね？」

そう言って聞いてくるのは、華やかな赤い髪にアルフォンと同じ紫の目をした美少女だ。着ているドレスも他の令嬢から抜きん出た豪華なもので、彼女がキャロラインだということは、聞かされなくてもよくわかる。

「私になにかご用でしょうか？　デラーン大公令嬢さま」

困ったなと思いながら、マリーベルは頭を下げた。周囲をチラッと確認するが、他に人影はない。

リリアンから、決してひとりにならないようにと教えられて、マリーベルは十分注意してすごしていた。移動するときは、常に他の侍女と一緒に動き、アルフォンと一緒のときもいつも以上に彼の傍にいたのだ。十分注意していたのに、どうしてこうなったかということだが……なんと、同じ侍女仲間から裏切られてしまったのである。

「ご、ごめんなさい、マリーベルさん。私の家はデラーン大公家の派閥で、キャロラインさまに逆らっちゃいけないって、親から言われていて……い、一応、ちゅ、ちゅ、注進はしたんだけど」

手伝ってほしいと頼まれて、ここまで一緒に来た侍女は、キャロラインたちが現れると同時に、泣きそうになりながら謝り逃げていった。

注進したと言っていたが、いったい誰にしたのだろう？

キャロラインにしたのなら、まったく無駄だったというわけだ。

「あなたに用なんてないわ。なんでこの私が、あなたなんかに用を言いつけなくっちゃいけないのよ。私からあなたに言うことはたったひとつだけ。……今すぐ消え去りなさい！」

ツンと顎をあげ、傲慢に命令するキャロライン。

彼女の後ろのご令嬢たちは「そうよそうよ」と揃って声をあげる。

――――本当に、困った。そう思いながらマリーベルは、令嬢たちの後ろに目を向けた。

ナチュラルガーデンらしく、そこには雑木林があって、人の気配はない。チチチと鳥の鳴き声が聞こえるばかりだ。

「返事は？　聞こえていないわけではないわよね。まさか、私たちをその辺の貴族令嬢みたいな、なにもできない甘ちゃんだと思っているの？　一緒にしたら痛い目を見るわよ。私の家には、あなたを害してもそれをもみ消せる権力があるんだから」

胸を反らし、堂々と家の権力を笠《かさ》に着るキャロライン。

悪びれないのはある意味感心するが、マリーベルひとりに相手は五人。台詞も合わせて小物っぽさが半端ない。マリーベルは、ため息を堪えた。

「私を王城に呼び侍女にしたのは、王太子妃殿下です。私の一存では進退は決めかねます」

「王太子妃の威を借るつもりなの？」

お前が言うな！　思わずそう怒鳴りそうになって、我慢する。

「威を借るとかそういう問題ではありません。雇用契約に関わる信用問題なのです」

「うるさいわね！　そんなもの、私がどうとでもしてあげるわよ。あなたは、さっさと荷物をまとめて城から出て行きなさい！　今後一切お兄さまの視界に入ってはダメよ！」

顔を赤くして怒鳴るキャロライン。

（私だって、今すぐそうしたいわよ）

マリーベルは、心の中で言い返した。いっそのこと、キャロラインに言われたからという理由で本当に王城から出て行ってやろうかとも思うのだが、そうもいかない。

(絶対、連れ戻されるわよね)

連れ戻すのは、他ならぬキャロラインの兄、アルフォンだ。マリーベルが『神の恩寵』を受けているると知るアルフォンが、自分を逃がすはずがなかった。

「なんで黙っているのよ？　まさか、私があの王太子妃に敵《かな》わないとでも思っているの？」

キャロラインは、ますます激高していく。目はつりあがり、今にも摑みかかってきそうだ。

(本当に止めてほしい)

心から思った。これ以上は、危険なのだ。……いろいろと。

雑木林の枝葉がザワリと動く。

(どうしよう？)

「――――お前たち、なにをしている！」

もうダメかと思ったそのとき、よく通る声が樹木を突き抜けて届いた。

「え？　……これは、お兄さまの声？　なんで？　なんで？」

振り向いたキャロラインが焦る。

彼女の言葉どおり、生い茂る木々の向こうから現れたのは、間違いなくアルフォンだった。

「キャロライン！　これは、どういうことだ？」

息せき切って駆けつけてきたアルフォンは、マリーベルを庇うように前に立つ。

「……お兄さま」

「キャロライン、私は常々自分の行動に責任を持てと言ってきた。お前は今やっていることに責任が持てるのか？」

厳しく叱られて、キャロラインの紫の目は、一瞬怯《ひる》んだ。しかしすぐに顔をあげ、キッとマリーベルの方を睨む。

「お兄さまは、私よりその侍女を庇うのですか？」

「この状況で誰を庇わなければならないかなど、一目瞭然だろう」

マリーベルは、ひとり。対してキャロラインは、仲間四人を率いてマリーベルを取り巻いている。

誰が誰を攻撃していたかすぐわかる。

大好きな兄に厳しい視線を向けられて、キャロラインはギュッと唇を噛《か》んだ。

「その侍女が悪いのです。身の程知らずにもお兄さまに纏わりつくから。あまつさえ、あんな聞くに堪えない噂まで立てられて……だから、私は注意をしようとしたんです！」

「侍女に注意するのに、徒党を組む必要はないはずだ。それに彼女を傍に置いているのは私だ。彼女に責はない」

「お兄さま！　……まさか、お兄さまは、その侍女を――」

驚きに目を瞠《みは》ったキャロラインは、ワナワナと震えはじめる。

「キャロライン、マリーベルに手をだすな。彼女は私の特別な人だ」

アルフォンは、はっきりとそう言った。

（……言い方）

マリーベルは、内心でため息をつく。

キャロラインは……ワッと泣きだした。

「ひどいわ！　特別だなんて……そんな女に。私は、絶対認めませんから！」

大声で叫ぶと、その場を駆け去っていった。慌てて、他の四人の令嬢も後を追いかけていく。

後には、マリーベルとアルフォンだけが残った。

静かになったその場に、風がフッと吹き抜ける。

「……すまなかったな」

クルリと振り返ったアルフォンは、きっちり頭を下げてきた。相手が誰であろうと、自分が悪いと思えば謝ることができるところは、好感を持てる。

マリーベルは、肩から力を抜いた。

「本当ですよ。肝が冷えました。……まあ、怖かったのはキャロラインさまたちではないんですが」

マリーベルの言葉に、アルフォンは不思議そうな顔になる。

疲れた笑みを浮かべながら、マリーベルは雑木林の方を指さした。

「あ？」

つられてアルフォンもそちらを見――――顔を強《こわ》ばらせる。

「……なんだ、あれは？」

彼にしてはずいぶん焦ったような声が出た。

マリーベルは、ハハハと力なく笑う。

幸いにして、マリーベル以外の誰も気がつかなかったのだが、実は雑木林の影の中に、ゆらりと揺れる不可思議なモノがいたのだ。

のそりと影から出てくるそのモノに、アルフォンが息を呑《の》む。

――ソレは、一見、白い狼《おおかみ》だった。王城にいるはずもない、人など簡単に飲み込めそうなほどに巨大な狼が、ジッとこちらを見ている。

マリーベルの前で、アルフォンが腰の剣に手をかけた。

それをマリーベルは「大丈夫ですよ」と止める。

「マリーベル？」

「ソレは、神鵠です」

「神鵠？」

「ええ。よく見てください」

マリーベルの声と同時に、狼の体がポロポロと崩れはじめた。

「なっ？」

白い巨体が段々に欠けていって、そこから白い小鳥が飛び立っていく。

「……なんだ、あれは？」

もう一度アルフォンが呟いた。

「だから神鵠ですって。……キャロラインさまが来たあたりから、雑木林の中に一羽二羽と集まりはじめたんです。なんだかいっぱい来るなと思っていたら、いつの間にか狼の形になっていて。殺気みたいなものも感じるし……ホント、焦りました。多分ですが、もしもキャロラインさまが私に手をあげてしまったら、あの狼が襲いかかってきたんじゃないかって思います」

それがなにより怖かった。どんな惨事になるかということもだが、そんな事件を起こしたら、間違いなくマリーベルに『神の恩寵』があることがバレてしまうからだ。

（食い意地は張っているけど、無害な鳥だと思っていたのに……集まって狼になるなんて、予想外すぎるでしょう！）

さすがにアルフォンも顔色を悪くした。

「神鵠は、吉事を告げるだけの存在だと思っていたのだが——まさか、『神の恩寵』の持ち主を守護する鳥だったとは」

「……ありがた迷惑です」

「……不敬だろう」

疲れたように会話する。

狼の形をしていた鳥の集団は、段々と小さくなり、やがて一羽だけが残った。その一羽が、パタパタと羽ばたいて、マリーベルの方に飛んでくる。

ちょんと、肩に止まった。そのままマリーベルの頬に頭を擦りつけてくる。

（なんだか、慰めてくれているみたいね）

今の出来事の中で、一番怖かったのは他ならぬこの鳥の作った狼の行いだったのだが——まあ、いいかと思う。

「ありがとう」

だから、そう言った。ありがた迷惑だとは思っても、神鵠がマリーベルを助けてくれようとしていたことだけは、間違いない。

——チチチ。

鳥は、小さく囀《さえず》ると、パッと翼を広げ飛び去っていった。

見あげれば、頭上で数羽と戯れて、いずこかへ去っていく。

大きく息を吐きだせば、隣でアルフォンも同じように息を吐きだしていた。

彼もまた、マリーベルを救ってくれた。

「ありがとうございました」

「礼には及ばない。元々は私の妹が起こしたことだ。我が家の派閥に属している王城の侍女から話を聞いて、未然に防ごうとしていたのだが、思った以上にキャロラインの行動が早くて止められなかった」

マリーベルを騙した侍女仲間が注進した相手は、アルフォンだったらしい。どうせならマリーベル自身にも教えてほしかったと思うのだが、きっと彼女には無理だったのだろう。

マリーベルは、空を見あげる。青空を神鵲がよぎって、ため息が漏れた。あの小さな鳥が巨大な狼になったなんて、今でも信じられない。

ふと足下を見れば、そこには見覚えのありすぎる白い花が咲いていた。ここに来たときには、間違いなく咲いていなかったのに。

「……まさか、神祥花や神泉も、おかしなモノになったりしませんよね」

「それは――――」

珍しくアルフォンが口ごもった。否定しきれないということだろう。

「……私って、お城を出られないいんですよね」

神鵲も神祥花も神泉も『神の恩寵』を受けし者が王城にいることにより発生する瑞兆《ずいちょう》だ。

ということは、マリーベルが城外に出れば、現れないのだと思われる。

（だって、私、王城に来るまで見たことなかったもの……多分？）

いかんせん、神祥花も神鵠も、ただの白い花と白い鳥だ。似たような花も鳥もたくさんある。本当に今まで城以外で見たことがなかったかと問われたら、はっきり頷くことはできなかった。

それでも、王城内のような出来事は、なくなるのではないかと思う。

（なんか、ちょっと疲れちゃったのよね）

自分に『神の恩寵』があることは、否《いや》が応でも納得した。ただ、それに伴って望んでもいないことが次々起こることに、負担を感じてしまうのだ。

「ほんの少しの間でもいいんですけど」

多分無理だろうなと思いつつ、マリーベルは聞いてみた。

アルフォンは、答えを返さない。

（バカなことを聞いたわ。この人が『神の恩寵』を受けている私を逃がしてくれるはずがないのに）

今もそうだが、アルフォンにはいろいろ助けてもらっている。だからなんとなく頼りたくなってしまうのだ。

ごめんなさいと謝って、今の言葉を撤回しようとしたら、アルフォンが口を開いた。

「う～ん。今は無理だが、もう少ししたら可能になるかもしれない」

「え？」

「一カ月後、ライアンが王太子妃のお披露目を兼ねた地方視察に出ることになっている。そのときであれば、君が城外に出ても不都合はないだろう」

マリーベルは、ポカンとした。

「……出てもいいんですか？」

「ああ。あと、丸一日とかはマズいかもしれないが、数時間や半日であれば、普通に城外に出てもかまわないぞ。神祥花は一日ぐらいでは枯れないと思うし、神泉も数時間聖水が止まったとしても、気づく奴は誰もいないだろう。神鵠だって、見ないときは見ないしな」

淡々とアルフォンは言う。

「もちろん、侍女としての仕事に穴をあけることは許さないぞ。あと危険な行為は禁止だ」

わかったか？　と聞かれて、コクコクと頷いた。ジワジワとうちから喜びが溢れてくる。

(どうしよう？　普通に外出してもいいんだ)

自然に口元がゆるんだら、アルフォンの眉間にしわが寄った。

「なんだ、その締まりのない顔は。……心配だな。やはり外出時は護衛をつけるか？」

「ちょっ、止めてください。護衛付きで外出する平民なんてどこにいるんです？　それに私は、王都生まれ王都育ちの王都っ子なんですよ。心配なんていりません」

「いや、君は気を抜くとトラブルに巻き込まれそうだ。最初に出会ったときも暴漢に襲われていたからな」

アルフォンは、マリーベルとの出会いを思いだしたようだった。

「あ、あれは、たまたまです。普段は襲われたりしませんから」

「どうだかな？　……よし、わかった。君が外出するときは、私が一緒に行こう。護衛でなければ問題ないだろう？」

問題ありまくりである。護衛付きの平民はあり得ないが、護衛代わりに小大公を同行する平民なんて、もっとあり得ない！

「結構です！」

「遠慮はいらない」

「遠慮していません」

侃々諤々とふたりは怒鳴り合う。

二羽の神鵠が飛んできて、雑木林の枝に並んで止まった。


（はっきり断ったはずなんだけどなぁ）

いつもの侍女服から私服に着替えたマリーベルは、王城の門の脇で小石を蹴る。チラチラとこちらを見る門番に、愛想笑いを返してため息を堪えた。

門番は、使用人食堂で時々一緒になる男性だ。よく声をかけてくれるので、顔だけは覚えている。名前は、トムだったかサムだったか……たしか、そんな風な名前だと思う。

今日はマリーベルの休日だった。いつもは、部屋で本を読んだり繕《つくろ》い物をしたりしてすごすのだが、久々に城外に出ることにした。

先日アルフォンに、外出してもかまわないと言ってもらったからなのだが、やっぱりというかなんというか、ひとりで出かけることに関しては許してもらえなかった。

「――――すまない。待たせたか」

だからといって、これはないと思うのだが。

「いえ、私もつい先ほど来たばかりです」

マリーベルは、本日彼女を護衛してくれる相手に、渋々笑いかけた。

「そうか。それならよかった」

いつもどおりの感情が見えにくい表情でそう言ったのは、アルフォンである。護衛なんていらないとずいぶん抗議したのだが、最終的に彼に押し切られて、結局こうなってしまった。

(小大公自ら侍女の護衛をするとか、絶対おかしいわよね？　普通は、小大公の方に護衛がつくものじゃない？)

まあ、アルフォンは、ひとりでマリーベルを食堂まで迎えに来た前例があるため、そうとも言えないのかもしれないが。

いや、やっぱりおかしいのはアルフォンだ。論より証拠。門番のトム（ひょっとしたらサム）が、小さな目をまん丸に見開いて驚いている。他に門を通る人がいないのが、ありがたい。

今日のアルフォンは、シンプルな白いシャツに黒いズボンをはいていた。ウェーブのかかった銀髪が、フワリと襟にかかり、ごく一般的な私服なのに、ものすごくお洒落《しゃれ》に見える。おそらく本人は、平民の格好をしているつもりなのだろうが、どこからどう見ても貴族の若様にしか見えない。

「よし、行こう」

紫の目がマリーベルを見て、歩きだすよう促された。

「はい」

一緒に歩きたくない気持ちでいっぱいだが、そんなことを言えるはずもない。マリーベルは、素直に彼の隣に並んだ。

「最初は服飾屋だったか？」

「髪をまとめるリボンを新しくしようと思っています」

「わかった。我が家に出入りしている商人の店に行こう」

「そんなお高いお店に行けませんよ。お城の近くにいい店があるって、侍女仲間に教えてもらいましたから、そっちにします」

「……そうか。あまり勧められないが、君の意思を尊重しよう」

会話しながら門を出る。目に入った門番の顔色が悪いような気もしたが、今のマリーベルには他人の心配をしている余裕はなかった。ともかく、無難に外出を終えたいだけ。

今日の最終目標は、マリーベルが以前働いていた食堂に行くことだ。リリアンに呼びだされ、あれよあれよという間に王城で侍女になってしまったため、なし崩し的に辞めてしまい、きちんと挨拶していないから。

（急に辞めたんだもの、ものすごく迷惑をかけたわよね）

手紙で事情は知らせてあるのだが、直接会って謝りたい。

そんなことを考えながら数百メートル歩けば、最初の目的の服飾屋に着いた。王城の侍女がよく利用するという店は、赤い屋根に玉蜀黍《とうもろこし》色の壁、女性の好きそうな可愛い建物だ。

カランカランとドアベルを鳴らして入れば、中には三人の先客がいた。すべて女性で、マリーベルを見てなぜかびっくりしている。

奥のカウンターにも若い女性の従業員が座っていて、同じように驚いていた。

「思ったより中は広いな」

――――訂正。彼女たちが驚いたのは、マリーベルに続いて入ってきたアルフォンを見たからだ。

三人の女性客は、最初アルフォンの美形っぷりにうっとりしていたのだが、そのうちひとりがハッとする。慌てたようにカーテシーをし、他のふたりを突いて小声でなにかを囁いた。傍目にもわかるほど顔色を青ざめさせた三人は、揃って頭を下げる。

(小大公さまに気がついたのね)

どうやら彼女たちは、貴族令嬢のようだった。最初に気づいた女性は、中位か高位の貴族の家なのかもしれない。

「礼は不要だ。今日は私人としてここに来ている」

片手をあげてアルフォンが制すれば、ようやく彼女たちは頭をあげた。目配せを交わすと、再び頭を深く下げ、そのまま逃げるように店から出て行ってしまう。

(いきなり小大公なんていう偉い人が入ってくれば帰りたくなるのも当然よね。……あ、でもこれって、ひょっとして営業妨害になるのかな?)

心配してカウンターを見れば、そこにはいつの間にか壮年の男性がいた。おそらく店主なのだろう男は、背筋を伸ばしてピシッと立っている。

「すまない。迷惑をかけたな」

「とんでもありません。小大公さまに訪れていただいただけで、たいへん光栄です」

店主は恭しく一礼した。

アルフォンは、鷹揚《おうよう》に頷く。

「詫《わ》びも兼ねて、彼女に似合いそうなリボンをすべて購入しよう。……他にほしいものはないか?」

彼は、前半を店主に告げ、後半をマリーベルに聞いてきた。

「え？　……他にほしいものですか？」

急に問われてマリーベルは戸惑ってしまう。

「ああ、この店に迷惑をかけたからな。できるだけ多く購入したい」

――それは、マリーベルの物をということだろうか？　店の品物に目を向けると、リボンにバレッタ、ネックレスや腕輪など、並んでいるのは女性向けの可愛い商品ばかり。

（どう考えても男向けじゃないから、やっぱり私の物よね。……あ、でもキャロラインさまのお土産にしたら、どうかしら？　――って、こんな安物使うわけがないか）

大公家の令嬢ならば、身につける品々はすべて超一流品のはず。きっと一点物の特注品ばかりに違いない。この店にはそこそこ高級品もあるのだが、それにしたって大公令嬢に相応しい物とは思えなかった。

「私、そこまでたくさんお金を持ってきていないのですが」

だからといって、マリーベルもそんなに多くの品は購入できない。

そう言えば、アルフォンは、呆れたような目を向けてきた。

「君に払わせるわけがないだろう。……わかった。店主、商品の選定は任せる。見繕って大公邸に納品してくれ」

話しながらアルフォンは、ポケットからメモを取りだし、サラサラとなにかを書きつける。

「これを見せれば、商品の搬入も支払いも問題ないはずだ。彼女が気に入る品を多く選べば、今後の取引も考えよう」

店主は、メモを押し戴かんばかりにして、受け取った。

「ありがとうございます。ご希望に添えますよう最大限努力します」

ひとつ頷いたアルフォンは、スッと視線を横にずらすと、そこにあったすみれ色のリボンを手に取った。縁に銀糸で羽根の図柄が刺繍してある可愛いものだ。

「これだけ今持ち帰るから包んでくれ」

「承知しました」

店主は、そのリボンを丁寧に梱包《こんぽう》する。女性の喜びそうな可愛い花柄の袋に入れて渡してきた。

サッと受け取ったアルフォンは、その袋をポンとマリーベルへ渡す。

「とりあえずこれでいいか？　あまり長居して店にこれ以上迷惑をかけるといけない。行くぞ」

そのまま扉の方へ向かった。

マリーベルは――――放心状態だ。今なにが起こったのか、よく理解できていない。

（えっと――――店に入ったら先客が三人いて、その先客は小大公さまを見て逃げていって、それで店に損害を与えたから商品を大量購入して、そのうち一個を手渡されたのよね）

しかも、他の商品もみんなマリーベルの物のようだ。

（いやいやいや、ちょっと待って！　なんでそんなことになっているの？）

ボーッとしている間に、アルフォンは既に店の外に出ていた。

「しょ、小大公さま！」

慌てて後を追いかける。カランカランと音がして、戸外の空気が肌に触れた。目の前に立っていたアルフォンに手を伸ばせば、逆にその手をギュッと握られ体を引き寄せられる。

「爵位で呼ぶな。名前で呼べ」

耳元で囁かれた。

「へ？」

「先ほどの店の対応を見ただろう。普通に街を歩きたいのならば、私の正体は隠すべきだ」

アルフォンの言っている意味はわかる。わかるが、今そんなことを言われたって困った。

「で、でも、いきなり名前を呼ぶなんて」

躊躇えば、アルフォンは首を傾げた。

「……まさか、私の名を知らないのか？」

「し、知っています」

それくらい、わかる。

「では、呼んでみろ」

「よ、呼ぶって――」

「やはり知らないのだな」

アルフォンは、不機嫌そうな顔をますます近づけてきた。

「知っているって言っているでしょう！」

近い、近い、近すぎる！　未だかつて、ここまで異性に近づいたことなんてない！

マリーベルは、パニックを起こしそうになっていた。

「呼べ」

簡潔に命令される。

（う――っ！）

「アルフォンさま！」

「アルでいい」

「アルさま！」

もうやけくそだった。ともかく早く離れてほしくて、大声で名前を呼ぶ。

「……ハハ、それでいい」

アルフォンは、楽しそうに笑った。ようやく少し離れてくれる。

珍しい無防備な笑顔に見惚《みと》れそうになってから、マリーベルはハッとした。

「そ、それより、今のお店の品物はどうするんですか？　あんなことを言っちゃったら、きっとたくさん買わせられてしまいますよ」

アルフォンはなにを買うかの指定をしなかった。すべて店にお任せなのだから、店主は好きな物を好きなだけ売りつけられるのだ。店の品物が全部届けられたとしても不思議ではない。

マリーベルは本気で心配しているのに、アルフォンは怪訝《けげん》な顔をした。

「あの程度の品物ならばどれほど多くともたかがしれている。店主も頭が切れそうだったからな。今後のつき合いを望むのなら無茶な納品はしないだろう。あと、その品物をどうするかは、君の自由だ。なんといっても君の物なのだから」

「それです。それ！　私、そんなにたくさんの品物はいりませんから。このリボンひとつあれば十分です」

元々その予定だったのだ。マリーベルは、手の中の袋をキュッと握る。

アルフォンは、目元をゆるませた。

「勝手に選んで悪かったな。……気に入りそうか？」

「リボンに文句はありません。他の品物がいらないんです」

はっきり言って、リボンは好みのドンピシャだ。落ち着いた色合いと綺麗な刺繍で、きっとマリーベルもこのリボンを選んだだろうなと思えるくらい。……これだけ買えたらよかったのに。

「あれは店に迷惑をかけた詫びだから仕方ない。だから、最初に我が家に出入りしている商店に行かないかと言ったんだ」

たしかにそんな提案を受けた。しかし、そのときはまさかこんな展開になるなんて思ってもいなかったのだ。

「教えてくだされればよかったのに」

「他に客がいるかどうかわからなかったからな。その客が私に気づくかどうかも同様だ。ともかくこうなってしまったからには、諦めて店から届く商品をもらってくれ。連帯責任だぞ」

アルフォンは、苦笑しながらそう言った。

こんな連帯責任があるのだろうか？

「あ、そうだ。大公家の侍女の方々に使ってもらったらどうですか？」

大公家の家格に相応しくない商品でも、その使用人であれば喜んでもらってくれるのではないだろうか？

ところが、マリーベルの提案を聞いたアルフォンは、眉間に縦じわを寄せた。

「……私が、侍女に理由もなく物を渡すと、キャロラインがキレる」

「ああ」

まあ、そうだろうなと思った。たとえそれがお安い雑貨でも、あのキャロラインが許容できるとは思えない。

「というか、理由があってもキレる。……だから、諦めて君がもらってくれ。元々君が買った品物を我が家で一時的に預かっていると言えば、キャロラインも納得するだろう」

果たして本当にそうだろうか？　非常に疑わしかったが、今はそうするしかないような気がした。

「さて、次はどこだったかな？」

アルフォンに聞かれて考える。この先どの店に行ったとしても、今と同じような騒動が起こるような気がした。

「えっと、今日の買い物はこれだけにして、もう食堂に行こうと思います」

それが無難だと思う。

少し考えたアルフォンも「そうだな」と頷いた。

「わかった。では辻《つじ》馬車を拾おう。食堂までは少し遠い」

王城に連れてこられるとき、マリーベルは馬車に乗せられた。たしかに城から東門までは距離があるのだが、歩いて行けないわけでもない。それに、今日の他の予定は全部なくなってしまったのだ。急ぐ必要はなかった。

「いえ、歩いて行こうと思います」

「疲れないか？」

「疲れたら、帰りに馬車に乗ればいいですから」

アルフォンは、また少し考える。

「まあ、いいか」

そう言うと、先に立って歩きだした。

「行くぞ。早く来い。それとも手でも繋ごうか？」

振り返った顔が笑っている。

（……案外表情豊かなのね。ひょっとして今日は機嫌がいいのかしら？）

「結構です」

言い返したマリーベルは、トトと走ってアルフォンの隣に並んだ。

行き交う人々のざわめき声と、爽やかな風。暖かな日差しが降り注ぐ。王城内では得られぬ開放感が、マリーベルの心を浮き立たせた。

それは、アルフォンも同じなのかもしれない。だからきっと機嫌がいいんだろう。

チラリと見あげたアルフォンの顔は、また無表情に戻っていたが、紫の目が輝いて見える。それがなんだか嬉しくて、マリーベルは弾みそうな足取りを抑えて彼の隣を歩いた。


「ああ、マリー、久しぶりだね。元気だったかい」

食堂の女将は、変わらぬ笑顔でマリーベルを迎えてくれた。

「女将さん、旦那さんも、ご迷惑をかけてごめんなさい」

女将の脇には、普段厨房《ちゅうぼう》に籠もりっきりの彼女の夫もいる。マリーベルが来たと聞いて、出てきてくれたのだ。

「いいよ、いいよ。事情は聞いているから。王太子妃さま直々のお願いじゃ断りきれないものね」

女将は、気にするなと手をひらひらさせた。

「そうさ。それに、そこの騎士さまから代わりの従業員を紹介してもらったからな。食堂は大丈夫だったし、気にすることはないよ」

女将の夫は、一見細身の優男だが、重い鉄製のフライパンもガンガン回せる力持ちでもある。大きな手で、マリーベルの頭をそっと撫《な》でてくれた。

彼の言うそこの騎士さまというのは、アルフォンだ。まさかそんなことをしてもらっていたとは知らなかった。

驚いて振り返れば、アルフォンは所在なさそうに窓から外を覗いていた。

「なかなかイイ男じゃないか。私服ってことは、今日は非番なんだろう。休みの日も一緒だなんて、マリーも隅に置けないね。結婚の約束はしたのかい？」

夫とは対照的に恰幅のいい女将が、体を丸めながら肘でマリーベルを突いてくる。相変わらずの力強さで、脇腹と心に衝撃を受けた。

「ぐぇっ……け、結婚？」

「なんだい？　その動揺じゃまだみたいだね。なにをぐずぐずしているんだい？」

「ぐずぐずって――――」

とんでもない誤解である。アルフォンが一緒に来たのは、そんな甘ったるい理由ではなく、護衛を兼ねた監視役みたいなもの。それもマリーベルは断ったのに、無理やりついてきたのだ。

「私と小――――アルさまとは、そんな関係じゃありません」

「アルさまか。愛称呼びかい？　若いっていいねぇ」

愛称呼びと若さは関係ない。

「ち、違います。誤解です！」

「テレなくてもいいよ」

「テレていません！」

懸命に否定するマリーベルを見て、女将は楽しそうに笑った。彼女の夫も生温《ぬる》い目を向けてくる。

すると、いつの間にか背後にいたアルフォンが、マリーベルの体を後ろから抱き締めてきた。

「ひぇっ」

「楽しそうにお話されているところ申し訳ありませんが、彼女に少しお庭を案内してもらってもいいですか？」

頭の上から声がする。なんだかちょっと不機嫌そうだ。

女将はますます楽しそうになる。

「おやおや、マリーが私たちと親しく話しているから、ヤキモチを焼いたのかい？　嫉妬深い男は嫌われるよ」

「すみません。私は今一時も彼女と離れていたくないんです」

ヒューと、女将は口笛を吹いた。夫も目を丸くする。

「ちょっと！」

誤解がますます深まってしまうではないか！　なんてことを言うのだと、マリーベルはアルフォンを睨みつけた。

「いいよ、いいよ。お庭なんていうほど大したもんじゃないけれど、ゆっくり見ておいで」

女将は機嫌よく許可してくれる。

「ありがとうございます。マリー、さあ行こう」

アルフォンは、強引に手を引いてきた。店の奥にある扉から中庭に出る。

「もうっ、アルさま、言葉に気をつけてください。女将さんや旦那さんに誤解されます」

半ば引き摺られながら、マリーベルは小声で注意した。

「それは好都合だ。ふたりっきりでいても怪しまれない」

「アルさま！」

急に立ち止まったアルフォンは、シッと唇に人差し指を当てる。食堂の窓から女将と夫がこちらを見ているのを確認して、顔を近づけてきた。

「いいから、奥の方を見てみろ」

声が真剣だ。

マリーベルの気分が、スッと鎮まる。言われた方に視線を向けた。

食堂の中庭は、女将が言うとおり庭と呼ぶのも烏滸《おこ》がましいほどの小さな空き地だ。店舗と隣に建つ女将夫婦や住み込みの従業員が暮らす建物とに挟まれた狭い土地に、幅五十センチほどの石畳の道があって、その両脇に適当に花が植えられている。そのほとんどは料理に使うハーブで、花を愛でるより葉や実の効能優先の中庭は、実に地味だった。

そんな中庭のどこに、王城の計画的に整えられた美しい庭園を見慣れたアルフォンが気を引かれたのだろう？　そう訝《いぶか》しく思ったとき、マリーベルの視界に小さな白い花が映った。

（え？）

思わず目を疑う。

「あ、あれって……神祥花じゃないですか！　なんで、ここにあの花が咲いているんですか？」

はじめて見たとき少し形は変わっているが、その辺の庭や道端で普通に咲いていていたっておかしくないと思った花が、本当に庭の片隅で風に揺られていた。

「……理由はひとつだ。君がいたからだろうな」

「そんな！　だって、神祥花は『神の恩寵』の持ち主が王城にいるときにしか咲かないんでしょう」

「私もそう思っていた。しかし、現に花は咲いている。……きっと今まで『神の恩寵』の持ち主が王城以外で長く暮らしたことなどなかったんだろう」

だから、伝承にはその場合のことについて、なにも語られていないのか。

マリーベルは、激しく動揺した。次いでものすごく心配になる。

「……ま、まさか神鵠まで出てきませんよね？」

「ああ、今のところ見えないな。王城を出るときもついてくる様子は見えなかったし……神鵠は、城限定なのかもしれない」

ぜひそうであってほしい！　ここで、あの白い鳥が寄って集ってデカい狼になるところなど見たくはない！

そう思っていると、食堂の中から女将が出てきた。

「昼食の用意ができたよ。食べていくんだろう？」

それはたいへんありがたい申し出だが、マリーベルは神祥花が気になって仕方ない。

チラチラと見ていたのに気づいたのだろう、女将が「おや？」と声をあげた。

「その花、しばらく見ていないから枯れたと思っていたんだけど、また咲いたんだね」

嬉しそうにそう話す。

「こ、この花ですか」

「ああ、そうだよ。マリーは覚えていないかい？　三年くらい前から種も植えていないのに突如咲きだして、年中ずっと花をつけていたのに、いつの間にか咲かなくなったんだよ。……ああ、そうか。マリーがいなくなった頃くらいから見えなくなったから、あんたは枯れたのに気がつかなかったんだね」

鳥が種を運んでまた咲いたのかねぇと、女将は感慨深そうに花を見ている。

三年前というのは、マリーベルが食堂で働きはじめた頃だ。そして、彼女が食堂からいなくなった三カ月前から咲かなくなった。――――どうやらこの花は、間違いなく神祥花らしい。

（私が、どこにでも咲いていそうと思ったのは、無意識にこの庭の花を見ていたせいなの？　……それとも、ひょっとして、孤児院にもこの花って咲いていた？）

そういえば、はじめて王城でこの花を見たとき、リリアンも「どこにでもありそうな花」だと言っていた。孤児院でも神祥花が咲いていた可能性に思い至り、マリーベルは顔色を悪くする。リリアンが、それに気がついたらどうしようと思ったのだ。

（……あ、でもリリーなら『ヒロインの私がいたから神祥花が咲いていたのよ』とか思いそう）

王城で咲いた神祥花も、自分の『聖女の祝福』のおかげだと思い込んだリリアンだ。孤児院でも同じように思うに決まっている。

マリーベルは、ホッとした。だとすれば問題は、今目の前に咲くこの花だけだ。

「女将さん、用意してもらったのに申し訳ないんですが、昼食はまたこの次にさせてください。私、この後の予定があって――――」

マリーベルがここにいるから神祥花は咲いたのだ。であれば、ここから離れれば花は咲かなくなるはず。一刻も早く食堂から立ち去ろう。

マリーベルの考えをくみ取ったのだろう、アルフォンが横に立ち、一緒に「すみません」と頭を下げてくれた。

「せっかくの休日なので、ふたりっきりですごしたいんです」

アルフォンは、マリーベルの肩を抱き寄せた。

「アルさま！」

なんてことを言ってくれるのだ。女将の誤解に拍車がかかってしまう。

「アハハ、若いってやっぱりいいねぇ。わかったよ。昼食は持ち帰れるよう包んでやるから、それを持ってさっさと行きな。……ああ、結婚式には呼んでくれるんだろう」

「はい。もちろんです」

いけしゃあしゃあと、アルフォンは請け負った。

マリーベルは、言葉も出ない。

結局その後も誤解は解けず、疲れきったマリーベルは、女将夫婦に見送られて食堂を後にした。

食堂から少し離れた街角のベンチで、マリーベルはひとりで座っている。

アルフォンは、先ほど辻馬車を拾いに行った。

「いいか、すぐに戻ってくるから絶対ここから動くなよ。誰かに声をかけられてもついて行っては
ダメだからな」

「わかっているわよ。私を迷子になる子どもだとでも思っているの」

「子どもの方がまだマシだ。行動範囲が狭いからな」

まったく失礼千万である。しつこいくらい注意してから、アルフォンは離れていった。

マリーベルは、肩からドッと力を抜く。

(まったく、女将さんにあんな誤解をさせて、どうするつもりなのかしら)

当分食堂に行けなくなってしまった。まあ、自分の行く先々で神祥花が咲くのならば、気軽にど
こかに行くなんていうことはできようもないのだが。

なんとかならないかと考えていれば、急に肩を摑まれた。

「きゃっ！」

「ああ！　ようやく会えた」

驚いて目を向ければ、そこにいたのは頭からすっぽりとローブを被った怪しい人物。外見では男
女の区別もつかないが、声からすれば女性のようだ。

ようやく会えたと言われたが、マリーベルには覚えがない。

「ど、どなたですか？」

「私よ！　覚えていないの？　三カ月前に占ってあげたでしょう」

ローブの人物は、傷ついたような声をだした。

「……占い？」

占いと言われて思いだすのは、幼い頃から時折占ってもらっていた流民の占い師だ。現れる時期も不定期で、占い師本人も老婆だったり男だったりと、その時々で変わっていたので個人の見分けがつかないが……そう言われれば、最後に占ってもらった人かもしれない。

「心配していたのよ。三カ月前からまったく姿が見えなくなって。占いでは無事と出るのだけど会えないし……いったいどこに行っていたの？」

真剣に聞かれて、びっくりした。

（……えっと、私、こんなに心配してもらえるほど親しかったかしら？）

時々占ってもらっていたとはいえ、マリーベルからお願いしたことは一度もないし、代価を払ったこともない。つまり、お客でもなんでもない、どちらかといえば他人に限りなく近い関係のはずだ。

それなのに、目の前の占い師は顔が見えなくともわかるほど、マリーベルに会えて安堵したという雰囲気をだしている。

「……あの？」

「ああ、びっくりさせてしまったわね。……ええと、三カ月前、私はあなたに男難の相と女難の相が出ているわよって占ったでしょう。そのふたつが同時に出る占いはとても珍しいのよ。だから、気になってその後どうしているのかと思っていたの。なのに、まったく姿が見えなくなってしまったから、なにかあったのかと思って」

言われて納得する。やはり男難の相と女難の相が両方一遍に出るというのは滅多にないことだったらしい。

（そもそも男難の相なんて聞いたこともないものね）

「大丈夫ですよ。男難も女難もありましたけど、なんとか元気にやっていますから」

マリーベルは、安心させるように笑顔を見せた。

占い師は、ホッと大きく息を吐く。しかしマリーベルが続けた言葉を聞いた途端、顔色を変えた。

「私、今、王城にいるんです」

「王城！」

びっくりするほど大声だ。おかげで道行く人が全員こっちを向いている。

「王城だなんて！　なんでそんなところにいるのよ！」

占い師は狼狽える。

「なんでって言われても」

「王城は、あなたにとって鬼門なのよ！」

悲鳴のような声を聞いて……ああ、やっぱりと、マリーベルは思う。この占い師は、格好は怪しいが占いの腕はたしかなようだ。

占い師は口に手を当て、うつむきながら何事かをブツッと呟きはじめる。「……危険よね。……知られたら……自由が……」といった言葉が途切れ途切れに聞こえ、やがて占い師はパッと顔をあげた。

「――――逃げたいなら、連れて行くわ」

フードの奥から真剣な目がマリーベルを射貫《いぬ》いた。

「え？」

「今のあなたの境遇は、あなたが望むものなの？　もしそうでなく、誰かに無理やり強いられているのなら……私はあなたを逃がしてあげるわ。……王城からでも王都からでも……この国からでも！　……たとえそれが、神のご意思に背くことであったとしても、必ずよ」

占い師は言い切った。その声の調子からも、彼女が本気でそう思っていることがよくわかる。

フードから出た手が、マリーベルの方に伸ばされた。

なんでいきなり？　とか、
どうして占い師が？　とか、
流民の占い師にそんなことができるのか？　とか、
いろんな疑問が頭をよぎったが、一番にマリーベルの心に響いたのは『逃げる』という言葉。

（私、王城から逃げられるの？）

望んで王太子妃の侍女になったわけではない。王城にいるだけで、神鵠が飛び、泉から聖水が湧いて、神祥花が咲くような環境は、はっきり言って迷惑だ。

マリーベルは、こんな立場望んでいない。

夢は、田舎でのんびりゆったり自由に暮らすことで、それは今も変わらないのだ。

そんなマリーベルにとって、占い師の申し出は……とても魅力的なものに思えた。

差しだされた手は日に焼けて浅黒くガサガサに荒れてもいたが、それは三カ月前の自分の手と同じで重なって見える。この手を取れば自由になれるのかもしれない。

――だけど。『神の恩寵』を受けた者が、去ってしまった王城はどうなるだろう？

一時的なものならかまわないとアルフォンは言った。現に、今この瞬間、マリーベルは城から出ている。

神祥花は、枯れていないだろうか？

神殿の泉の聖水は、止まっていないだろうか？

神鵠は、王城の空から姿を消したのか？

多分そうなんだろうなと、推測できる。たとえ『神の恩寵』がもたらす奇跡が一時なくなったとしても、マリーベルが帰ればすべては元どおりになるだろう。でも、帰らなかったら――。

（きっと、全部の奇跡が消えてなくなるんだろうな）

なんとなく、それは嫌だなとマリーベルは思った。

彼女の知っている王城には、いつでも神の奇跡が溢れていたから。白い花が咲かず、白い鳥が飛ばない王城は、ちょっと物足りないのではないだろうか。

（それに、私が帰らなかったら、リリーが泣くわね）

ワガママで自己中心的、周囲を振り回してばかりのリリアンだが、その言動には嘘がなく、マリーベルに全力で好意を向けてくれている。面倒くさいことこの上ないのだが、あそこまで懐かれたら嫌えない。

（あと、アルさまも……きっと、全力で連れ戻しに来そう）

それこそ地の果てまでも追いかけてきそうだ。しかも、あの無表情で。

なんというか、逃げ切れる展望がまったく見えなかった。

フッと、口元に笑みが浮かぶ。

「大丈夫です。私、逃げません」

「え？」

「なぜ占い師さんがそんなことを言ってくれたのかわかりませんけど、私、一年間はお城で暮らすって約束したんです。だから、少なくともそれまではこのままでいようと思います」

その後のことは、追々考えよう。

「いいの、それで」

「はい。それに、こうして外出もできているでしょう？　それほど待遇は悪くないんですよ」

少なくとも監禁はされていない。

マリーベルは、ニッコリと笑った。

占い師は、動きを止めている。やがて、ゆっくりと息を吐きだした。

「……それがあなたの望みなら」

フードを頭からパサリと落とす。現れた顔は、綺麗だった。年の頃は三十代後半くらい。化粧っ気はないし目の下に隈《くま》があって疲労感が漂っているが、その美しさは際立っている。

（でも、なんとなく見覚えがあるような？）

目の前の顔そのものでなく、パーツのところどころが似たようななにかを見た気がする？

（どこで？）

考えていれば、話しかけられた。

「お呪《まじな》いをしてもいい？」

明るい声は、どこか吹っ切れたようだ。

「お呪い？」

「そう。これからもあなたが自分の望みのままに生きられますようにって」

占いではなくお呪い？　迷っているうちに、手が伸びてきて両頬に添えられた。

美しい顔が近づいてきて、額と額がくっつく。

「――――あなたに、ありったけの幸せが訪れますように」

これはお呪いというよりも、単なる家族の祝福を願う言葉のようだ。そういえば、流民の占い師の占いは、孫を可愛がるおばあちゃんの台詞みたいなものが多かった。

（この人は、まだ若いからおばあちゃんというよりお母さんかしら？　まあ、私にはどっちもいないんだけど）

こういうのも悪くないなとマリーベルは思う。

「ありがとうございます」

「気をつけて行動してね。無理はしないで。辛《つら》かったらいつでも逃げだしていいのよ」

額を離さないまま告げられる。ますますお母さんの台詞のようだ。

苦笑していれば、左の頬に触れていた手が離れてそのまま胸に滑り落ちた。『神の恩寵』の痣がある場所に触れられる。

マリーベルは、息を呑んだ。

「……どうして」

「あなたのこの痣を目にすることのできる人が、早く現れますように」

祈るように告げられる。

なぜ、痣のことを知っているのか？

「……それって、どういうことですか？」

「あなたの痣を見ることができるのは、あなたが心から信頼した人だけなのよ」

占い師はそう言って、痣の上に乗っていた手をもう一度頬に戻した。

驚いて見つめれば、彼女の目には涙がいっぱいにたまっている。

「え？」

「幸せになってね」

声と同時に顔が寄せられ、額にチュッと口づけられた。

突如、目を開けていられないほどの突風が吹く。思わず目を閉じれば、額と頬に感じていた温《ぬく》もりが消えた。

「あ――――待って」

慌てて目を開ければ、そこには誰もいない。まるで最初からマリーベルひとりだったように、なんの気配も残っていなかった。

（……まさか、夢だったの？）

昼間に見る夢は白昼夢だ。しかし、とても夢とは思えないほどリアルな感触が残っている。

（……頬にも、胸にも、額にも）

額にそっと手で触れる。

風に吹かれながら、いつまでもその手を離せないマリーベルだった。

訳のわからない占い師との遭遇のすぐ後に、アルフォンはやって来た。

辻馬車ではなく、馬を一頭牽《ひ》いている。

「待たせたな。馬車がどうしてもつかまらなかったから、馬を借りてきた」

「はい？」

「さあ、行くぞ」

そんなことを言われたって困ってしまう。

「……私、馬になんて乗れませんけど」

「だから一頭にしたんだろう。大丈夫だ。後ろからしっかり支えれば、よほどのことがない限り落ちることはない」

つまりこの馬に二人乗りするということだろうか？　よくよく見れば鞍《くら》は複座になっている。

（いったいいなにを考えているの？　急に馬に乗れなんて無茶振りもいいところでしょう！）

心の中で思いっきり悪態をつく。おかげで、つい今まで考えていた占い師のことが、頭からすっ飛んだ。

「ムリです！　それに、平時に王都で馬を走らせることは禁止されているんじゃなかったですか？」

「走らずに歩かせれば問題ない。それに、大公家特権で、私は王都でも騎乗を許可されている。心配せずにさっさと乗れ」

相変わらずの無表情で無茶振りだ。有無を言わさず馬の背に押しあげられたが、スカートをはいているので横乗りになる。

「きゃっ」

馬は想像以上に高く、慌ててたてがみにしがみついた。

震えていれば後ろに軽々とアルフォンが乗ってくる。すっぽりと腕に抱え込まれ、体を起こされた。

「そんなに怯《おび》えると、馬が動揺する。安心して力を抜け。怖かったら、私にしがみついていてもいいから」

そんな言葉ひとつで安心できるようなら苦労はない。だいたい自分にしがみつけと言うけれど、この体勢でどうすればいいのだ？

体を固まらせていれば、ため息をひとつついたアルフォンに、上半身だけ彼の方に向かせられた。目の前に、白いシャツに包まれた、意外にがっしりした胸がある。

「しっかり摑まっていろ」

馬がパカリと歩いて、体がグラリと揺れた。慌ててアルフォンの体に手を回すのと、彼の右手がマリーベルの腰に回されるのが同時。そのまま馬は歩き続ける。落ちたくないマリーベルは、ギュッとアルフォンのシャツの背中を握った。

（ひぇっ！　ゆ、揺れる………けど、あんまり怖くない？）

パカパカパカと馬は歩き、それに合わせて体は大きく揺れるのだが、縋りついているアルフォンの体は危なげなく、腰に回された彼の腕は力強い。

こんな状況なのに、どれだけ揺れても落ちないと思えるのが不思議だ。

「――――落ち着いたら周囲を見回してみろ。視線が高くなると街の景色も違って見えるぞ」

耳元にそんな言葉が聞こえてきた。

乗馬初心者には、ずいぶんハードルの高い提案だが、それだけ自分の腕に自信があるのだろう。

（こんなに自信満々に言われると、怖がっている自分の方がバカみたいに思えるわ）

マリーベルは、恐る恐る周囲を見回した。

（うわっ）

まず地面が遠い。目の高さには、普段見あげているアイアンワークの看板が並び、行き交う人々の頭が眼下に見えるのだ。街路の遠くまで見渡せて、なんとなく世界が広がったように感じた。

夢中になって見ていれば、クスリと笑う声がする。

「楽しむ余裕が出たようでなによりだ」

はしゃいでいるのがバレたらしい。恥ずかしくてうつむけば、今度は「前を向け」と言われた。

「もうすぐ城に着くぞ」

真正面に、王城の威容が見えた。それが徐々に迫ってくる。

どんどん大きくなって――――慌てた。

「あ、あの。どこで降りるんですか？」

もう門がよく見えるところまで来ている。早く馬を降りなければと思うのに。

「このまま城門を通る。城内の馬場で降りよう」

なんと、アルフォンはそう言った。

（いやいやいや、ちょっと待って）

「騎乗したまま門を抜けるわけにはいかないでしょう？」

「大丈夫だ。大公家特権がある」

大公家特権ありすぎである。

間近に迫った門では、門番が慌てふためいているのが見えた。通行人もかなりいて、みんな驚いた顔で、二人乗りで迫ってくる騎馬を見ている。

「め、目立っています。ものすごく目立っていますよ！」

「気にするな」

「気にしないわけにいかないでしょう！　もう、ますます変な噂が拡大したらどうするんですか！」

馬の上もなんのその。マリーベルは、アルフォンの胸ぐらを掴んで抗議した。

しかし、アルフォンはビクともしない。

「ああ、それだが……それもいいと思ってな」

「へ？」

「私と君がいい仲だという噂が広がれば、私が君を監視していても不思議に思われないだろう」

「監視っ？」

とんでもない言葉を聞いた。

「監視といっても今までどおりのことをするだけだ。どうにも君は目を離せないからな」

「それって『神の恩寵』のせいですよね」

「ああ。君の周りで、いつ何時なにが起こるかわからないからな。私がいつも君の近くにいることに誰もが納得できる理由がつくなら、その方がいい。君だって下手に勘ぐられるより安心だろう？」

たしかに一理ある。少なくとも、マリーベル自身になにかあるのかと疑われ、そこから『神の恩寵』のことがバレるよりずっとマシ。

そうは思うのだが、だからといって自分が小大公の想い人だと勘違いされるのも嫌だった。

「……どうして私が、選《よ》りに選ってこんなお小言《こごと》大公と」

小さな声で呟いたのだが、そこはふたり仲良く馬上の人。アルフォンの耳にしっかり届いた。

「お小言大公とは言ってくれる。ここはしっかり見せつけないとな」

「ええっ……きゃあっ」

アルフォンは、馬を駆け足にさせた。

慌ててマリーベルは、彼にしがみつく。

「道を開けろ、通るぞ！」

アルフォンの声が、大きく響いた。

「え？　あ、小大公さま！」

「どなたとご一緒で？」

「あ、あれは――」

周囲から驚きと訝る声があがる。

とんでもなく目立ちながら、マリーベルとアルフォンは、門を通り抜けた。

そのまま馬場に一直線。ひらりと馬を降りたアルフォンに手を差し伸べられながら、マリーベルは怒っている。

「元々目立っていたのに、もっと人目を引くなんて――」

「見せつけるためにやったのだから、人目を引くのは当然だろう。さあ、さっさとこの手を取れ。それともひとりで降りられるのか？」

アルフォンは、まったく悪びれない。

ムッとするマリーベルだが、馬からひとりで降りられるとは思えないので、渋々アルフォンの手を取った。

その手を力強く引かれると同時に、アルフォンの反対の手がマリーベルの太ももあたりに回され、しっかり縦抱きにされる。

「え？」

「このまま戻るぞ」

「ええっ！　なんで？　下ろしてください。私ひとりで歩けます！」

マリーベルは、びっくり仰天、暴れようとした。

その耳元にアルフォンが囁く。

「静かにしろ。──馬場には『神の恩寵』の持ち主が呼ぶと現れる『神馬』の伝説がある。なにがスイッチになっているかわからないから、君は歩かない方がいい」

マリーベルは、ピシリと体を固まらせた。

神祥花、神鵠、神泉ときて、今度は神馬。やっぱり王城はろくでもない。

「どうしてそんな伝説のあるような危険な場所に来たんですか！」

「見せつけるためだと言っただろう。私が抱いて歩くまでで『見せつける』だ。いい子だからそのまま私に抱かれていろ」

アルフォンの声と一緒に、バタバタバタと鳥が翼をはためかせる音がする。

視界の隅に白い鳥が飛んでいた。きっと神鵠だ。この上、神馬など見たくない。

甚だ不本意ながら、大人しくアルフォンに運ばれたマリーベルだった。

その晩、休日だというのにどうしてもとリリアンにせがまれ、彼女の部屋に行ったマリーベルは……辟易《へきえき》としていた。

「もう！　もう！　マリーったら小大公さまとデートしたんですって？　どうしてそういう大切なことをリリーに教えてくれなかったのよ！　こっそりお忍びで出て行ったと思ったら、堂々と馬に二人乗りで帰ってくるなんて。しかも大切そうに抱きあげられて城内を移動していたって聞いたわよ！　いったいデートでなにがあったの？」

バシバシと肩を叩き、目をキラキラ——いや、ギラギラと輝かせながらリリアンは聞いてくる。……地味に痛いから、止めてほしい。

「なにもなかったわ。そもそもデートじゃないし」

「もうっ、恥ずかしがらずに教えてよ。マリーと私の仲じゃない」

今度は、横腹を肘で小突きながらリリアンは迫ってきた。マリーベルの否定の言葉など、聞く耳を持っていないそうだ。

結局、王城を出てから帰ってくるまでのほとんどを話すことになった。もちろん、神祥花と占い師の件を除いてだったが。

「うわぁ、ステキね。食堂って、孤児院を出てからマリーが住み込みで働いていたところでしょう。つまり家族同然ってことよね。……小大公さまは、マリーの家族に『お嬢さんを私にください』って、結婚の挨拶に行ったのね」

——いや、どうしてそうなる？

「違うわ」

「違わないわよ！　もうっ、よかったわぁ。マリーが幸せになってくれそうで。……あ、私は結婚式にマリーを呼べなかったけど、マリーの結婚式には絶対呼んでちょうだいね！　お願いよ」

だから、どうしてそうなるのか？

呆れかえったマリーベルだが、続くリリアンの言葉を聞いて息を呑む。

「あ、あともちろんライアンさまも招待してね。ライアンさまは、とってもマリーを気にしていたんだから」

初耳だ。王太子がどうしてマリーベルを気にしているのだろう。

「……それってなんで？」

「リリーもどうしてかわからなかったんだけど……今日の話を聞いて確信したわ。ライアンさまは小大公さまのためにマリーの情報を集めていたのよ。ライアンさまにとって、小大公さまは実の兄も同然。お兄さんのために頑張ったに違いないわ。さすが私のライアンさま！　とっても優しいわよね」

リリアンは嬉しそうにニコニコと笑う。

マリーベルは、素直に賛同できない。

「……気にしていたって、どんな風に？」

「あのね、マリーのことをリリーにものすごく詳しく聞くの。……孤児なのは知っているはずなのに、両親の手がかりはないのかとか、体に異常はないのかとか、一緒にいてなにか変わったことはなかったかとも聞かれたわ」

リリアンの話を聞いたマリーベルは、段々と不安になる。

(王太子さまが私を調べているの？　……それって、どうして？)

リリアンの言うような兄思いの理由ならかまわない。しかし、そうでなかったら。万が一にも『神の恩寵』に関して、なにかを疑っているのなら――――。

(ううん。そんなはずないわ。アルさまには、うっかりバレてしまったけど、あれ以来失敗はしていないもの)

それもこれもアルフォンに庇ってもらっているからだ。なんだかんだ言いながら、彼には助けてもらっている。マリーベルは、いつの間にか自分がアルフォンをずいぶん頼りにしていることに気がついた。

(そうよ。私はひとりじゃない。だからきっと大丈夫のはずよ)

自分を抱えて歩いても揺るぎなかった彼の足取りを思いだす。

無表情で無愛想。でも時折見せる笑顔は優しくて――――。

(意地悪な笑顔もあったけど……ていうか、そっちの方が多かったような？)

それでも、アルフォンがついていてくれると思えば、安心する。

彼を思いだし、心を落ち着かせるマリーベルだった。

幕間　王太子の不安

「きゃあっ！」

「危ない！」

聞こえてきた声に、王太子ライアンは慌てて振り返る。彼がいたのは、城内の中央階段下の広間だ。つい先ほど二階から降りてきて、騎士の鍛錬場に向かおうとしていたところ。

視線の先では、ひとりの侍女が階段から落ちそうになっていた。書類をたくさん持っているので足下が見えなかったのかもしれない。

体勢を崩し、今まさに落ちるというところで、彼女の体は駆けつけた男性に抱きとめられた。書類だけが、バラバラと落ちていく。

ホッとしてよく見れば、侍女を助けたのは小大公アルフォンで、助けられた侍女はライアンの妃のリリアンが望んで城に迎えた女性だった。名前はマリーベル。

「あ、ありがとうございます」

「気をつけろ。君になにかあったら、私は平静ではいられない」

アルフォンは、マリーベルの顔を心配そうに見つめ「無事でよかった」と、一層深く抱き締めた。

見ていた周囲の者たちの顔が赤くなる。その中には、隣国から留学しているサリフ王子もいて、目を見開き驚いていた。

ライアンも思わずドギマギしてしまうほどの色気を、アルフォンは放っている。助けられたマリーベルも、顔どころか耳まで真っ赤だった。

「……可愛い」

「アルさま！」

ふたりはそのままの体勢で、なにかを言い合っている。……なんだか、じゃれ合っているようにも見えた。せっかく助かったのに、そのままでいればまた落ちてしまいそう。さっさと移動すればいいのにと、ライアンは思った。

（アレが、今城内で噂になっているミブンサ×デキアイなのだろうな）

なんでも身分違いでも燃えあがる情熱的な愛を表す言葉だそうだ。その言葉を流行らせたのは、誰あろうリリアンなのだという。

（……それにしても、アル兄さんは、あんなに情熱的な人だっただろうか？）

ライアンは内心首を傾げた。

最近王城のあちこちから聞こえるアルフォンとマリーベルの噂が、彼には信じられない。なぜなら、ライアンの知るアルフォンは、人目も憚《はばか》らず恋に浮かれるような人物ではなかったからだ。恋は盲目というけれど、あまりに違和感がある。

それもあって、ライアンはマリーベルの素性を調べていた。もしもアルフォンが、理由があって彼女と恋人同士のようなふりをしているのだとすると、それはきっと国の一大事となるような重大なもののためだと思うからだ。

そう考えた方が、幼い頃からアルフォンをよく知るライアンには、しっくりくる。

「……他人の恋愛を勘ぐるなんて、私もたいがい嫌な人間だな」

未だに階段の上でじゃれ合い――いや、言い合いをしているアルフォンとマリーベルに背を向けて、ライアンはひとりごちた。予定どおり騎士の鍛錬場へと足を向ける。

（これも、私が純粋な恋愛をしなかったからだろうか）

今度は心の中で、そう呟いた。

――王太子ライアンには、秘密がある。『神の恩寵』を受けた王子として全国民に知れ渡っていながら、その証である『痣』を持っていないという、致命的な秘密だ。

生まれた直後は、色が薄いのだろうとか、見つかりにくい場所にあるのだろうとか思われていた痣は、その後の念入りな調査でもついぞ見つけることができなかった。体の隅々を確認され、髪を剃《そ》られ、ついには冷水や熱湯に体を浸されて痣が肌に浮かびあがってこないかまで調べられたが、それでも痣の片鱗《へんりん》さえも見つけることはできなかったのだ。

（私は『神の恩寵』を受けていない）

それでもバラナス王国には『神の恩寵』の加護が満ちている。ライアンが生まれて以降、作物は豊作続きで、災害は起こらず、疫病の発生も皆無だ。

それはつまり、ライアン以外の誰かが『神の恩寵』を持っていて、王国内で暮らしているということだった。その誰かの功績を自分のものとして詐称する形で、ライアンは生きている。

今さら自分に『神の恩寵』がないなどとは、彼も彼の父である国王も言えはしなかった。

そんな彼を救ってくれたのが、リリアンだ。『聖女の祝福』を持つ彼女は『神の恩寵』と同等の加護を、この国にもたらすことができる。リリアンさえ傍にいれば、ライアンは誰ともわからぬ『神の恩寵』を受けた者に怯えなくてもよい。ライアンと、伯爵家の養女とはいえ元は孤児だったリリアンが無事に結婚できたのは、ひとえにこれゆえだ。

そう。キャロラインとの婚約解消の理由は、真実の愛を見つけたからなどというものではなく、ライアンの保身に走った打算的なものだった。

(私は、最低な人間だ。キャロラインにとっても、リリアンにとっても)

――――ライアンは、リリアンを心から愛している。

学園で出会ってすぐに、その真っすぐな性格に心を惹《ひ》かれ、話しているうちに癒された。気づけば彼女ばかりを目で追って、学業にも身が入らないくらい。恋に落ちたと自覚してからは、傍にいて平静を保つのも難しかった。手で触れたい、抱き締めたい、できればそのもっと先もと、願わぬ日はなかった。

その想いに嘘はない。間違いなく真実の愛なのだと、自信を持って言える。しかし、たとえ真実の愛であっても、この頃のライアンは、自分がリリアンと結婚できるとは思っていなかった。

彼には婚約者のキャロラインがいる。互いに恋情はなかったが、王家に次ぐ権勢を持つ大公家の令嬢と婚姻するという、国の安定を保つためには最善の政略結婚。

ライアンには、王太子としての役目がある。たとえそれがどんなに苦渋の決断だとしても、恋に溺れて婚約破棄するような愚行を冒すつもりはなかったのである。

それが覆ったのは、リリアンに『聖女の祝福』があると知ったから。

――――今でも思いだす。父である国王にリリアンの『聖女の祝福』を報告したときのことを。

事情を聞いた父は「よくやった」と、ライアンを褒めた。次いで「絶対に『聖女の祝福』を持った者を逃がすな」と命じたのだ。今まで自分の娘同様に可愛がってきたキャロラインに、婚約の解消を申し出ることにまで進んで賛成し、リリアンとの婚姻を急がせさえもした。

そして、父の言うとおりにライアンはリリアンと結婚したのだ。

彼が結婚したのは真実の愛の相手ではない。『聖女の祝福』を持っただけの女性。

(……私自身がこんなだから、アル兄さんまで同じように思えてしまうのだろうな)

自分自身に嫌気がさす。こんな自分では『神の恩寵』を受けられなかったのも当然だ。

騎士の鍛錬場に着いたライアンは、いつも以上に自身の訓練に身を入れた。

「王太子殿下、これ以上の訓練はお体に障ります」

「かまわない。もう一度だ!」

「お止めください。御身はこの国の誰より大切なのですよ」

(それは、私が『神の恩寵』を受けていると思っているからだろう。……私には、そんなものはないんだ!)

騎士団長に無理やり制されて、ライアンは訓練を止めた。肩で息をし、汗拭き用に渡されたタオルで顔を隠して座り込む。

(私は未熟だ。心身共に)

父王と大神官は、密かに本物の『神の恩寵』を受けた人物を未だ探している。『聖女の祝福』を持つリリアンがいても、彼女が肩代わりできるのは『神の恩寵』のうち国への加護だけ。その他にも王家には『神の恩寵』を持つ者しか抜けない剣や、開けられない部屋などが数多あり、それはリリアンであってもクリアできなかったからだ。

なにより『聖女の祝福』はリリアンに限定される力だが、『神の恩寵』の加護は、その持ち主が王の血筋を繋げば数代は国の繁栄が約束されるというもの。どちらがより優れているかの判断をするのは人の身では不敬なのだろうが、王家にとっては間違いなく『聖女の祝福』以上に『神の恩寵』の力の方が利となった。

(いったい誰が『神の恩寵』を受けたのだろう？　王族なのは間違いないはずなんだが)

ライアンは考えを巡らせる。

バラナス王国において王族とは、代々の国王とその子どもを指す。現国王の子は、ライアンと弟である第二王子と妹の第一王女の三人だけ。『幻日』の現れた時期からして、弟妹が『神の恩寵』を受けた可能性はない。

(父上に隠し子がいれば、その子かもしれないが)

これは、国王自身がきっぱりと否定している。隠し子なんだから否定するのは当たり前かもしれないが、国王は息子のライアンから見ても呆れるほどの愛妻家だ。母に首ったけの父が浮気なんてあり得ない。

(それに、自分の隠し子であれば、あんなに必死に探す必要はないだろうしな)

となれば、消去法で怪しいのは前国王である祖父だ。情熱的で惚れっぽく、多くの愛妾《あいしょう》を今も抱える祖父ならば、隠し子のひとりやふたりいても不思議はない。

実際、父の兄弟姉妹は多く、だからこそ父は、今の自分と同じ十八歳にして国王に即位したのだった。さっさと王位に即《つ》いて継承権争いを終わらせる必要があったのだという。

（私より三歳年上でしかない叔父もいるからな。同い年の叔父か叔母がいても不思議じゃない）

ただ、公式には該当する人物はいなかった。

ライアンが生まれる前に、前国王が好んで傍に置いていたのは流民の踊り子で、その踊り子も妾《めかけ》の立場より自由な踊り子がいいと言って祖父の元を去っている。踊り子に懐妊の兆候はなかったし、万が一懐妊し子どもが生まれていたならば、祖父に庇護《ひご》を願っただろう。多情な祖父だが、その分情には厚い。多くの愛妾も子どもたちも十分愛情をかけられて、祖父に不満をこぼすのは、一番被害を被っている父くらいだ。

（一応父上もその踊り子の追跡調査をしたが、そのときには国外に出ていたということだったからな）

『神の恩寵』の加護は、ライアンが生まれてからずっと変わらずバラナスにある。加護を受けた者が国外に出れば加護は消えてしまうから、踊り子は無関係だったということだ。

他に祖父が一夜の情けをかけた者も多いが、すべて白と出ている。

（実際、調査は手詰まりだったんだ。……三カ月前までは）

今から三カ月前、王城に突如『神の恩寵』にまつわる吉兆が現れた。神祥花が咲き、神鵠が飛び、神殿の神泉に聖水が湧き出た。それらはすべて『神の恩寵』を受けた者が城に入ったという証拠だ。

神祥花が咲いた日はじめて城に来た者は百三十八人。そのうち、城に雇用される等で恒常的に城にいることになったのは四十一人だ。そして、ライアンと同じくらいの年代の者は二十九人。

その中に『神の恩寵』を受けた者がいる可能性が高い。

（ただ、神祥花が認められたのはその日だが、それ以前に咲いていた可能性もあるからな）

王城の敷地は広大だ。中には人目につかない場所も多く、たまたま見つけた日と咲いた日が同じとは限らない。その可能性を考えれば、調査するべき人数は、二倍三倍へと跳ねあがる。

もちろん全員を調査した。一日だけ登城して以降来なくなった者も明らかに歳の違う者も含めて、すべて漏らさず全員だ。

一次調査で怪しい者はいなかった。元々城に入る時点で身元の怪しい者は弾かれているので、わかっていた結果である。今は、より詳細な二次調査を行っている。だが対象人数は多く、調査させられるほど信頼の置ける者も少ないため、なかなか捗《はかど》っていないのが実情だ。

その調査対象者の中に、マリーベルも入っていた。孤児院出身で年齢も合う彼女は、もっとも怪しい人物かもしれない。

しかし、そのマリーベルの疑惑を王太子妃リリアンが晴らした。幼馴染みだからとか、信頼できる友人だからとかいうそんな理由ではなく、マリーベルは『モブ』だからという主張である。

「モブっていうのは、その他大勢の重要な役目を持っていない人を表す言葉なの。リリーは『ヒロイン』で、『聖女の祝福』を持つメインキャラなんだけど、マリーは、そういうのがなんにもない生粋《きっすい》のモブだもの」

「……よくわからないけれど、マリーベル嬢には特別な力はないいんだね？」

「はい！　リリーの『聖女の祝福』にかけて保証します」

トン、と華奢な胸を叩いてリリアンは請け負った。その後ケホケホと咳《せ》き込んでしまったので、ライアンは慌てて彼女の背を摩《さす》った。

『聖女の祝福』にかけて保証されたのでは、疑えない。マリーベルと一緒に入浴する者にも確認したが、彼女の体に痣らしきものはなかったそうだ。

（シミひとつない綺麗な肌で羨ましいと言っていたな。……このことをアル兄さんに伝えたら、喜ぶだろうか？）

いいや、烈火のごとく怒られそうだ。少なくともライアンは、他の男からリリアンの肌に関する報告なんて聞きたくない。

「────ライアンさま～」

連鎖的にリリアンの肌を思いだしていれば、本人の声がした。驚いたライアンは、声の方を見る。

ピンクブロンドを靡《なび》かせた天使が、彼の元へと走ってきた。その後ろからは、日傘を持った侍女が数人追いかけてくる。

「リリー、どうしたんだい？」

たった今まで、彼女の白い肌を思い浮かべていたライアンは、なんとなくばつが悪い。焦ったようにたずねた。

リリアンは無邪気な笑みを浮かべる。

「通りかかったら、ライアンさまが座り込んでいるのが見えたんで、来ちゃいました。お疲れなんでしょう？」

言葉と同時に、リリアンの体から光が溢れだし、その光がライアンを包み込んだ。

スーッと疲れが消え去って、頭もスッキリする。リリアンが『聖女の祝福』を使ったのだ。

「……ありがとう」

「いえ、お役に立てたなら嬉しいです」

エヘヘと笑うリリアンは、文句なしに可愛い。

ライアンの心に、彼女に対してとてつもなく愛《いと》しいと想う感情が込みあげた。

（私はどうしようもなく情けない男だが、彼女を誰より幸せにしよう。それだけは、絶対違《たが》えない）

思いのままにリリアンの体を引き寄せたライアンは、華奢な体を抱き締める。

（いつか、本物の『神の恩寵』を受けた者が現れ、その人物に王太子の座を明け渡すことになっても、リリーだけは守り抜く。彼女の幸せを崩させないためにも、より多くの情報を得て対策を立てなければ――――）

そのためには、どんな小さな違和感も見逃せない。

ライアンの脳裏に、先ほどのアルフォンとマリーベルの姿が浮かぶ。勘ぐりすぎかもしれないが、やはりアルフォンの様子はおかしいと思う。

（リリーは彼女をモブだと言うが、特別な力を持たなくとも、他国のスパイだったり、王家の反体勢力の手先だったりすることはあるかもしれない）

王太子であるライアンが注意すべきことは『神の恩寵』以外にもたくさんある。

マリーベルへの監視は、今までどおり続けようと、ライアンはあらためて決意した。

第五章　ストーカー被害者になりました

マリーベルは、困っていた。最近、なぜか王太子と頻繁に遭遇するからだ。

(私は避けようとしているのに、なんで？　偶然だとは思うんだけど……偶然ってこんなに続くものなのかしら？　まるでストーカーされているみたいだわ)

ストーカーとは、キャロラインがアルフォンにしている迷惑行為だ。キャロラインはアルフォンが大好きで行っているはずだが、リリアンを愛する王太子がマリーベルを好きなはずがない。

(だから、ストーカーではないはずなんだけど？)

「あ、ライアンさま、今日も来てくれたんですね」

嬉しそうな声をあげるのはリリアンだ。

今は、マリーベルがリリアンの愚痴を聞く時間。今日も今日とて、お妃教育がとっても難しかっただの、国王夫妻との昼食会でテーブルマナーを間違えそうになって焦っただの、リリアンの泣き言を嫌というほど聞かされている。それが王太子の登場で中断するのは嬉しいのだけれど。

「どうしてもリリーの顔が見たくなってしまってね」

リリアンをスッと抱き寄せて額に唇を寄せる王太子は、正真正銘妻に会いたくて押しかけてきた夫に見える。勘ぐるのはいけないのだろう。

「マリーベル嬢もいつもありがとう。王城暮らしは順調かい？　困ったこととかないかい？」

あなたのストーカー行為に困っています――とは言えない。

「いいえ、王太子妃さまにも王城の皆さまにも親切にしていただいておりますから」

型どおりの答えを返せば「え～、そうじゃないでしょう」と、リリアンから小突かれた。

「大切な人の名前をだしていないじゃない。マリーに一番親切にしてくれているのは、小大公さまでしょう」

ニヤニヤしながらこちらを見るのは、いかがなものか。王太子妃の優雅さはどこにもない。

「……そうですね。小大公さまにもお世話になっています」

「またまたぁ、小大公さまのマリーへの溺愛は、お世話っていうレベルじゃないじゃない。この前も、階段から落ちそうになったところを颯爽《さっそう》と駆けつけて助けてくれたんでしょう？　マリーだって、胸がドキドキしたんじゃない？」

たしかに胸はドキドキしたが、それは階段から落ちかかったからだ。

(そりゃあ、ほんの少し格好いいとは思ったけど……)

いや、あのときの胸の高鳴りは、どう考えても落ちることへの恐怖に違いない！

「ああ、私もちょうど階段下にいたんだよ。無事でよかったね。……あのときは、書類を多く持ちすぎてバランスを崩したのかな？」

よもや王太子に見られていたとは思わなかった。かなり過保護にアルフォンから心配されてしまったのだが、いったいどこまで見ていたのだろう。

なんとなく熱くなってしまう頬を意識しながら、マリーベルはどう答えようか迷った。実は、あのときどうして階段を踏み外したのか、彼女自身よくわかっていないのだ。

(なんだか急に足が浮いたような感じがして、気がついたら落ちそうになっていたのよね)

「いえ、書類はそれほど重くなかったのですが、ちょっと体がフラついたみたいで」

「それはいけない！」

急に王太子が大きな声をだした。

「え？」

「フラつくだなんて、なにかの病気かもしれない。王城の医官によく検査してもらった方がいい。私が話を通しておこう」

勢いよく提案された。

――――いやいや、待ってほしい。

「そんな必要ありません。フラついたのもあのときだけですから」

検査だなんてとんでもない。あれやこれや調べられて、ボロが出たらたいへんだ。

(血縁関係とか調べる検査があるかどうか知らないけれど、もしそんなものをされたら、お終いだもの)

「ええ！　マリーったら病気なの？」

絶対断ろうと決意しているところに、リリアンが心配そうな声をあげた。

「病気じゃないわよ。私が子どもの頃から病気になったことがないって、知っているでしょう？」

これは本当のことだ。マリーベルは、無病息災。風邪も腹痛も患ったことはない。

「あ、そういえばそうだったわね」

昔を思いだしたリリアンは、ポンと手を打ち鳴らす。

「それはスゴいね。……なにかの加護でも持っているのかな？」

王太子は冗談めかしてそう言ったが、その割に目が笑って見えない。

「加護があるとすれば、王太子妃さまの『聖女の祝福』の加護の恩恵だと思います。……リリーも病気になったことないものね？」

話を振れば、リリアンはパッと表情を明るくして頷いた。

「うんうん、そう言われればそうだったわ。そっか、私の『聖女の祝福』のおかげだったのね。さすがリリーだわ。知らないうちに親友を助けていたなんて」

リリアンは鼻高々で自画自賛する。

「ということで、王太子殿下、せっかくのご厚意ですが、私に検査は必要ありません。王太子妃さまが守ってくださっていますので」

マリーベルは、ニッコリ笑って辞退する。

愛する妃の加護だと言われては、王太子もそれ以上検査を勧めることができないようだった。

「そうか。さすがリリーだね」

リリアンの頭を優しく撫でる。

「あん、ライアンさま、もっとぉ～」

……お邪魔のようだったので、さっさとお暇《いとま》した。

できるだけ王太子とは接触したくないので、渡りに船だ。

(明日は、絡まれませんように)

指を組み祈るマリーベルだった。

しかし、祈り空《むな》しく、今日もマリーベルは王太子と相対する。

「急に呼びだして悪かったね。リリアンの最近の様子を教えてほしいんだ」

それは王太子の方がよほど知っているのでは？　そうは思うが、まさか言い返すわけにもいかない。

「なんなりとご質問ください」

結局、マリーベルはそう言った。

ここは王太子の執務室で、マリーベルは机に座る彼の前に立っている。椅子を勧められたのだが丁重に断ったのだ。腰を落ち着けて話などしたら、いつまで拘束されるかわからない。

「ありがとう。じゃあ、さっそく――――孤児院時代のリリアンも、今と同じように可愛らしかったのかな？」

……つい今ほど、最近のリリアンの様子が知りたいと言わなかったか？　ジトッと睨んでも、王太子は平気な顔。彼の後ろに控えている侍従の方が、申し訳なさそうな顔をしている。

「……王太子妃さまの性格は、昔と変わっていらっしゃいません」

「そうか。それはさぞかし愛くるしい子どもだったのだろうな」

マリーベルは、笑って誤魔化す。可愛いの価値観は個人個人で違うから、余計なことを言う必要はないだろう。

「リリアンは、十歳のときに母君と死別して孤児院に入ったそうだけど、君はそのときにはもう孤児院にいたのかい？」

「……はい」

「いつから孤児院にいたのかな？」

――きっと既に調べて知っているはずなのに、どうして聞くのだろう。

「生まれたときからお世話になっています」

「そうなのか。自分のご両親のことはなにもわからないのかな？　手がかりになるようなものはなかったの？」

「ありふれた布にくるまれて孤児院の前に捨てられていたそうですから」

「そうか。……だとすれば君の両親は王都の住民だったのだろうね。……それとも、案外他国の人なのかもしれないね」

いったい王太子はなにを知りたいのだろう？　この茶番みたいなやり取りの結末はなんだ？

「私の銀髪はバラナス人に一番多い色ですから、両親もこの国の住人だったと思っています」

実際バラナス人の半分は銀髪だ。次に多いのが金髪、次は茶髪の順番だ。

「でも、君のエメラルドみたいな緑の目は、南のファンエイク国人に多い色だよね」

「……王太子殿下と同じ色ですが」

「私の曾祖母が、ファンエイクから輿《こし》入れした人だったからだよ」

王太子の曾祖母は、マリーベルの祖母だ。まさかそっちの遺伝だとは思わなかった。しかし。

「うちの国にも緑の目の人は大勢いますよね」

「ああ……そうだね」

王太子は机の上に肘をつき、組んだ手の上に顎を乗せた。マリーベルと同じ緑の目が、ジッとこちらを見ている。

なんにせよ悪い予感しかしないので、一刻も早くここから離れたい。

「王太子殿下、もしこれ以上王太子妃さまのことについておたずねがないのなら、私は、仕事に戻りたいのですが」

「ああ、いや……そうだ。実はお願いが――――」

王太子がなにかを言おうとしたときだった。

「ライアン！　お前、なにをしている！」

突如、大きな声がその場に割って入った。

慌てて入り口の方を振り返れば、そこにはアルフォンが立っている。

マリーベルは……ホッとした。大きな安堵と共に、体に入っていた力が抜ける。

「アル兄さん――――」

「勤務中の侍女を私室に呼びつけ、ふたりっきりで話すなど……自分の立場を考えろ！」

ツカツカと執務室に入ってきたアルフォンは、マリーベルを庇うように前に立った。

王太子からの視線が遮られたことが、とても嬉しい。

「ふたりっきりだなんて人聞きが悪いな。ちゃんと私の侍従も一緒にいるのに」

王太子は、チラリと自分の背後の侍従に視線を流した。

「お前の命令に絶対服従な人間など、第三者と呼べるか」

「横暴だなぁ。ちょっとリリアンのことを聞こうと思っただけなのに。……アル兄さんこそ、たかが侍女ひとりを呼びつけたくらいでここまで来るなんて、立場に相応しくない行動なんじゃないかな？」

王太子は、心底心外だという雰囲気を声に滲ませていた。

アルフォンの背中は、ビクともしない。

「そうか。……だったら、今度は私が、侍従ひとりを連れて王太子妃殿下と個人的にお話ししよう。ふたりっきりでないのなら文句はないんだよな？」

ガタン！　と、王太子が慌てて椅子から立ちあがった音がした。

「なっ！　リリーとふたりっきりで会うなんて、許可できるはずがないだろう！」

「ふたりっきりじゃない。侍従も一緒だ」

「それでもダメだ！　リリーは、アル兄さんの顔がイケメンだって言っていたんだから」

……イケメンがなんなのか、マリーベルはリリアンから聞いて知っている。この様子では、王太子もよく知っているのだろう。

（まあ、たしかにイケメンよね。っていうか、リリーったら王太子さまになにを話しているの）

自分の夫に、他の男のイケメンぶりを伝えるとか、ダメだろう。まあリリアンなら悪意なく話して、嫉妬する王太子を「可愛い」とか言って抱き締めていそうではあるが――――。

マリーベルは、心の中でため息をこぼした。

その目前でアルフォンは、フンと鼻を鳴らす。

「イケメンがなにかは知らないが、私を王太子妃とふたりで会わせたくないのなら、今後マリーを勝手に呼びつけたりしないでもらおう。……あと、マリーは『たかが侍女』なんかじゃない。ひとりの立派な尊重すべき人間だ。さっきのお前の発言は、彼女にも他の侍女たちにも失礼だぞ」

ビシッとアルフォンは、指摘した。

「あ――――」

王太子は言葉を失う。やがて、

「……ごめん」

力ない声が聞こえてきた。

アルフォンは、返事もせずに振り向く。マリーベルを見て、少し表情をゆるめた。

「遅くなってすまなかった。行こう」

差し伸べられた手がありがたい。実はずっと緊張して立っていたので、足が痛いし、精神的にも疲れている。正直限界だった。

マリーベルは、それでも頭をあげて王太子を見た。

「御前失礼いたします」

きちんと挨拶した。

「……あ、ああ。すまなかった」

詫びの言葉を言えるだけ、王太子は悪い人間ではないのだろう。

一礼したマリーベルは、アルフォンと一緒に執務室から立ち去った。

そして連れて行かれたのは、小大公の部屋である。しかも今度は、侍従もいない完全なふたりっきりだ。

いいの？　とは思うのだが、マリーベルは先ほどとは打って変わって安心している。

（私、思っていたよりアルさまを頼りにしているのかもしれないわ）

ソファーに腰かけるように勧められ、体が沈んでなおさら気が抜けた。ついつい体がぐでっとなってしまうが、よしとしよう。

「ライアンの奴、私が公務で席を外せない時間を狙って君を呼びだしたようだ。……まったく」

アルフォンが忌々しそうに舌打ちする。

「助けだしてくださってありがとうございました。……いったい王太子殿下は、なにを知りたかったんでしょう？　……まさか、私のことをなにか勘づいていたりしませんよね？」

それが気がかりだ。もしもマリーベルに『神の恩寵』があるかもしれないと疑っているのならば、今すぐどこかに逃げだしたい。

しかし、アルフォンは首を横に振った。

「いや、そうじゃない。……ライアンは、どうも私が君に関心を示しているのが気になっているらしい」

大きなため息をついた後で、王太子付きの影から聞きだしたという話をしてくれる。

「今まで女性に興味を示さなかった私が、君だけは特別扱いしているからな。素直に私が君に恋していると思ってくれればいいのに……なまじ私の性格を知りすぎているために信じられないでいる。私が君を疑ってわざと傍にいるのだと思い込んでいるそうだ」

アルフォンの表情は苦々しい。

「アルさまが私を疑うって……『神の恩寵』のことでなければ、なにを疑っていると思っているんですか?」

「他国のスパイか、もしくは王家に対抗する反体制勢力の手先じゃないかと思っているらしい」

「他国のスパイ?」

マリーベルは、ポカンとした。それで他国の血を引いているのではないかと聞かれたのだと、ようやく理解する。

「えぇ〜!」

あまりに意外すぎた。

「私にスパイなんて、できるはずないではないですか」

「まったくだ。スパイなんてよほど優秀な人物でなければなれないのにな」

それはマリーベルが優秀ではないということだろうか? ムッとするが、だからといってスパイに向いていると言われるのも嫌なので、この件は不問とした。

「もう、どうしたらいいんでしょう?」

やってもいないスパイ容疑を晴らす方法なんてわからない。

アルフォンも表情を険しくした。

「今日、かなり強く言ったから、当分はこれ以上なにか言ってくることはないと思うんだが……ただ、私は明日から五日ほど城を留守にするからな。その間が心配だ」

マリーベルの胸がギュッと締めつけられる。

「城を留守に?」

「ああ。急用が入って遠出することになったんだ。片道三日かかる旅だが、往復五日で帰ってこようと思っている」

それはずいぶんな強行軍だ。本当にそんなことが可能なのだろうか？

心配そうな顔をしてしまったのだろう、アルフォンが苦笑しながら手を伸ばしてきた。ポンと頭に手を乗せられる。

「大丈夫だ。出かける前にもう一度ライアンには釘《くぎ》を刺しておこう。……ああしかし、こんなに遠出に出たくないと思うのは、はじめての経験だな。以前父が、母や私たちを残して遠出に行く際に、いつまでもぐずぐず渋っていたのを情けないと呆れていたが……ようやく気持ちがわかったよ」

――――それは、どういう意味だろう？

（きっと、私が失敗しそうになってばかりだから心配だとか、そういうことよね）

それにしても、たとえが悪い。父が母をなんて――――。

マリーベルの頬が、意図せず熱くなる。別に、それは夫婦間のことだとか、そんなこと思っていない！

アルフォンは、頭に乗せた手を小さく動かしはじめた。要は撫でられているのだが、それがなぜか心地よい。

明日から五日間、アルフォンのいない日々が、ちょっとだけ寂しいと思うマリーベルだった。

翌日早朝、マリーベルはアルフォンの出立を見送った。そうした方がいいと彼から言われたからだったが、そうでなくとも見送りに来ただろうなと思う。

「ご無事の帰還をお待ちしています」

「ああ。君の傍を離れるのは寂しいが、頑張ってこよう」

名残惜しそうに抱き締められるのは、やっぱり恥ずかしい。

見送りには、王太子も来ていた。別れを惜しむ恋人同士を演じるアルフォンとマリーベルに複雑そうな視線を向けていて、その表情にはまだ釈然としていない様子が垣間《かいま》見える。

「アル兄さん、気をつけて」

「ああ。私がいないからといって、王太子らしからぬ振る舞いをするなよ」

「わかっているよ」

相変わらず偉そうなアルフォンだ。王太子と小大公の身分的にどうなのかと思うのだが、公式の場ではそれなりに取り繕うそうなので、余計なことは言わないことにしている。

この場にいるのも、そんな事情を知っている者ばかりらしく、誰も驚いていなかった。

唯一の例外は、たまたま通りかかったという隣国イドゥーンから留学している王子。黒い目を丸くしてこちらを見ている。

「マリー、もう一度抱き締めさせてくれ」

最後まで恋人演技をやりきってアルフォンは出発した。耳元で「くれぐれも気をつけろ」と囁かれた声が、その真剣さとは反対にくすぐったい。

なんとなく気持ちがふわふわして――――そのせいなのか、マリーベルは帰り道で足を滑らせた。

急に足が浮いたような感じがしたのだ。

（うわっ！）

そこは、王城の正門から城内へと続く道の途中。足の下は石畳で、きっと転んだら痛いに違いないと思う。尻餅をつきかけていたマリーベルは、痛みを覚悟して目を瞑《つぶ》った。

しかし、なぜかバサバサという羽音の次にボスンというどこか間の抜けた音がして、同時に痛みもなくお尻が柔らかななにかの上に乗る。石畳というよりも厚手のクッションみたいな感覚だ。

「……え？」

驚いて下を向けば、スカートの脇から真っ白なモノが見えた。

（なに、これ？）

ジッと見つめているうちに、その白いモノの一部がボロッと欠ける。

（あ――――）

欠けた部分が、小さな白い鳥になった。

（神鵠！）

いつぞや王城のナチュラルガーデンの雑木林の中で、白い狼になった神鵠が、今度は厚いクッションになってマリーベルを助けてくれたようだ。

（いやいや、助けてほしいなんて頼んでいないし！　神出鬼没すぎるでしょう）

先ほどの羽音は、神鵠の飛来する音だったのか。

マリーベルのお尻の下で、重みに耐えかねるように端からボロボロ欠けたクッションが、神鵠となってパタパタと飛び去っていく。なんとなく腹の立つ消え方だった。

（失礼千万だわ。私はそんなに太っていないのに……あっと、怒っている場合じゃなかったわ。誰も見ていなかったでしょうね？）

マリーベルは、慌てて立ちあがる。

幸いにして彼女は、城に戻ろうとしていた見送り一行のしんがりを歩いていた。前を行く人々は、誰もマリーベルが転んだことに気がついていないようだ。

ホッと息を吐いたタイミングで、王太子が後ろを振り返った。

神鵠が転じたクッションは、幸いもう残っていない。きっと彼にはなにも見えなかっただろう。

よかったと思いながら、マリーベルは何気なくパンパンとスカートのお尻の部分を叩いた。尻餅をついて立ちあがったのだ。たとえ痛くなかったとしても、条件反射的に出てしまう仕草である。

すると……マリーベルのスカートの中から、白い鳥が一羽ポスンと地面に落ちた。

（ええっ！　なんでそんなところに残っていたの？）

落ちた神鵠は、慌ててパタパタと飛び去っていく。

王太子が、目を丸くしてそれを見ていた。

マズいと思ったが、見られたのはたったの一羽だ。一瞬だったし、誤魔化そうと思えば誤魔化せるはず。

「……今、なにか落ちなかったか？」

「え？　なんのことでしょう？」

マリーベルは、しらばっくれる。

「白いモノが落ちたように見えた」

「このハンカチでしょうか？」

幸いにしてマリーベルは、白いハンカチを持っていた。ちょっと屈《かが》みながら、隠れてスカートのポケットからハンカチを取りだす。

王太子は、眼を瞬かせた。

「いつ拾った？」

「今ですが」

大切なのは堂々としていること。後ろめたいことなんてなにもありませんという表情を崩さない。

王太子は、迷っているようだった。

「……神鵠が、飛んでいかなかったか？」

ついに王太子はそう聞いた。

マリーベルの答えは決まっている。

「神鵠は、王城内ならどこにでもいますから気がつきませんでした。……どこにいたのですか？」

さあ、次はなんだ？　どんな質問でもこい！　そう、気合いを入れる。

王太子は、まだなにか言いたそうだったが……それ以上は言わずに背中を向けた。そのまま立ち去っていく。

その後ろ姿が見えなくなって、ようやくマリーベルは力を抜いた。息を大きく吐きだす。

（な、なんとか乗り切ったのかな。……でも、絶対不審に思っているわよね）

やってしまったという気持ちでいっぱいだ。しかし、あれは不可抗力だとも思う。

（神鵠って、過保護すぎるんじゃない。尻餅くらいつかせなさいよ！）

思いっきり文句を言いたい。

この場は誤魔化すことができたが、きっと王太子はなにかを仕掛けてくるだろう。しかも今度は、外国のスパイ容疑に加えて『神の恩寵』を受けている可能性も確認してくるかもしれない。

(どうしたらいいのよ？　しかも、こんなときに限ってアルさまはいないし)

不安で不安でたまらない。できることなら今すぐ逃げだしたいのだが、それでは自ら王太子の疑いを肯定することに他ならない。

(なんとか無事に五日間をすごすしかないわよね。アルさまにあれだけ言われたんだから、王太子さまもそれほど強引な手を打ってこられないと思うし)

つい先ほど別れたばかりのアルフォンに会いたいと、心から願う。

自分が本当にアルフォンを頼りにしているのだと、思い知るマリーベルだった。

王太子にスカートから落ちた神鵠をうっかり見られたその日は、それ以上何事もなくすごすことができた。しかし災難は、翌日にやって来る。

「……私が、前国王さまにお茶を淹れるのですか？」

マリーベルは、手の震えを隠すようにギュッと握った。

ここは、侍女たちの控え室で、周囲には侍女長と数人の侍女がいる。彼女たちは、本来こんなところにいるはずのない来訪者に頭を下げていた。

その来訪者——王太子は、ニコニコと愛想のいい笑みを浮かべている。

「ああ。私の祖父はリリーがお気に入りでね。彼女が願って城に迎えた君にも会ってみたいと言っているんだよ。大丈夫。祖父は女性に優しい好々爺だよ」

前国王がリリアンを気に入っているのは、彼女がとびきり可愛い美少女だからに違いない。女性に優しいとは、ものは言いようである。

（好々爺じゃなくて、好き者の間違いじゃない？）

マリーベルは、心の中で毒づく。もちろん不敬になるので言葉にはしないが。

それより問題は他にあった。

（前国王は、私を見てどう思うのかしら？）

マリーベルは、前国王に会ったことがない。肖像画は見たことがあるのだが、その絵を見る限り、前国王とマリーベルは、まったく似ていない。

（ということは、私は母親似なのかもしれないわよね）

母親と考えてふと思いだすのは、以前会った占い師の女性。彼女が通りすがりの占い師だなどとは、もうマリーベルも考えていない。

（私の痣のことも知っていたみたいだし……ひょっとしたら、私のお母さんかその家族なのかもしれないわ）

可能性は大きいと、考えれば考えるほど思えてくる。

王都に時々現れる流民の占い師は、老婆だったり男の人だったりもした。きっと家族か親戚で代わる代わるこの国にやって来ているのだろうと思われる。その時々で、マリーベルの様子を見ているのかもしれなかった。親戚なのだとすれば、老婆の占い師が孫を可愛がるおばあちゃんみたいな台詞を告げたのにも、納得がいく。

（それに、最後に会った占い師は、私に似ていたような気もするのよね）

あの占い師に会ったとき、顔のパーツのところどころに既視感があった。それがなぜかわかったのは、鏡で自分の顔を見たとき。占い師は絶世の美女だったし、マリーベルはどちらかといえば平凡寄りの顔で、全体的に見ればまったく似ていないのだが、よく見れば口元とか目の形などに類似点があったのだ。

（それであの美女に似ているなんて言ったら烏滸がましいのかもしれないけど……前国王は私を見て彼女を思いだすかもしれないわ。そして、私が自分の子どもだって可能性を考えるかもしれない）

　正直マリーベルを見た前国王が、彼女と自分を結びつける確率はものすごく低いと思う。しかし、低くともゼロではないのだ。たとえどんなに低くとも、危険は冒したくない。

「前国王さまの御前に出るなど、恐れ多いです」

　だからマリーベルは、断った。

「私の頼みを断るのは、恐れ多くないのかな？」

　嫌な言い方をする。

「王太子殿下は、とてもお優しいと、王太子妃さまに聞いておりますから」

「それは嬉しいね。でも、祖父も私に負けず劣らず優しい人なんだよ。……そうだろう？　侍女長」

　王太子はここにきて、侍女長を巻き込んだ。侍女長は、しばらく考え込む。

「はい。たしかに。……特に女性にはお優しい御方です」

　侍女長の言葉には、含みがなかったか。

「よかった。侍女長のお墨付きがあれば、君も安心だね。ということで、侍女長、彼女から祖父にお茶を淹れてもらいたいんだけど、かまわないよね？」

　――――マズい。侍女長から命じられたら、断れない。

　どうしよう？　と思ったとき、救いの手は意外なところから現れた。

ガチャと音がして、侍女の控え室から城の中庭へと続くドアが開かれたのだ。

「あの……すみません。ちょっと荷物を運ぶのを手伝ってもらえませんか？」

顔をだしたのは、手を泥だらけにした黒髪黒目の青年だった。まだドアの外にある彼の足下には土に塗《まみ》れた鉢がふたつ置かれている。

「サリフ殿？」

王太子が驚いたように青年の名を口にした。サリフ・イドゥーン。この国に留学している隣国の王子さまである。

「あ、こんにちは。ライアンさま」

頭をぺこりと下げた青年は、人好きのする笑みを浮かべて挨拶した。

「急にお邪魔してすみません。実は、庭に置いておいた鉢を部屋に運ぼうとしていたんですけど、さすがにふたつ一緒に持つのは重くって。ここまで来たら力尽きてしまったんです。どなたかお手伝いを願えませんか？」

そう言ってサリフは、よいしょっと片方の鉢を持ちあげて見せた。

その拍子に、鉢の底からボタッと土が部屋の中に落ちる。

侍女長の目がキッとつりあがった。

「承知いたしました。誰か、サリフ殿下を手伝って差しあげなさい。……早く！」

侍女長はきれい好き。土が部屋の中に入るなんて我慢できないだろう。

ピリッとした雰囲気を放つ侍女長の言葉に、何人かの侍女が動こうとした。

ところが、そのタイミングで落ちた泥の中からミミズがにょろっと顔をだす。

「きゃあぁぁ！」

「ミミズ！」

「嫌よ！　誰か外にだして！」

マリーベル以外の侍女は、侍女長も含め全員貴族出身だ。蠢《うごめ》くミミズに顔を青ざめさせ悲鳴をあげる。

チャンス！　と、マリーベルは思った。

「私がお手伝いします！」

「え？　あ、いや、君は――」

王太子が慌てて止めようとするが、かまわずドアに向かう。

「いえ、私がやります！　私しかできないと思います！　そうですよね、侍女長さま！」

マリーベルはたたみかけた。

にょろにょろと蠢くミミズから目を逸らせないでいた侍女長は、血の気の引いた顔で頷く。

「え、ええ、そうですね。マリーベルさん、サリフ・イドゥーン殿下のお手伝いをしてください」

「はい！」

今までで一番いい返事をした。

「待っ――」

「王太子殿下、失礼いたします」

引き止めようとした王太子の台詞をぶった切り、クルリと振り返って一礼する。その後、足下の土塊をミミズごと外に蹴飛ばし、外へ出た。

「きゃぁぁっ！」

悲鳴を背中にドアを閉める。

「サリフ殿下、お持ちします」

サッと、もうひとつの鉢を持ちあげて、マリーベルは足早に歩きだした。逃げるが勝ちである。

（やった！　王太子さまから逃げられたわ！）

心の中で快哉《かいさい》を叫びながら歩いていると、後ろから声が追ってくる。

「待ってよ。マリーベルさん」

焦ったような声はサリフだった。

王太子から逃げられた喜びで、一瞬彼の存在を忘れていたマリーベルは「あっ」と叫んで立ち止まる。

「すみません。サリフ殿下。……あ、でも、どうして私の名前をご存じなのですか？」

今、サリフはマリーベルを名前で呼んだ。どうして知っているのかと思えば、彼はニッコリ笑う。

「さっき、侍女長がそう呼んでいたから。マリーベルさんで間違いないよね？」

そう言われればそうだった。「はい」と答えるマリーベルに、サリフは笑みを深くする。

「手伝ってくれてありがとう。でも君ってばズンズン先に行くから、びっくりしちゃったよ。行き先がどこかわかっている？」

聞かれてわからないことに気がついたマリーベルは、恥ずかしくなる。

「す、すみません」

「ハハ、いいよ、いいよ。とりあえずこっちで間違っていないから。……でも、その様子を見るからには、助けに入ってよかったみたいだね。余計なお節介をしたんじゃなくて、ホッとしたよ」

サリフの台詞にマリーベルは首を傾げた。

「助けに入った……ですか？」

「ああ。ちょうど侍女の控え室の外を通りかかったら、君がライアンさまに無茶振りをされて困っているのが聞こえてきたんだよ。……前国王さまって、こう言っちゃなんだけど、女性に目のない無節操な方なんでしょう？　そんな人のところに君みたいな可愛い子をやるなんて、とんでもないことだよね。君も嫌がっていたみたいだし、外に連れだせればと思って、声をかけたんだ」

なんと、サリフはマリーベルを助けるために、わざわざ侍女の控え室に入ってきてくれたらしい。

なんて親切な人なのだろう。

「ありがとうございます」

「どういたしまして」

サリフは綺麗に笑った。隣国イドゥーンの人々は、バラナス人よりちょっと小柄で年齢より若く見える。サリフは十七歳だそうだが、マリーベルには十五歳くらいにしか見えなかった。青年というより少年だ。

（美少年って感じよね。背は私より高いけど体重は少なそう）

今まで遠目に見たことはあるのだが、こんなに近づいたのははじめてだ。王子さまというよりも気の置けない弟という感じがする。

サリフは、ほっそりとした手をマリーベルの方に伸ばしてきた。

「ちょうだい」

「はい？」

「その鉢だよ。もうここまで来ればライアンさまも追いかけてこないだろうから、僕が持つよ」

サリフは、既に鉢をひとつ持っている。ひとりでふたつ持てないから、お手伝いを頼まれたのではなかったのか？

「私が運びます。そのためのお手伝いですから」

「あんなの君を連れだすための口実だよ。女の子にそんな重い物持たせられないよ」

サリフは、ちょっと強引にマリーベルが持っていた鉢を奪った。

（そんな細身でふたつも鉢を持って大丈夫なの？）

心配したマリーベルだが、サリフは両手にひとつずつ軽々と鉢を持っている。

びっくりするマリーベルに、サリフはいたずらっぽく笑った。

「実は僕、風属性の魔法を使えるんだ」

「風属性の魔法……ですか？」

「そう。このくらいの重さなら、ちょっと風で浮かせれば苦もなく運べるんだよ」

『神の恩寵』やら『聖女の祝福』やらのあるこの世界には、魔法という不思議な力を持つ人がいる。

あまり数は多くなく、その力も不思議ではあるがそれほど強いものはない。

そのいい例が、国王などが民衆への演説に使う声の拡大魔法だ。便利で重宝されているが、なんというか地味である。

（流民とか外国の人の中には、結構強力な魔法をいろいろ使える人もいるみたいだけど……そうか、サリフ殿下は、風属性の魔法の使い手なのね）

「すごいですね」

「それほどでもないよ。僕の魔法なんてちょっと物を浮かせるくらいがせいぜいだしね。それよりこの国には『神の恩寵』や『聖女の祝福』があるんだもの。そっちの方がよほどすごいよ」

サリフは黒い目をキラキラと輝かせてそう言った。

「特に『神の恩寵』は、僕の憧れなんだ。加護が国全体に及ぶなんて本当にすごい力だよ。ねぇ、君もそう思うだろう？」

興奮しているのか、身を乗りだして主張してくるので顔が近い。あと『神の恩寵』については、たしかにすごい力だとは思うが、マリーベルにとっては迷惑以外のなにものでもなかった。

「……そ、そうですね」

「そうだよ！『神の恩寵』を受けていることを、バラナス国民はもっと誇るべきだし感謝するべきだ。僕なら絶対そうする！」

熱く『神の恩寵』を語るサリフを、マリーベルは一歩退いて見つめる。

（いい人だし美少年だけど……ちょっと変わった人なのかも？）

そういえば、昔リリアンからオトメゲームの話を聞いたときに、コウリャクタイショウシャのひとりとして隣国王子の名前があがっていたような気がする。

（ほとんど聞き流していたからあんまり覚えていないんだけど、サリフって名前だったかもしれないわ。……たしか『トシシタコアクマヤンデレワク』とか言っていたような？）

リリアンの呪文は解読不能なものが多い。というか、ほぼほぼ意味不明で、だからこそ呪文なのだが……マリーベルでもよくわからない。

（トシシタは年下よね。コアクマは小悪魔かしら？　……でもヤンデレワクってなに？）

リリアンに聞けばいいのだろうが、お喋りな彼女はひとつ質問すれば答えが十倍返ってくる。オトメゲームに関するものならば、百倍返ってきたって不思議ではないくらいだ。

（聞くのは止めておきましょう。きっとそれほど重要なことじゃないと思うわ）

訳のわからない話につき合って、これ以上睡眠時間を削られたくない。マリーベルがそう思っていれば、すぐ近くからサリフの叫び声がした。

「うわっ！」

「え？　ど、どうかしましたか。サリフ殿下」

「見てよ、これ！　いつの間に咲いていたんだろう」

そう言ってサリフが見せてきたのは、ふたつ持っている鉢の片方。先ほどまでマリーベルが持っていた物だった。その中に、小さな白い花が一輪咲いている。

（……ゲッ）

「これって神祥花だよね？　植えた覚えはないんだけど、どこかから種でも飛んできたのかな？」

いや、おそらくついさっきマリーベルがこの鉢を持っていたから咲いたのだろう。

「アハハ、そうかもしれませんね」

まさかそう言うわけにもいかず、マリーベルは笑って誤魔化す。

「やっぱりバラナスに留学してよかったな。『神の恩寵』の奇跡の花を、鉢植えで観察できるとは思わなかったよ。最高だ！」

サリフのテンションは高い。

「そ、そうですか。……えっと、やっぱりその鉢お運びしますね。そのために私は来たんですから。なにもしないで帰ったらお手伝いになりません」

マリーベルは、サリフの方に手を差しだした。鉢を受け取ったら、うっかり手を滑らせたことにして割ってしまおうという算段だ。

(種が飛んできたって思っているなら大丈夫かもしれないけど、できれば証拠隠滅したいもの)

ところがサリフは首を横に振った。

「ダメだよ。僕が運ぶって言っただろう。……そうだ、マリーベルさんは、一緒に来て鉢に水をやるのを手伝ってよ。それならちゃんとお手伝いしたことになるから、それでいいよね?」

ダメだとは言いづらい。問題は、マリーベルが水なんてあげたら、もっと神祥花が増えるのではないかということ。

どうやって断ろうかと思っていれば、サリフは風の魔法で鉢を一瞬浮かし、ポンと手を叩いた。

「いいことを考えついた! ねぇ、マリーベルさん、僕の世話係になってよ。そうすれば、王太子殿下が前国王陛下に会わせようとするのを断る言い訳にもなるでしょう? さっきの様子だと王太子殿下は、まだ諦めていないみたいだったし……大丈夫、仕事はそんなに難しくしないから。鉢に水やりをしたり肥料をあげたりするくらいでかまわないよ」

なんと、サリフは今後も王太子をマリーベルから遠ざけようとしてくれるらしい。

(なんて優しいの! ……でも、どうして私にそこまでしてくれるのかしら?)

マリーベルがサリフときちんと会ったのは、今日がはじめてだ。これまで見たことはあっても、話したことはない。それなのに、どうしてここまでマリーベルのことを考えてくれるのだろう?

疑問に思っていることが顔に出たのか、サリフは苦い笑みを浮かべた。

「僕はね、君が僕の母みたいになるのが嫌なんだ」

「え？」

「実は、僕の母は父の妾なんだよ。元々は城で働いていた侍女で、父が気に入って手をつけた。母には別に好きな人がいたのに無理やりにね」

それだけでサリフの気持ちがわかってしまう。彼は、マリーベルが前国王に気に入られ、意に染まぬ妾にされてしまうのではないかと心配しているのだ。

（いや、多分それだけはないと思うんだけど……前国王さまは、きっと私の父親だと思うし）

マリーベルが前国王の前に出たくないのは、サリフが考えるような理由ではない。それでも自分を心配してくれる気持ちが嬉しかった。

「ありがとうございます。でも私は小大公さまの用事を優先して聞くことになっていますから。サリフ殿下のお世話係にはなれません」

マリーベルにはアルフォンがいる。今日のことだって、彼がいてくれたなら起こらなかったし、起こったとしても助けてくれたに決まっているのだ。

アルフォンが出かけて今日で二日目。あと三日経てばアルフォンが帰ってくる。なんとか頑張ろうと決意を固めていたのだが、なおもサリフは手を差し伸べてきた。

「だったら、小大公さまが帰ってくるまでの間だけ僕の世話をしてよ。それならいいでしょう？」

「え、でも、それって多分数日間だけになりますよ」

そんな短い期間では、かえって迷惑になるだけではなかろうか？

「大丈夫。難しい仕事はないって言ったでしょう。僕が普段やっていることを少し手伝ってもらうだけだよ。君がすぐにいなくなっても困ったりしない。……ああ、でも、それでサヨナラなんて寂しいから、僕と友だちになって！　それでこれからもずっと仲良くしてくれたら嬉しいな」

ニコニコと美少年が眩しい笑顔を向けてくる。

マリーベルの胸はキュンと鳴った。

(なんていい子で優しいの！)

孤児のマリーベルだが、弟がいたならこんな感じで可愛いのではないかと思う。ここまで好意全開の申し出を断るのは、しのびなかった。

「えっと、それでは……お願いいたします」

「ありがとう、マリー！　あ、僕もマリーって呼んでいい？　王太子妃さまが君をマリーって呼ぶのを聞いたことがあって、可愛い愛称だなってずっと思っていたんだ。……僕のこともサリーでいいから」

小さく首を傾げてお願いされたら断りにくい。呼び方くらいなら別にいいかと思った。

「わかりました。……サリー殿下」

「殿下はなしで！」

「……サリーさま？」

「うん！」

上機嫌なサリフは、まるで躍りだしてしまいそう。

この後、サリフは侍女長にもきちんと申し出てくれて、マリーベルは正式に彼の世話係となった。

その報告を受けた王太子は不満そうだったが、侍女の人事は侍女長に権限がある。表立っての抗議はされなかった。

これ幸いにと、マリーベルはサリフの部屋に逃げ込んで仕事をする。ただし、水やりを含めた鉢へのお世話だけは丁重にお断りした。

幸いなことに神祥花がそれ以上増えることはなく、マリーベルは、ホッと胸を撫で下ろした。

◇◇◇

アルフォンは急いでいた。

(思っていたより視察に時間を取られてしまった。今日中に城に着けるといいんだが)

彼が王都を出てから今日で五日目。片道三日かかるところを二日で飛ばし、現地視察を一日半で済まし、帰路二日目の今、王都から馬で半日ほどの場所にいる。

あと数時間もすれば日が暮れる。普通であれば、この辺りでもう一泊して明朝余裕を持って王城に帰還するのが望ましいのだろうが、アルフォンは馬を駆けさせるスピードをゆるめなかった。

「小大公さま、次の町で宿を取りましょう！　先触れをだして手配いたします！」

隣で馬を駆る部下が進言してくる。

「いや、必要ない！　このまま王都まで走る！」

「無茶です！　王都に着く前に暗くなってしまいますよ！」

「私もこの馬も夜行軍の訓練は受けている。幸いにして今夜は満月だ。月明かりが夜道を照らしてくれるだろう！」

「しかし！」

部下の言うこともわかる。だがアルフォンは、なんとしてでも今日中に王城に着きたかった。

（マリーと約束したからな）

アルフォンの脳裏に、銀色の髪を持つ女性の姿が浮かびあがる。

マリーベルは、アルフォンが王城に連れてきた侍女だ。あの王太子妃の友人だが、性格はずっとマシ。きちんと常識を弁えているし、自分の意見をはっきり言えるところも、アルフォンには好ましい。

（よもや『神の恩寵』を受けているとは思わなかったが）

開かずの間で会ったときは驚いた。信じ難いことだったが、王太子が『聖女の祝福』を持つ女性を妃とすることにこだわった理由や、それを国王や父が許した理由もわかって、気持ち的にはスッキリした。

同時に、マリーベル自身に『神の恩寵』を受けている事実を表明する気持ちがなく、むしろ隠したいと思っていることも知った。到底玉座など望んでいるはずもなく、彼女の意向は『神の恩寵』を持つ者が王となる必要はないというアルフォンの考えとも一致する。協力関係を結んだのは自然な流れで、今もその判断は間違っていなかったと思う。

（……しかし、彼女の慌てふためく姿は、意外に可愛らしかったな）

あのときはアルフォンも驚いてそんなことを思う余裕はなかったのだが、後日彼女との開かずの間での出会いを思いだす度に、アルフォンの頬はゆるむようになっていた。いつも無表情の彼には珍しいことだ。

（なにせ、ブラシを床にガン！　だからな。あんな女性ははじめて見た）

淡々と馬を駆りながらも、アルフォンの口角は微《かす》かにあがっていた。彼女のことを思いだすだけで、疲れが吹き飛ぶような気さえする。

普段落ち着いて見えるマリーベルだが、こと『神の恩寵』が絡むと、焦る様子を見せた。それが不思議と好ましく、またそんな彼女の姿を知るのが自分だけだということも、なんとなくアルフォンを上機嫌にさせる。

（早くマリーの顔が見たい。……ライアンも、釘は刺したが変に思い込むとなにをしでかすかわからないところがあるからな。急いだ方がいいだろう）

しっかりと前を見る。アルフォンの意思を感じ取ったのか、馬が一段とスピードをあげた。

「小大公さま！　少しスピードを落としてください。他の者がついて行けません！」

慌てた部下が叫ぶ。

「無理をしてついてくることはない。なんならお前たちは、次の町で泊まって明日帰ってこい。私はこのまま王都に行く！」

「小大公さまをおひとりにすることなど、できるはずがありません！」

「ならば死ぬ気で馬を駆るのだな」

アルフォンは、ひた走る。彼が視線の先になにを見ているのか、知るのは彼ひとりだった。

それから三時間後。夜の早い時間に王城に着いたアルフォンは、王太子妃の部屋を目指していた。

（今頃は一緒にいる時間だからな。顔くらいは見ておこう）

もちろん見たいのはマリーベルの顔である。王太子妃にはできれば会いたくもない。

先触れをだしたので、王太子妃の部屋にはすぐに招き入れられた。

「遅くに申し訳ありません。王太子妃殿下」

一応挨拶はする。たとえ相手が誰であれ礼儀作法は大切だ。

「遅いわよ！　なにをぐずぐずしていたの。マリーがイドゥーンに取られちゃったじゃない！」

ところが、礼儀を尽くしたアルフォンに返ってきたのは、リリアンの罵声だった。

「は？　イドゥーン？」

イドゥーンは隣国だ。そこにマリーベルを取られたというのは、どういうことか？

驚いて部屋の中を見れば、そこにいたのはリリアンと彼女の侍女――――マリーベルではない女性だけだった。アルフォンが会いたいと願った人の姿はどこにもない。

そのことに、ひどく心がざわついた。

「マリーはどこだ？」

「サリフ・イドゥーンのところよ！　あのトシシタコアクマヤンデレが、優しいマリーを気に入って、離さなくなっちゃったのよ！　もうっ！　一番悪いのは、マリーを怖がらせたライアンさまだけど！　あなただって肝心なときにいないだなんて……この役立たずの甲斐性《かいしょう》なし！　マリーがラチカンキンされたらどうするのよ！」

ギャンギャンと喚《わめ》く王太子妃の言葉は、ところどころ意味不明だ。

それでも、マリーベルがサリフ・イドゥーンと一緒にいるのだということだけは、理解した。

「……なんでそんなことになっている？」

思わず低い声が出てしまう。自分の顔から表情がごっそり抜け落ちていくのがわかった。

真っ赤な顔で叫んでいた王太子妃が、ビクッと震える。

「事情を話せ。私にもわかるようにきちんとだ」

問いただせば、赤い顔を一瞬で青ざめさせた王太子妃は、コクコクと頷いた。

「み、三日前にマリーから、夜こっちに来るのをちょっと休ませてほしいってお願いされたのよ。びっくりして理由を聞いたら、ライアンさまに会いたくないからだって。……ライアンさまったら、マリーにおじいさまにお茶を淹れてくれって頼んだんですって！　あのおじいさまによ！　おじいさまは私には優しいけれど、その私だっておじいさまが、女性に目のないヤリチンでドクズな男だってことは知っているわ！　もうっ、もうっ、ライアンさまったら、なにを考えてそんなことをしたのかしら？　その場は、通りがかったサリフ殿下に助けてもらって行かなくて済んだって聞いたけど、あのヤンデレに借りを作ったことだって大問題だわ。もうっ、ライアンさまなんて大嫌い！」

最初は、おどおどと話しはじめた王太子妃だが、そのうち興奮し烈火のごとく叫びはじめる。おかげで途中からまた意味不明の言葉が交じったが、言いたいことは十分に伝わった。

アルフォンは、チッと舌打ちする。

（ライアンめ、あれほど言っておいたのに、いったいなにをしているんだ？）

王太子を、頭の中で罵倒すると同時に、彼が前国王にマリーベルを会わせようとしたことが気にかかる。隣国のスパイ容疑と前国王は関係ないはずだ。だとすれば、王太子はマリーベルに『神の恩寵』に関する疑惑を抱いたのかもしれない。

（それでたしかめようとして、前国王にマリーを会わせようとしたのか？）

アルフォンが考えている間も、興奮した王太子妃の言葉は続いている。

「私、もちろんライアンさまに猛抗議したわ。ついでにマリーが許してくれるまでは絶交するって宣言したの。勝手に私のお部屋に来ないでとも言ったのよ！　ライアンさまは謝ったけど、今回はリリーも本気なんだから！　簡単には許してあげないわ。……それで、その後マリーにそのことを伝えて、ライアンさまは近づけないから安心してお喋りに来てって言ったの。……なのに、サリフ殿下が体調を崩したとか言いだして、マリーが看病するから来られないって返事がきたのよ！　もうっ、もうっ、なんでマリーがサリフ殿下の看病なんてしなくっちゃいけないのよ？　そりゃあ、ライアンさまからマリーを庇ってくれたのは、感謝するけど。でもでも、看病まではする必要ないじゃない？　きっと、あのヤンデレが言葉巧みにマリーを騙しているんだわ！　マリーの優しさにつけ込んで。……うわぁぁ～ん、羨ましい！　マリーに看病してもらえるだなんて！　リリーは健康だったから、一度も看病されたことがないのよ。私も、マリーに看病されたい！」

怒濤《どとう》のように叫んだあげく、王太子妃は泣きだした。侍女が慌てて彼女を宥めはじめる。

その様子を冷めた目で見つめながら、アルフォンは彼女の言葉を整理していた。

（ずいぶん長々と喋ってくれたが、要はライアンがやらかしたところをサリフ・イドゥーンが救ったということだな。そしてそのままマリーを傍に置いている。……おそらく、病気だと偽って）

リリアンが言うように元凶は間違いなく王太子だ。しかし、その後ずっとマリーベルを離さないというサリフ・イドゥーンも気にかかる。イドゥーン国は身分による差別の激しい国だ。たかが侍女を王太子から庇うのも不自然なら、面倒事にしかならないその侍女を、ずっと囲っているのもおかしいとしか思えない。

(考えすぎかもしれないが……気に入らないな。なにか裏があるかもしれない)

なによりマリーベルが自分でない男の元にいることに腹が立った。沸々と怒りが込みあげてくる。

マリーベルにではない。自分にだ。

(マリーが辛かったときに傍にいられなかったとは……せめてもう少し早く帰ってこられれば、こんなに長く彼女をサリフ・イドゥーンなどの近くに置かずに済んだのに)

アルフォンは、クルリと踵を返した。未だ泣き喚く王太子妃に辞去の挨拶もせず部屋を出る。

(ライアンを怒鳴りつけに行きたいが……今はそれより先に、マリーのことだ)

アルフォンは考えを巡らせる。

「誰かある。サリフ・イドゥーン王子のお見舞いに、小大公アルフォンが参る。先触れをだせ!」

アルフォンの言葉に、王太子妃の部屋を警護していた騎士のひとりが「はっ!」と返事をして駆けだしていく。同じくアルフォンの声を聞いて駆けつけてきた王城の侍従を手招きした。

「サリフ・イドゥーン王子は、体調を崩しているとお聞きした。医師と薬師《くすし》、看護のできる世話人を私の名で手配せよ。急げ!」

「はいっ」

侍従も慌てて走って行った。

その間も足を止めることなく、アルフォンは進む。頭の中で冷静にこの後の計画を立てながらも、彼の心は荒れ狂っていた。自分ではない男の看病をしているマリーベルを想像するだけで、腸《はらわた》が煮えくりかえる。

（マリーは返してもらう。……彼女は私のものだ）

マリーベルが、自分以外の男といることに、どうしてこれほど心が苛立つのか？

自分が留守の間に、マリーベルの身に起こったことを防げなかったことが、どうしてこれほど悔しいのか？

城に帰還し、いると思った場所にマリーベルの姿が見えなかったことが、どうしてこれほど心を乱すのか？

その答えに――アルフォンは、ようやく気づく。

（私は、彼女を愛しているんだ。……『神の恩寵』を受けているからじゃない。ひとりの女性として彼女を欲している。ずっと私の傍にいてほしいと）

思い至った事実は、至極当然のこととしてアルフォンの心の中に、しっくり収まった。

一歩一歩、急く足を止めることなく、アルフォンは愛しい人の元へと進んだ。


幸いにしてマリーベルは、サリフ・イドゥーンと同じ部屋にはいなかった。

アルフォンが彼女を見つけたのは、王城の中でサリフに与えられた部屋の続きの間。そこでマリーベルは、イドゥーン国からサリフについてきた老年の執事と一緒に薬湯を煎じていた。

「アルさま！　お帰りになっていたんですか？　気づかず迎えに出られなくてすみません」

アルフォンを見たマリーベルは、嬉しそうに笑う。

その屈託のない笑顔に大きく安堵しながら、アルフォンはマリーベルに近づいた。

「え？　ア、アルさま！」

力一杯抱き締める。慌てたマリーベルが腕の中で暴れたが、力をゆるめることはできなかった。

「アルさま！　どうかしたんですか？　……あ、まさか……神鵠かなにかが私の傍にいました？」

後半部分を小さな声でマリーベルは聞いてくる。どうやら突如アルフォンに抱き締められたため、それを彼が『神の恩寵』の奇跡を隠すためにした行為だと思ったらしい。

その勘違いに、焦っていたアルフォンの心が落ち着いた。腕の力もゆるむ。

「ただいま。マリー。……大丈夫だ。なにもいないよ」

身じろぎするマリーベルの頬に顔を近づけ、後半部分を耳元で囁いた。

マリーベルの体から力が抜ける。きっと安心したのだろう。

少し頭の位置をずらしたアルフォンは、そんな彼女の頬に口づけた。チュッと軽い音がする。

「ひぇっ、アルさま！」

「五日ぶりに恋しい人に会えたんだ。キスくらいさせてくれ」

甘く笑いかければ、マリーベルは頬を赤くする。きょどきょどと狼狽え、やがて「あ、恋人演技ですね」と小さく囁いてきた。

そうではなかったが……まあ、今はそれでいい。

「わ、私もアルさまに会いたかったです」

頬を赤くしたまま上を向き、笑いかけてくるマリーベルは、とても愛らしかった。

もう一度、思う存分抱き締めたい気持ちを我慢して、アルフォンは彼女と向き合う。

「王太子妃殿下のお部屋にいないから驚いたよ。いったいどうしてサリフ殿下のところにいるんだい？」

ちょっと目つきが剣呑《けんのん》になるのは許してほしい。これでもアルフォンは、今すぐこの部屋から彼女を連れだしてしまいたいのを、懸命に自制しているのだ。

「あ……えっと、それは――」

マリーベルが目を泳がせて答えようとすると同時に、部屋の奥から声がした。

「マリーを責めないでください。僕がどうしても彼女に傍にいてほしいって、お願いしたんです」

そう言って現れたのは、サリフだった。黒髪黒目の異国の青年は、細い体に白いナイトウェアを着ている。その姿は弱々しく、今にも倒れそうだ。

たった今まで、マリーベルを抱き締めて浸っていた多幸感が、あっという間に黒い感情で塗り潰されるのが、アルフォンにはわかった。やはり、自制は止めよう。そう決意する。

「サリーさま！　起きあがってはいけません」

慌てて駆け寄ろうとしたマリーベルを、アルフォンは引き寄せて阻止した。そのまま彼女の目の上に手を乗せ視界を遮る。

「アルさま！」

マリーベルの抗議の声には耳を貸さず、控えていた執事に目をやった。

「サリフ殿下にお仕度を。あのような薄着で女性の前に立つのがイドゥーンの流儀か？　いささか品位に欠けると言わざるを得ないな」

ジロリと睨めば、執事は慌てて衣装棚に駆け寄った。中から厚手のガウンを取りだしてくる。

それをサリフに着せようとしたところで、アルフォンはクルリと背を向けた。

「いや、結構。考えてみれば、夜分に急に訪れた私に非礼がある。恋しい人に会いたいばかりに気が急いてしまったが、後日あらためてこの度のことに関し、ご挨拶にうかがいましょう。お詫びに、医師と薬師、それから世話人の手配をしておきました。体調不良とのこと。どうぞゆっくりお休みください……では、失礼いたしますサリフ殿下」

言うだけ言ったアルフォンは、そのままマリーベルを連れて、部屋を出た。サリフの返事など待つ気はない。

「え？　ちょっと待ってください。アルさま！」

マリーベルは騒いだが、目の上の手はそのままに廊下を進む。適当な部屋に入り、ようやく息をついた。

「もうっ、アルさま。離してください。いきなりなんなんですか？」

マリーベルを解放すれば、彼女は怒って食ってかかってくる。

「さっきの態度はいくらなんでもサリーさまに失礼です！　あの方は、私を助けてくださったんですよ」

どうやらとても怒っているようだ。それだけサリフを信頼しているのだろう。

アルフォンは、黙って彼女を正面から見つめた。

「アルさま！　聞いていますか？」

よく聞いている。

「…………サリーと呼んでいるのか？　あいつも君をマリーと呼んでいた」

しかし、聞いていたはずのアルフォンの口からこぼれたのは、そんな言葉だった。いろいろ事情を聞いたり、たいへんだったことを労《ねぎら》ったり、傍にいられなかったことを謝ったりしようと考えていたのに、そんなことはすべて飛んでしまった。

「────は？」

「愛称で私以外の人間を呼んでほしくない。君をマリーと呼ぶのも私だけでいい」

我ながらおかしなことを言っているなと思った。マリーベルも面食らったのか口をポカンと開けている。

「……リリーも私をマリーと呼んでいますけど？」

「……王太子妃は仕方ない。他は嫌だ」

アルフォンは、自分の顔がおかしな具合に歪むのがわかった。

たまらずマリーベルが吹きだす。

「なんですか？　その駄々っ子みたいな顔。……わかりました。サリー……じゃなくて、サリフさまを愛称で呼ぶのは止めますすね。私をマリーと呼ぶのも止めてもらいます。……代わりに、明日必ずサリフさまに謝ってくださいね。あの方は、私を助けてくださったんですよ」

その後、マリーベルはアルフォンが旅立った後で起こったことを説明してくれた。彼を見送った直後、神鵠を王太子に見られたこと。その翌日の王太子の無茶振りからいかにサリフが助けてくれたかも。しかも、サリフはその後もマリーベルを守ってくれたという。

聞けば聞くほど、サリフを胡散臭《うさんくさ》く思うのは、アルフォンの僻《ひが》みだろうか？

「その恩人が体調を崩したんですもの、看病するのは当然ですよね？」

最後にマリーベルは、そう言った。

アルフォンは、いろいろ言い返したかったが、賢明にもそれを堪える。今のマリーベルに、サリフを否定する言葉を告げても逆効果だろう。

「……わかった」

「約束ですよ」

「ああ。……ただし、君は当分サリフ殿下と会わないでくれ。君は私の恋人だからな」

マリーベルは、驚いた顔をした。口を開こうとしたので、その口にアルフォンは自分の人差し指を当てる。

「よく考えてほしい。私はずっと君に恋する男を演じてきた。ここにきて君がサリフ殿下の元に頻繁に出入りしていれば、城の者はどう思うだろうか？　悪ければ、君は私とサリフ殿下に二股をかける稀代《きたい》の悪女だ」

「ふ、二股――――」

マリーベルの顔が、スッと青ざめた。陰口を叩かれるところを想像したのかもしれない。

アルフォンは、彼女の口から指を外し、今度は肩に手を置いた。大丈夫というように軽く叩く。

「君は『神の恩寵』のことがあるから、私から離れるわけにはいかないだろう？　であれば、サリフ殿下の方と距離を取るしかない。……大丈夫だよ。私は君をどんな噂からも守ってみせる。もちろんライアンや『神の恩寵』の奇跡からもね」

自信たっぷりに言えば、マリーベルは縋るような視線を向けてきた。

「本当ですか？」

「本当だよ。君は私にすべて任せておけばいい」

マリーベルは、目を伏せた。少し考えて、パッと顔をあげる。

「わかりました。お願いします、アルさま。……あ、でもすべてお任せするのは申し訳ないので、私も頑張って、自分でできることはやりますね。アルさまだって帰城したばかりでお疲れでしょうし……なにかお手伝いできますか？」

緑の目が、真っすぐにアルフォンに向けられる。

（……ああ、好きだな）

そうアルフォンは思った。守ってやると言ったのに、すべて頼り切らず自分の足でしっかり立ち、あまつさえアルフォンを気遣ってくれる、その心にとてつもなく惹かれる。

同時になんとしてでも、彼女を手に入れたくなった。

今、ここで自分の思いの丈を告げて、強引にでも本物の恋人になってしまおうかとも思う。

……しかし、彼を見あげる目は、あまりにも澄んでいた。そこに宿るのは間違いなくアルフォンへの好意と信頼だったが、彼の中にあるようなドロドロとした執着や嫉妬心は見えない。

（時期尚早か……下手に囲って私の熱意をぶつければ、怖がって逃げてしまうかもしれないな）

ただでさえマリーベルは、国王になどならず、王都から逃れて田舎でのんびり暮らしたいと願っているのだ。アルフォンと結婚すれば、国王にはならずに済むが王都暮らしは避けられない。大公領に隠居する手もあるが、現状それは難しいだろう。

アルフォンは、マリーベルを離せない。だとすれば、今しばらくは我慢して、彼女を優しく大切に守り、彼女に自分と同じように愛してもらえるよう努力するのが一番だ。

アルフォンは、大きく息を吐きだした。

「とりあえず、王太子妃のところに一緒に行こうか。君をサリフ殿下に取られたと言って、ずいぶんしょげていたからな」

そう告げれば、マリーベルは目を丸くした。

「あ、リリー。……そうですよね。あの子のことだもの、癇癪《かんしゃく》を起こしていたんじゃないですか？」

「ああ、私のことを『役立たずの甲斐性なし』だと罵っていたよ」

「ひぇっ！　すみません！　もう、リリーったら」

マリーベルは恐縮する。

そんな彼女を促して、アルフォンは部屋を出、王太子妃の元へと向かった。さり気なく彼女の腰に手を回し、体を引き寄せる。

ビクッとして離れようとしたマリーベルだが、ちょうど廊下の向こうから騎士が歩いてくるのを見て、抵抗を止め、体を寄せてくれた。

「恋人アピールですよね？　今の私たちは、久しぶりに会った恋人同士なんですから」

顔をあげ、ひそひそと囁いてくれる姿は、十分恋人アピールになるだろう。

「あ、そういえば、言っていませんでしたね。――――お帰りなさい、アルフォンさま。ご無事のお帰り嬉しいです」

――――マリーベルの笑顔が、眩しい。

やっぱりここで思いの丈をぶつけてしまいたい！　そう葛藤するアルフォンだった。

その後、無事にマリーベルを王太子妃の元に送り届けたアルフォンは、王太子に会いに来ていた。

そろそろ就寝時刻だろうが、愛する妃から絶交宣言を受けた王太子は、寝室の豪華なベッドには横にならず、ひとりソファーに背を丸めて座っている。心なしか金髪がくすんで見えて、体からは哀愁が漂っていた。

(骨身に堪《こた》えたようだな)

とはいえ、容赦する気は微塵《みじん》もない。

「ライアン、お前はなにをやっているんだ！　あれほど私が振る舞いには気をつけろと言ったのに。お前の耳はどこについている？」

開口一番怒鳴れば、王太子は弱々しく顔をあげた。

「アル兄さん――」

「今後私をそう呼ぶのは止めてもらおう。私もお前――いや、王太子殿下には、一線を引いて当たらせていただきます」

わざと慇懃《いんぎん》に礼をすれば、王太子は慌てて立ちあがった。

「そんな！　アル兄さんに距離を置かれたら、私は誰を頼ればいいんだ！」

王太子と兄弟同然に育ち、彼を弟のように扱ってきたアルフォンだったが、ずっとそうだったわけではない。幼いうちならまだしも物心がついた頃の一時期は、臣下として礼儀正しく相対し距離を置こうとしたのだ。

それを嫌がったのは王太子だった。

(今思えば、ライアンは『神の恩寵』を受けていないという負い目をずっと持っていて、自分に自信がなかったんだろうな。だから自分を助けてくれる、頼れる『兄』という存在をなくしたくなかったんだ)

王太子が必死に懇願した結果アルフォンは『アル兄さん』に戻り、今日まで王太子を支えてきた。

「お願いだよ、アル兄さん。兄さんに見放されたら、私はもうどうしたらいいかわからない」

マリーベルに似た緑の目が、アルフォンに縋りつく。

「王太子殿下は、もうご立派に成長されました。私の助力など不要でしょう。それに私が殿下を見放すなどするわけがありません。臣下として微力を尽くさせていただきます」

「それじゃダメなんだよ！　臣下じゃない、私には『アル兄さん』が必要なんだ！　そうでなければ、私は……私なんかは――――」

アルフォンを見ていた緑の目が、光を失っていく。よどみ暗くなるマリーベルと同じ色の目に、アルフォンの気分が悪くなった。

「……ハァ、だったらしっかりしろ、この愚弟が！　弱音なんて吐いているんじゃない！　お前の取り柄は、他人より数倍努力して頑張り続けることだろう。落ち込んでいる暇なんてないはずだ！」

「アル兄さん……」

緑の目に光が戻った。まったく自分も甘いなと、アルフォンは自嘲する。

「いいか、お前が今回したことは、愚行の中の愚行だ。私も庇いきれないが、チャンスを一度だけやる。マリーに誠心誠意謝って許してもらうんだ。そうすれば、王太子妃もお前を許してくれるだろう」

アルフォンの言葉に、王太子は小さく頷いた。

「ありがとう、兄さん。心から謝罪するよ。……でも、誓って私は、マリーベル嬢をおじいさまに会わせることで、みんなが危惧するような状況を招きたかったわけじゃないんだ。万が一そんなことになったとしても全力で止めるつもりでいたし……」

まあ、そうだろうなと思う。

王太子は、マリーベルと前国王が親子なのではないかと疑ったのだろう。それを確認しようと思っていたのだから、前国王がマリーベルに手をだす可能性などまったく考慮していなかったはずだ。悪かったのは、前国王の今までの所業とそれにまつわる噂である。

（それに、その噂を本気で信じて怒ったのは、多分王太子妃だけだろうな。マリーは単純に父親に会うのが嫌だっただけだし、サリフも噂を都合よく利用して、マリーを囲おうとしていただけに思える）

王太子妃の話を聞いただけでそう判断するのは危険だが、なんとなくアルフォンは自分の考えが正しいのではないかと思った。

考え込んだせいで返事をしなかったことをどうとらえたのか、王太子はなおも言葉を続ける。

「私は、ただたしかめたかっただけなんだ。……ねえ、アル兄さん。兄さんは、マリーベル嬢のことをどこまで知っている？　……孤児だって親はいるよね。本当の両親はどんな人なのかな？　案外私たちの身近な人だったりして――――」

王太子は、どこか必死な様子で自分の考えを話す。

ツカツカと王太子の方に近寄ったアルフォンは、彼が先ほどまで座っていたソファーを、思いっきり蹴り飛ばした！

ガンッ！　ゴンッ！　という派手な音を立てて、ソファーが部屋の中を転がり、ベッドにぶつかって止まる。

「ライアン！　マリーは、私の大切な人だ。彼女に余計な詮索をしたり、害したりするならば、たとえお前でも容赦はしない！」

怒鳴りつければ、王太子は呆気《あっけ》にとられた顔をした。

その顔を間近で睨みつける。

「私は彼女を愛している。彼女を傷つける者は、決して許さない。覚えておけ！」

そのまま王太子の寝室を出る。

「待って……兄さん！」

呼び止められたが、振り返らなかった。

続きの間には従者がいて、大きな音と怒鳴り声が聞こえたのだろう、驚きの表情を浮かべている。

廊下に出れば警護の騎士がいて、彼らも従者同様驚愕《きょうがく》を隠せずにいた。それどころか、周囲には騒ぎを聞きつけた者が何人も集まりかけていて、恐る恐るアルフォンをうかがっている。視線が合えば、パッと逸らされた。

（……この調子では、今晩中にかなり噂が広がるな）

内容は――――王太子と小大公が、言い争い。原因は小大公の熱愛する侍女――――といったところか。

憤っていた気持ちを落ち着けたアルフォンは、深呼吸をひとつした。……そして、心のうちでほくそ笑む。噂は望むところだ。もっとドンドン広まって、誰もが知るものとなればいい。

（外堀から埋めるのも悪くない）

この噂を聞いたマリーベルの反応を予想しながら、アルフォンは上機嫌に歩きだした。

第六章　泥棒猫になりました

――あの後は、たいへんだった。

マリーベルは、こっそりため息をこぼす。

（リリーは、泣きじゃくって呪文交じりの文句を延々と聞かせてくるし、翌朝、アルさまと一緒に来た王太子さまは、深々と頭を下げて謝ってくるし……アルさまはアルさまで、なんだか過保護になっちゃうし）

アルフォンが王太子の暴走を防げなかったのは、城にいなかったのだから仕方ない。そもそもその王太子の暴走も、原因はマリーベルのスカートの中に残った一羽の神鵠だったのだ。あのときマリーベルが、もっとよく確認していれば起こらなかった事故である。

（まあ、あの場でスカートをめくって確認するわけにもいかなかったし、不可抗力だったと思うけど……それをいうなら、最初に転ばなければ問題なかったのよね）

なぜあのとき転んでしまったのだろう？　道に段差はなかったし、特になにかに躓《つまず》いたわけでもない。

（なんだか、急に足が浮いたような気がして……そういえば、前に階段から落ちかけたときも、足が浮いたみたいな感じがしたのよね？）

自分で動かしたわけでもないのに、勝手に足が浮くなんて、なにかの病気ではないかと、マリーベルは心配する。一度医師に診てもらおうかと思ったところで――――リリアンに怒られた。

「もうっ、マリーったら聞いているの？　明後日一緒にピクニックに行こうって、リリーが誘っているのに」

アルフォンが城に帰ってきてから一週間。すっかり今までどおりの仕事に戻ったマリーベルは、今日もリリアンの話を聞かされている。

頬をぷっくり膨らませて、上目遣いに睨んでくるリリアンは、とても可愛らしいのだが煩わしい。

王太子あたりなら一も二もなく誘いに乗るのかもしれないが。

「ピクニックって、どうやって行くの？」

「馬に乗って行くのよ。私はライアンさまに乗せてもらうから、リリーは小大公さまに乗せてもらうといいわ。二人乗りは前にもしたんでしょう？　朝、馬場で待ち合わせしようってライアンさまと相談したのよ。その方がピクニックデートらしいわよね？」

フフフと嬉しそうにリリアンは笑う。

一方マリーベルは、またかと思った。

馬場には『神の恩寵』の持ち主が呼ぶと現れる『神馬』の伝説がある。つまりは、これも王太子のマリーベル調査の一環なのだ。

（そんなところで待ち合わせなんてするはずないでしょう！）

マリーベルは、きっぱりと断った。

「ええ～、なんで？」

リリアンは、不満そうに唇を尖らせる。しかし「ピクニックは嫌いなの」と伝えれば、渋々諦めてくれた。

好き嫌いがはっきりしているリリアンは、自分の嫌いなことをしない代わりに、他人の嫌いなことを無理強いすることもない――――ただし、自分がどうしてもしたい場合を除けばだが。

（ピクニックを言いだしたのは王太子さまだろうし……リリーもどうしても行きたいってわけじゃないんでしょうね）

アルフォンから叱られてマリーベルに謝罪をした王太子だが、どうやら彼はまだ彼女を調べることを諦めていないらしい。自分が直接マリーベルに絡むことはなくなったのだが、リリアンを通じて探りを入れてくることが増えた。

（私を馬場に連れて行くのが目的よね？　昨日は宝物庫の見学に誘われたし、一昨日は神殿の礼拝所だったわ）

宝物庫には『神の恩寵』を受けた者にしか抜けない剣があるし、神殿の礼拝所には『神の恩寵』を受けた者が祈ると勝手に鳴り響く鐘があるという。すべてアルフォンに教えてもらって回避できたのだが、迂闊《うかつ》に誘いに乗ったらとんでもない騒ぎになるところだった。

（それだけ王太子殿下も必死なんだろうけど……『神の恩寵』を受けていないって、そんなに気にすることなのかしら？）

現状バラナス王国には『神の恩寵』の恩恵がきちんと行き渡っている。王太子自身に『神の恩寵』の痣はなくとも、不都合はないはずだ。

（誰が『神の恩寵』を受けているかどうかわからないから、今後を心配しているのかもしれないけ

れど……リリーの『聖女の祝福』があれば大丈夫らしいから、そんなに必死にならなくてもよさそうなのに）

王太子の気持ちが、マリーベルにはいまいちわからない。『神の恩寵』を本当に受けている者と、受けていると偽っている者との違いなのかもしれない。

考え事に耽《ふけ》っていれば、リリアンに怒られた。

「もうっ、マリーったら。きちんと聞いてよね。……じゃあ明後日は、ピクニックは中止でドレス選びを一緒にすることにしたから」

「ドレス選び？」

リリアンのドレスを新調するのだろうか？　そんな時間のかかりそうなことにつき合いたくない。

「私は遠慮するわ。時間があるときは、アルさまの書類整理を手伝うことになっているから、そっちをするわ」

リリアンは、マリーベルとアルフォンのミブンサ×デキアイの恋愛の行方に興味津々だ。おかげでアルフォンのところに行くと言えば、積極的に後押ししてくれる。今回も喜んで許してくれると思ったのだが、珍しく「ダメよ！」と叫んだ。

「マリーのドレスを選ぶのに、本人がいなくてどうするの！」

「は？　……私のドレス？」

マリーベルは驚いてしまう。どうして侍女の自分にドレスが必要なのだろう？

「もうっ、だからちゃんとリリーの話を聞いてって言っているのに！　……さっき、半月後の地方視察に出る前日の夜会に、リリーも参加してってお願いしたでしょう。しばらくお城を留守にするから、王族とか偉い人が集まってお別れ会をするのよ。憂鬱だなぁって思っていたら、ライアンさまがマリーを誘ってもいいって言ってくれたの。マリーも一緒なら、きっとリリーも頑張れるわ。お礼にドレスは私が用意するから、一緒に選びましょうって話になったでしょう！」

――まったく聞いていなかった。いったいいつの間にそんなことになっていたのか？

「……私、はいって言った？」

「言わなかったけど……嫌だとも言わなかったんだし、それってOKってことでしょう」

なんだその無茶苦茶な理論。

「嫌よ！　出ないわよ、夜会なんて！　当然ドレスも選ばないわ！」

「ダメよ、絶対！　マリーは私と夜会に出るの！　マリーに似合う最高のドレスを選ぶんだから！」

「出ないし、選ばない！」

「選んで、出るの！」

マリーベルとリリアンは、侃々諤々と言い合った。

好き嫌いがはっきりしているリリアンは、自分が好きなことならば、たとえ相手がどんなに嫌がっても、折れないし、曲げない。……要は、並外れた自己中なのだ。

（わかっていたけれど！）

その日、ふたりの言い争いは、真夜中まで続いた。

そして翌日、リリアンとの言い争いに負けたマリーベルは、アルフォンに泣きついていた。

（勝てるわけがなかったのよね。……あの自己中に）

正面から押しては絶対負ける。だから裏からあの手この手で言うことをきかせるのがマリーベルの手段なのだが、それもリリアンがなにがなんでも嫌だと思っていることには通用しないのだ。

「嫌ったら、嫌ったら、嫌ったら、嫌ぁぁっ！　マリーはリリーとドレスを選ぶの！　……って、自分で自分の両耳を塞いで叫ぶんですよ。物理的に聞く耳を塞がれたらどうにもできませんでした」

マリーベルが、臨場感たっぷりに伝えれば、アルフォンは眉間にしわを寄せる。

「本当にどうにもならない王太子妃だな。……ともあれ夜会か。マズいな」

「王族が参加するって言っていましたから。当然その王族の中には、前国王さまもいますよね？」

「ああ。とはいえ公式の場ではおかしなこともできないはずだ。……だからこそ王太子妃も今回は君を連れて行こうとしているんだろうが」

マリーベルが前国王に会いたくないのは、彼に手をだされるのを恐れているわけではない。顔を見られるのが嫌なのだ。しかし、それを事情の知らないリリアンに説明し、諦めてもらうのは難しい。

どうすればいいのかと悩んでいれば、アルフォンが「決めた」と言った。

「え？　なにをですか？」

「私は、夜会の開催される日の午前中に領地に帰る。君も一緒に行こう」

「領地に？　私も一緒にですか？」

「ああ。以前ライアンが視察に出たら君も城外に出られると言っていただろう。どうせなら王都も離れてしまえばいい。私は今回の視察には同行しないから、この機会に休みをもらって領地に戻ることにする。君も一緒に行こう」

たしかに夜会の日の午前中に王都から出てしまえば夜会の参加は不可能だ。翌日王太子も王城を離れるなら『神の恩寵』の件も問題ないだろう。

「リリーが納得するかしら？」

「……私が両親に君を紹介したいのだとでも言えば、大喜びで送りだしてくれるんじゃないか？」

――――それはものすごくありそうだ。小躍りするリリアンの姿が目に浮かぶ。

「あと、ドレスは選んでもらうといい。夜会は断ってもドレス選びをすれば、王太子妃の機嫌もそれほど悪くはならないだろう。ただし、購入代金は私が払う。金に糸目はつけないから好きなドレスを好きなだけ購入してかまわない。請求書を回してもらってくれ」

その話も、滅茶苦茶リリアンが喜びそうだ。しかし――――。

「夜会に出ないのにドレスを買うんですか？」

「大公家でもドレスを着る機会くらいあるからな。今後のことも考えれば、五～六着くらいは買うといい」

さすが小大公。太っ腹である。とはいえ、マリーベルの今後は、王城で働く期限が終わった後に、田舎でのんびりゆったり自由に暮らす予定だ。ドレスなんて無用の長物。絶対箪笥《たんす》の肥やしになること間違いなし。

ここは断ろうと思ったのだが「君には何色が似合うかな？」と、悩みはじめたアルフォンを見たマリーベルは……口を閉ざした。なんだか、彼がとても楽しそうに見えたから。

（無表情なんだけど、微妙に口角があがっているし。絶対機嫌がいいわよね？　……いらないとか、言いづらいわ）

この際箪笥の肥やしでもいいかと思ってしまう。思い出の品になるのは間違いないけれど。

「……やっぱり十着、いや二十着くらいは必要か？」

「そんなにいりませんから！」

この後マリーベルは、リリアンとの言い合い以上の舌戦を制し、ドレスは二着までと約束してもらった。


そして、翌日。

「うわぁ！　婚前旅行なんてステキ！　それなら仕方ないから、リリーとっても寂しいけど、マリーの幸せのためだもん。我慢する」

アルフォンと彼の領地に行くから夜会には出ないと言ったマリーベルに、リリアンは目をうっとりとさせてそう言った。

「こ、婚前旅行？」

「あら違うの？　結婚する予定の恋人同士が泊まりがけの旅行に出ることを、婚前旅行って言うのよね？」

キョトンとして首を傾げてくるリリアンは、とても可愛らしい。しかし、いろいろ間違っている。

「アルさまと私は、結婚の約束なんてしていないわよ。だいたい私は平民なの。小大公のアルさまの恋人にはなれても結婚なんてできるはずがないでしょう？」

マリーベルは、至極当然のことをリリアンに諭す。言いながら、なんだか胸が苦しいような気がしたが……いや、多分気のせいだ。

「リリーだって平民だったわ。でもライアンさまと結婚したわよ」

「あなたは伯爵令嬢になったじゃない」

「だったらマリーも伯爵令嬢になればいいんじゃない？　小大公さまなら、それくらい簡単よね？」

本気で簡単そうに言ってくれるが、実際はそうではないだろう。……そうではないと、思いたい。

「大丈夫よ。小大公さまは、抜け目のない人だもの。きっともういろいろ手を回しているんじゃないかしら？　マリーは、安心して婚前旅行を楽しめばいいのよ！」

そんなわけないだろうと思ったが、ここで言い争っても仕方ない。ともあれ、夜会に出ないことは了承してくれたのだ。それでいいかと思う。

その後、マリーベルは日をあらためてドレスを三着作った。アルフォンから二着、リリアンから一着である。リリアンは「夜会に出てくれないんだもの。私とお揃いで一着くらい作ってくれなくちゃ拗《す》ねちゃうわよ」と言って、マリーベルを脅したのだ。

夜会に出ないからドレスを作れなどという、訳のわからないことを言いだすのは、世の中広しといえどリリアンくらいだ。……まあ、アルフォンの発言も似たような感じだったような気もするが……気にしない。

「ああ、このドレスを着てマリーと夜会に出たかったなぁ」

ドレスが仕上がってきた日の夜、リリアンは、残念そうにお揃いのドレスを眺めてそう言った。

夜会の三日前で、つまりはマリーベルが大公領に旅立つ日の三日前でもある。

「もうっ、私は侍女なのよ。夜会に出るとしたって、リリーと同じドレスを着ていけるわけないじゃない」

マリーベルは、呆れたようにそう返した。

夜会のドレスには複雑なマナーがある。基本、主催者の夫人やメインの客人とデザインや色が被るドレスを着るのはマナー違反だ。これは、身分が高位の者と低位の者にも当てはめられ、たとえば侯爵令嬢と男爵令嬢のドレスが似ていた場合、非難されるのは男爵令嬢となる。

王太子妃と侍女のマリーベルが同じドレスを着ていれば、非難の的となるのは当然マリーベルだった。そう考えれば、このドレスをお披露目する日は一生こないかもしれない。

「あ、それは大丈夫よ。今回はダメだけど、マリーが大公妃になれば問題ないもの。小大公さまは結婚と同時に大公になるでしょう。だったらマリーは大公妃だわ。王太子妃と大公妃なら身分的にそれほど違わないし、私たちがフタゴコーデをするって公言すれば、誰も文句なんて言えないわよ。……あ、そうだ。この際だからライアンさまと小大公さまも衣装を揃えていただきましょうよ！カップルコーデとフタゴコーデを同時にできたらステキよね」

相変わらずリリアンの呪文は意味不明だが、それよりも大公妃発言の方が気にかかる。

「私が、大公妃になんて、なれるはずがないでしょう！」

「またまた、謙遜しなくていいのに。今の大公さまにご挨拶に行くくらいなんだから、結婚も秒読みなんじゃない？　あ、でも婚約が先かしら？」

小大公の結婚や婚約が、準備期間もなにもなくそんなにすぐに行われるはずもない。

リリアンの誤解も甚だしいのだが、マリーベルがなにを言っても信じてもらえないような気がするのが悩ましかった。

（いずれ解ける誤解だけど、このままにしておいて大丈夫なのかな？　アルさまに相談したら、大

丈夫だとしか言われなかったし）

なんとなく抜き差しならない状況になるような予感がする。

特に問題なのが、とんでもない誤解だと思いつつも、マリーベルがそれを嫌だと感じていないことだった。

（困ったとか、たいへんだとは思うんだけど……嫌だとだけは思えないのよね）

どうしてだろう？　自分で自分の心がわからない。

不安を抱えながらも、為《な》す術なくリリアンの暴走を見ているしかないマリーベルだった。


そして、三日後。よく晴れた青空の下、カポカポカポカポと四頭立ての馬車が街道を進んでいた。キャリッジと呼ばれる豪華な馬車は、完璧なサスペンションを装備していて、揺れも少なく乗り心地抜群だ。後ろには、荷物を運ぶ馬車三台と、使用人用の馬車二台が追従し、全体を守るように騎士が前後左右を守っている。

仰々しい行列に驚き見送った人々は、馬車の後部についている大公家の紋章を見て、ああと納得した。大公家ならば、この物々しさも当然だ。

唯一納得できないのは、先頭のキャリッジにアルフォンと一緒に座るマリーベルだけだった。

「こんな派手な馬車行列で行くなんて、聞いていませんでした」

「今回は、前触れもだした正式な帰領だからな。多少は体裁を整える必要がある。……逆に、どうやって大公領まで行くと思っていたんだ？」

「えっと、それは、この前みたいにふたりで馬に乗ってとか――――」

「ああ、それもたしかにいいな。今度来るときはそうしよう」

アルフォンは、機嫌よさそうに笑う。今日は朝からずっとこんな調子だ。

反対に、旅立ちを見送りに来た王太子は浮かない様子で、マリーベルに話しかけようとする度にアルフォンに睨まれ、結局最後まで声を聞くことはなかった。

（リリーから「ウマニケラレチャイマスヨ」とか謎の呪文をかけられていたけど……ちょっと可哀《かわい》想《そう》だったわ）

だからといって、マリーベルは王太子には近づきたくない。今後も声を聞くことなくすごせれば、それが一番だと思っている。

「――――せっかくの長旅だ。この機会に君の子ども時代のこととか話してくれないか？」

馬車の中、アルフォンはそんなことを言ってきた。たしかに大公領までは片道五日くらいかかるという。時間はたっぷりあるので、話しながら行くのもいいだろう。

「わかりました。でも、私ばかりではなくアルさまのお話もうかがいたいです」

「私のことも知りたいと思ってくれるのか？　……わかった。喜んで話そう」

アルフォンはますます上機嫌になった。

その後、マリーベルは孤児院時代の思い出を語る。とはいえ、孤児の生活には特別なものなどなにもない。集団生活なので、その点は一般家庭の子どもとは違うのだろうが、起きて寝て食べて遊んで、お手伝いや勉強をするなど、行動自体に面白いものはないと思う。

しかし、アルフォンは興味深そうに聞いてくれた。

「食事は全員でするのか？」

「みんな揃ってというのは、あまりありませんでしたね。お手伝いで出かけていたり、単純に食べる時間や速さが違って一緒のテーブルにつかなかったり――ただ、食事時はいつも賑やかでうるさいくらいでした」

「そうか。それは楽しそうだな」

「楽しい……そうかもしれませんね」

当時はただうるさいだけだったが、今になって思えば楽しかったのかもしれない。少なくとも親がいなくて寂しいとか悲しいとか、考える暇もなかった。

「アルさまのお食事はどうでしたか？　さぞ美味しいご馳走ばかりだったんでしょう？」

マリーベルが聞けば、アルフォンは考え込む様子を見せた。

「そうだな。単純に食事の質だけをいえば、高価な食材で美味しい料理を食べていたのだろうが……家での食事をそれほど楽しいと思えたことはなかったな」

アルフォンは、静かに目を閉じる。馬車の窓から入ってきた風が、彼の銀髪をサラリと揺らした。

「大公家の食事は、基本バラバラだ。父は仕事で家をあけることが多かったし、母も社交で夜が遅く、反動で朝は起きられないから朝食そのものを食べなかった。幼い頃は、キャロラインと一緒に食べることも多かったんだが、それも私が学園に入った頃から回数が減り……なにより、食事時に大声をだして騒ぐのは、貴族としてマナー違反だと教えられてきた」

そう言われればそうだった。王城の使用人食堂で食事をしているマリーベルだが、貴族出身の使用人が騒いでいるところなど、一度も見たことがない。ワイワイ言っているのは、大抵が平民出身の下働きで、貴族はそれをうるさそうに見ているだけ。

「そっか。そうですよね」

「ああ。だから我が家の食事風景は寂しいばかりだ。……でも、時折外でとる食事は、料理自体の質は下がっても、楽しかった」

アルフォンは、一転表情を明るくする。

「外でとる食事ですか？」

「ああ。領内のお忍び視察や、登山、あと狩りや釣りに出かけたときの食事だ。こう見えて私は、野外活動が好きなんだ」

マリーベルは、目を丸くした。無表情で生真面目一辺倒に見えたアルフォンから、お忍び視察などという言葉が出るとは思わなかった。

アルフォンは、いたずらっ子みたいな顔をする。

「視察で歩きながら食べる屋台の串焼きは絶品だし、体力限界で辿《たど》り着いた山頂で飲む麦酒は、心身の疲れを吹き飛ばしてくれた。狩りや釣りで捕ったばかりの獲物をその場で捌《さば》いて、新鮮なうちでなければ食べられない料理を食すのは、捕獲者の特権だ」

フフンと鼻を鳴らさんばかりに得意そうなアルフォン。たしかに、それは楽しそうだ。中でもひとつの言葉にマリーベルは強く興味を引かれた。

「釣りって魚を捕ることですよね？　それってひょっとして海ですか？」

思わず身を乗りだしてしまう。アルフォンは驚いたようだった。

「あ、ああ。川や湖が多いが海でも釣りをしたことはある。大公領には海に接している町もあるからな。あとうちの領ではないが、隣のリセロ伯爵領の港町は一見の価値がある。……ひょっとして、海に行きたいのか？」

段々と体を近づけてくるマリーベルの様子を見て、アルフォンが聞いてきた。

マリーベルは、大きく頷く。

「はい！　私は海を見たことがなくて憧れていたんです！　……海は、見渡す限り全部水だと聞いたのですが、本当ですか？　そんなにたくさん水があって、どうしてこぼれないいんでしょう？　雨が降ったら溢れてしまうんじゃないですか？」

王都に海はなかったが、孤児の中に海辺の町で生まれた子どもがいた。その子が話す海の話に幼いマリーベルは興味を引かれていたのだ。

アルフォンは、少し考えた。

「……ならば、行ってみるか？」

「え？」

「海だ。少し回り道になるが、リセロ伯爵領の港町ならそう遠くない」

「本当ですか？」

マリーベルは、びっくりして叫んだ。憧れの海に行けるだなんて、思ってもみなかった。

アルフォンは、フワリと笑う。

「ああ。行きたいなら行こう。海だけでなく、他にも行きたいところがあれば連れて行くし、やりたいことがあれば、なんでもやらせてやる」

当たり前のように言われて、マリーベルは口をポカンと開けた。

アルフォンは、そんな彼女を見て「可愛いな」と呟くと、笑みを深くする。

「まずは海。次は足慣らしにピクニックにでも行くか。今の時期、我が家の西の丘にはクローバーや千日紅が咲き乱れている」

マリーベルの頭の中に、広がる緑の丘陵とそこかしこに咲く白や赤の小さな花々、その中を散策する自分とアルフォンの姿が、あっという間に浮かびあがる。――――ものすごく楽しそうだ。

うっとりとなったマリーベルを、アルフォンは満足そうに見ていた。

クローバーの花言葉は『私を想って』で、千日紅の花言葉は『変わらぬ愛』だ。四つ葉のクローバーに至っては『私のものになって』という意味さえある。アルフォンが、ピクニックの場所にそんな花々が咲くところを選んだのには意図がありそうだが、マリーベルは気づいていない。

「……それって、とってもいいですね」

「ああ、さすがに登山や狩りは初心者には難しいだろうが、釣りくらいなら行けるだろう。湖でも川でも好きな場所に連れて行く。もう一度海でもいいぞ」

マリーベルは、ますます表情を蕩《とろ》けさせる。

「絶対に行きます！」

意気込むマリーベルを、アルフォンは満足そうに見る。その後も馬車の中は、楽しそうな計画の話で溢れ、笑い声が絶えなかった。

――――その後の旅も順調だった。揺れの少ない馬車は快適だし、泊まる宿はどこも一流。休憩は景色のよい名所が厳選され、食事も各地の名物を供される。

（あんまり待遇がよすぎて落ち着かないくらいだわ。まあ、そんな私の気持ちを考えてアルさまは、

他の貴族の邸には寄らないようにしてくれているみたいだけど）

小大公が自分の領地を通るとなれば、現地の貴族は挙《こぞ》って歓迎し邸に招待したがるものだ。現に何通も招待状をもらっているが、それをアルフォンはすべて断っている。

面倒くさいからと言っていたが、見知らぬ貴族と出会うマリーベルの負担を考えてくれてのことだというのは、いやでも察せられた。

（優しいのよね。馬車でも私が疲れたなと思うと、タイミングよく休憩を入れてくれるし）

言わずともわかってくれる相手と一緒の旅は心地よい。

それに、相変わらず無表情も多いのだが、最近のアルフォンはマリーベルといるとき限定で、いろんな表情を見せてくれるようになっていた。特に優しい笑顔が、マリーベルのお気に入りだ。

（あと、優しいだけじゃなくって、いたずらっ子みたいな子どもっぽい笑顔もステキよね。……あ、でも最近よく見る、あの甘ったるい色気たっぷりの微笑みは……うん。なんていうか、ドキドキしちゃって苦手だわ）

ふと気がつくと、アルフォンは時々そんな微笑みを浮かべてマリーベルを見ていることがある。それに気がついたマリーベルの心臓は、勝手にドキドキ高鳴って、頬もカーッと熱くなってしまう。ちょっと心臓に悪いので止めてほしかった。

まあ、総じて言えば、マリーベルは、アルフォンと一緒のこの旅行にとても満足している。

馬車の中でそんなことを考えていれば、目の端にキラキラと輝く青が映った。

「あ！　ひょっとしたら、あれが海ですか？」

思わず窓から身を乗りだしてしまう。

すると、向かい合って座っていたアルフォンが、スッとマリーベルの隣に来て彼女の腰に手を回した。落ちないように支えてくれたのは、聞くまでもない。

「あんまり顔をだすと危険だぞ。……そう、あれが海だ」

マリーベルの胸がドキンと跳ねる。ちょっと近すぎるのではないだろうか？

しかし、それに文句を言う間もなく、視界の青が大きく広がった。

「うわぁっ！」

思わず声が出てしまう。キラキラキラと輝く海の青の向こうは、どこまでも重なる空の青。そこに白い鳥が飛んでいた。

マリーベルの視界いっぱいに、生まれてはじめて見る海の景色が広がっていく。

王都を出て四日目。アルフォンは、まだ海を見たことがないというマリーベルのために、行程を少し変更して海辺の街に寄ってくれたのだ。

「スゴい！　ずっと、ずっと、ずっと海です！　どうしてあんなに水がたくさんあるんでしょう？」

目の前の光景に、マリーベルは圧倒される。

耳元でアルフォンがクスリと笑った。

「さあ？　私もどうして海にこれほどの水があるのかわからないな。それに、知っているか？　あの水は普通の水と違って塩辛いそうだ」

「本当ですか？」

マリーベルは、クルリとアルフォンの方へ振り向く。

「わっ！」

すると、思いも寄らなかったほど、近くにアルフォンの顔があって驚いた。

そんなマリーベルを見たアルフォンは、微かな笑みを浮かべる。

「ああ、本当だ」

息がかかるほどの距離で声がして、マリーベルの頬がカッと熱くなった。どうしたらいいかわからず、うつむいてしまう。

困っていれば、アルフォンが少し離れてくれた。ホッと安心したのだが、今度は、開いた距離がちょっと寂しい。

（もうもう、私ったらどうしちゃったのよ？）

悩んでいれば、アルフォンが落ち着いた口調で話しかけてきた。

「今日の昼食は、海の近くのレストランに予約してある。海の深い場所で採取した飲める海水があるというから頼んでおいた。あと、店からすぐに海に出られるそうだ」

「本当ですか？」

マリーベルは、ガバッと顔をあげる。それを見たアルフォンが苦笑した。

「ああ。ただし海水は本当に塩辛いからな。飲むのはほんの少しだけにするといい」

「……ということは、アルさまは飲んだことがあるんですね？　すっごく羨ましいです！　もう、待ちきれません。早くレストランに着かないかしら？」

再びマリーベルは、窓から身を乗りだす。

海の香を乗せた潮風が、彼女を誘うように吹いていた。

レストランに到着後飲んだ海の水は、本当に塩辛かった。それには驚いたが、だされた料理はどれも絶品揃い。美味しい海の幸に感動する。

マリーベルとアルフォンは、食後、砂に足を取られながら波打ち際に向かった。

そして、果てしなく広がる海にマリーベルは魅入られてしまう。

(……どうしよう、海に入ってみたい)

寄せては引く白い波も、どこまでも続くきらめく海も、すべてがマリーベルの胸を打つ。先ほど手先を海に浸してみたのだが、それだけでは到底足りないと思ってしまった。

立ち尽くしていれば、隣でパシャンと水音がする。見れば、アルフォンが裸足になって海に入っているではないか！

「アルさま――――」

「君もどうだ？」

貴族のマナーでは、他人に裸足を見せる行為はとても恥ずべきものだとされている。小大公のアルフォンが、人前で裸足になるなんてあり得ないことだ。

驚愕したマリーベルは、慌てて周囲を見回す。すると、いつの間にか傍には誰もいなくなっていた。アルフォンの足下に、大きなバスケットがひとつあるだけだ。

「大丈夫だ。人払いをしたからここにいるのは私と君だけだ。タオルも着替えも用意してある。一緒に海を楽しもう」

――――本当に用意周到で優しい人だった。

こんなにマリーベルを甘やかしてどうするつもりなのだろう？

「ありがとうございます。ご厚意に甘えますね」

今日のマリーベルの衣装は、胸元と袖口に白いレースがあしらわれた紫色のワンピース。幅広のコルセットベルトでウエストを細く締めスカートの裾はたっぷりのフリルで広がっている。足には白いハイソックスと編みあげのローブーツを履いていた。――すべてアルフォンからのプレゼントなのは言うまでもない。

マリーベルは、右足のブーツを脱いでから靴下を脱いだ。恐る恐る裸足の足を砂浜につける。波打ち際で濡《ぬ》れた砂が、ギュッと沈んで絡みつく感触は独特だった。

言うに言われぬ感動を覚えながら、今度は同じように左足をつけてみる。両足で砂の上に立ってから、ゆっくり歩きだせば、波が押し寄せ足に纏わりついて引いていく。足の下では砂が波に合わせて動いていた。

そのどれもがはじめての経験で、心が躍る。

「フフ、フフフ、フフ――」

自然に笑いがこぼれた。一歩、二歩と進んで……パシャパシャと波を弾いて歩きだせば、いつの間にかその音が重なって聞こえる。

隣をアルフォンが歩いていた。彼も笑顔で、それを見たマリーベルの胸がドキッと高鳴る。

目を見合わせたふたりは、どちらからともなく手を繋ぎ、波打ち際を一緒に歩きだした。

波が、ざざーっと打ち寄せ引いていく。海上を白い鳥が飛び、沖合で大きな波飛沫《しぶき》が輝いた。大型の魚が跳ねたのかもしれない。

風が、ふたりの銀髪を靡かせる。

ずっとこのまま歩いていたいなと、マリーベルは思った。

◇◇◇

生まれてはじめて見た海にはしゃぎ、最後には波打ち際を走ったマリーベルは、馬車に戻った後で疲れて眠ってしまった。

すかさずアルフォンはマリーベルの隣に席を移し、彼女の頭を自分の膝に乗せる。あどけない顔で眠る姿を、満ち足りた気分で見つめる。

「アルフォンさま――――」

ふと馬車が止まり、外から声がかけられた。

「入れ。静かにな」

小さなアルフォンの声に、扉が開けられ年配の女性がひとりで馬車に入ってくる。マリーベルを膝枕するアルフォンに、少し目を見開いた彼女は、表情をゆるませると向かいの席に座った。

馬車は、また何事もなかったように走りだす。

「……現れたか？」

短いアルフォンの問いかけに、女性は静かに頷いた。

「伝承どおり。沖に白銀の一角《イッカク》が確認されました。およそ三百年ぶりです」

――――一角とは、長い一本の角を持つイルカに似た生き物だ。年老いた個体は色が白くなるのだが、ただの白ではなくキラキラと光を発する白銀の一角が存在すると、伝承の中で語られている。

他ならぬ『神の恩寵』を受ける者の伝承だ。

実は、アルフォンとマリーベルが立ち寄ったこの海辺の街は、王城以外で『神の恩寵』の奇跡が伝わる珍しい場所だった。三百年前の『神の恩寵』を受けた王族の母がこの地の出身で、その王族自身が幼少期をここですごしたのが原因だと言われている。

「今日は船をだすのを禁止しましたので、はっきり一角を見た者は我が一族以外におりません。ですから、情報が漏れる心配はないと思われます。……ただ、海鳥の中に見慣れぬ白い鳥が交じっていたという報告があがっていまして――」

それは間違いなく神鵠だろう。マリーベルが好きすぎる神の鳥の出現に、アルフォンの眉間にしわが寄る。

「……まあいい。神鵠とただの白い鳥との区別がつく者など、この街にはいないだろうからな。それに、今日のライアンの視察先もここから少し離れた海沿いの都市だ。いよいよ騒ぎが大きくなったら、あいつに責任転嫁しよう」

今回行程を変更する際に、アルフォンは王太子の予定もすべて考慮して決めている。万が一、『神の恩寵』の奇跡が起こったとしても、言い訳できるようにしたのだ。そこまでして、マリーベルをこの地に連れてきた目的は三つ。

第一は、なによりマリーベルを喜ばせること。

ふたつ目は――。

「本当にこの方は『神の恩寵』を受けていらっしゃるのですね。……私は、マリーベルさまに誠心誠意お仕えいたします」

目の前の女性を味方につけるためだった。彼女の名は、ジョゼフィン・リセルア。アルフォンの乳母であり、この地を治めるリセロ伯爵の姉にあたる人物だ。

大公領に隣接するこの街一帯を治めるのは、大公家の派閥に属するリセロ伯爵家だった。三百年前『神の恩寵』を受ける者を産んだ王妃を輩出したリセロの一族は、身分こそ伯爵家だが実質は侯爵家に匹敵する力を持っている。現王太子妃リリアンを養女としたカルス伯爵家と比べても、身分は同じでも家格はずっと上の存在だ。

ジョゼフィンは、リセロ家から親類筋のリセルア家に嫁いだが、病弱な実弟リセロ伯爵を影から支え、リセロ家の実権を握る人物だった。

「……私は、いずれマリーをリセロ伯爵家の養女にしたいと思っている」

「身に余る光栄です。未来の大公夫人の家族となれること、弟に代わって感謝申しあげます」

ジョゼフィンは、深く頭を下げる。彼女がイエスと言えば、リセロ伯爵が断ることはない。加えて、ジョゼフィンは大公家でもアルフォンの母である大公夫人に厚く信頼され、侍女長の地位に就く人物だった。

「家に着いたら、マリーの身の回りの世話は任せたぞ」

「承知いたしました。キャロラインお嬢さまには、決して手だしさせませんのでご安心ください」

言わずともすべてを察してジョゼフィンは首肯する。アルフォンが大公領に戻ると知ったキャロラインは、先んじて帰省していたのだ。

これでひとまず安心だと、アルフォンは思った。ワガママ放題のキャロラインだが、それでも苦手な相手はいて、ジョゼフィンはその筆頭だ。彼女が味方についている限りマリーベルの安全は保証されることだろう。

そして、最後の三つ目は、アルフォンの父に対する布石だった。

「一角出現の報《しら》せは、今日中に父上に届くだろうな」

「坊ちゃまの行いと一緒に確実に耳に入ることでしょう。リセロ領で起こった出来事は逐一報告するようになっておりますから」

それは、デラーン大公家の派閥になっているリセロ伯爵家の義務だ。ジョゼフィンであっても阻むことはできないし、またするつもりもない。

「……坊ちゃま呼びは、よせ」

「坊ちゃまは、いつまでも坊ちゃまです……まあ、マリーベルさまの前では止めておきましょう」

涼しい顔のジョゼフィンに、アルフォンは顔を顰める。まあ、この件に関しては今さらなので、マリーベルの前では呼ばないという言質《げんち》を取っただけでよしとする。

「では、明日はいよいよ父上と交渉だな。……マリーベルとの婚約の許可だけはなんとしてももぎ取ろう」

「全面的に後押しいたします。……大丈夫ですよ、坊ちゃま。いざとなったら大公閣下の黒歴史をサミーさまにバラしますと脅しますから」

リセロ伯爵家の令嬢だったジョゼフィンと父大公は幼馴染み。サミーはアルフォンの母サマンサの愛称だ。……ジョゼフィンを味方につけたからには、父を恐れる必要はないかもしれない。

しかし――――。

「それは父上が可哀想だから止めてやってくれ」

「坊ちゃまが、そうおっしゃるなら」

あまりに父を追い詰めすぎるのもうまくない。

この上なく頼もしい味方をつけたアルフォンは、マリーベルの髪を愛おしそうに撫でた。

◇◇◇

はじめての海に興奮したあげく馬車で眠ってしまったマリーベルは、翌朝フカフカのベッドで目を覚ました。

「おはよう、マリー」

大きな窓から白いレースのカーテン越しに朝の陽光が降り注ぎ、その光を浴びたアルフォンが爽やかに笑いかけてくる。

「え？　あ……おはようございます？　アルさま？」

なんだか状況がよくわからない。どうして自分が寝ていたベッドの端に、アルフォンが座っているのだろう？

「ここは、うちの領内にある私の別荘だ。あのまま無理すれば本邸まで行けたんだが、少し君とふたりで話したかったからな。予定どおりここに泊まることにした」

海辺の街を出たときには眠っていたマリーベル。あちらこちらを休憩がてら観光する予定で組んだ日程は、それを抜きにすればその日のうちに大公邸に着くこともできたのだが、アルフォンはあえてそうしなかった。

「お話ですか？」

「ああ。でもまずは朝食にしようか。昨日は夕飯をとらずに眠ってしまったんだ。お腹《なか》が空いているだろう？」

朝食と言われたマリーベルのお腹が、くぅ～と鳴る。

恥ずかしさに赤くなるマリーベルを見て、アルフォンがクスリと笑った。

「ゆっくり仕度をしてから食堂に来たらいい。……ジョゼフィン、頼む」

「承知しました」

アルフォンの言葉を受けて綺麗なお辞儀をしたのは、今回の旅行でお世話になっているジョゼフィンという女性だ。昔から大公家に仕えてくれているのだそうで、アルフォンにも遠慮なくものが言えるスゴい人である。

テキパキと要領よく動くジョゼフィンのおかげで素早く仕度を整えたマリーベルは、アルフォンの待つ食堂へと向かった。相変わらず食事はものすごく美味しい。

満ち足りた気分で食後の紅茶を味わっていれば、アルフォンが話を切りだした。

「今日、本邸に着いたら父に会ってもらうから、そのつもりでいてくれ。その場で私は君との婚約の許可を願い出る予定だ」

「――――は？」

紅茶を飲む手がカップを持ったままピタリと止まった。

（今、なんて言ったの？）

そのままカップが傾きかけたのだが、中の紅茶がこぼれる前に、ススッと近づいてきたジョゼフィンが、マリーベルの手からカップを受け取ってくれる。

「あ、ありがとうございます」

「どういたしまして」

何事もなかったかのようにカップを受け皿に戻し、ジョゼフィンは壁際に下がっていった。

気がつけば、食堂にはジョゼフィン以外の使用人は誰もいなくなっている。

「……婚約ですか？」

たった今聞いた話に、マリーベルの頭の中は大混乱。どうしてそうなるの！　と、立ちあがって大声で問いただしたいのだが……自分以外のふたりは至って平静だ。その空気に負けて、小さな声でそう聞いた。

「ああ。本当は結婚の許可をもらいたいんだが……君は、まだそこまで受け入れられないだろう？」

アルフォンは、残念そうな顔をする。

結婚どころか婚約だって受け入れられないマリーベルは、とうとう我慢できずに立ちあがった。

「なんで？　どうして婚約なんてことになるんですか！　私たちは、恋人同士のふりをしているだけの関係でしたよね？」

大声で叫ぶ。いきなり婚約なんてあり得ない。ジョゼフィンの存在が気になったが、それにかまっていられないほど、マリーベルは動揺していた。

アルフォンの紫の目が、真摯にマリーベルを射貫く。

「正式に婚約した方が君をより確実に守れるから――――というのは建前で、本当の理由は私が君を愛しているからだ」

「……………………は？」

マリーベルの目が点になった。耳から入ってきた言葉が理解できるまで、時間がかかる。

（私が君を愛しているって……愛しているって……そういうことよね？　え？　え？　えぇぇっ！）

「……あ、あ、あ、愛しているって、どういうことですか！」

アルフォンが、紅茶を二口飲む間を空けて、マリーベルは怒鳴った。

だがアルフォンは、落ち着いている。

「そうだ。君と出会い、君と多くの時間をすごすうちに、私は君に惹かれたんだ。……先日、ほんの数日城を留守にしている間に君を害されて、サリフ・イドゥーンなどという若造に君を保護する立場を奪われて、腸が煮えくりかえる思いがした。……そのとき、私は自分の想いを自覚したんだ。……私は君を愛している。絶対誰にも奪われたくないし離したくない。生涯ずっと、死の瞬間まで君と共にあり、寄り添い暮らしていきたいと思っている」

淡々と語られるが、その中身は熱烈な愛の言葉だ。激しい口調でなくとも、マリーベルを熱く見つめるアルフォンの瞳の中に、彼の本気が見える。

……マリーベルはパニックになった。いくらなんでも突然すぎる。

（嘘でしょう！　なんで、私を？　…………あ、ひょっとして『神の恩寵』を受けているから？）

信じられず動転していれば、アルフォンがフッと視線を外した。

「……しかし、今、私が君に愛を乞い結婚を願っても、君はそれを信じられないだろう？　きっと私の告白を、自分が『神の恩寵』を受けているせいだと思うはずだ」

たった今思っていたことを言い当てられて、マリーベルはドキッとする。

同時に、アルフォンが『神の恩寵』と口にしたことで、慌ててジョゼフィンの方を見た。今度はさすがに無視できない。

しかし、いつも冷静沈着な女性は、驚いた様子もなく壁際に立っている。

（……まさか、知っているの？）

パッとアルフォンに視線を移せば、彼は立ちあがって頭を下げてきた。

「――すまない。君に相談もせず勝手だったが『神の恩寵』のことは、ジョゼフィンに話してある。今後のことを考えれば、君の事情を知る女性の存在がどうしても必要になると判断したからだ。悔しいが、男の私では力の及ばない場面もあるからね。そうなったときに後悔したくない。……私は、君をなにがなんでも守りたい」

そんな風に言われてしまったら……怒りづらい。

さっきの告白もそうだが、アルフォンはマリーベルの心を乱すことばかり言ってくる。恨めしそうに睨めば、アルフォンはもう一度「すまない」と謝った。

「でも、安心してほしい。ジョゼフィンは信頼できる人物だ。決して君の秘密を他言しないし、君が不利になるようなことはしないと断言できる。なにより君の意思を一番に尊重してくれるはずだ」

力強く言い切るアルフォンの瞳に嘘はない。本当にそう思っているのだろう。

そのとき、壁際に立っていたジョゼフィンが、一歩前に出た。

「――アルフォンさまのお言葉に間違いはありません。私は、誠心誠意マリーベルさまにお仕えいたします。……もしも、証明するために腕を切り落とせとおっしゃるなら切り落としますし、足と言われれば足を切ります。ただ、どちらも今後の仕事復帰に時間がかかりますので、できれば指の一本か二本で済ませていただけると嬉しいです」

真面目な顔でそんなことを言ってくる。

「へっ？　あ、いやいや！　怖いですから！　腕も足も指も切らないでください！」

マリーベルは、慌てて両手を前に突きだし左右に振った。いくらなんでも手足を切るなんてあり得ない。

「そうですか？　マリーベルさまはお優しいのですね」

ジョゼフィンは感心したように頷いた。優しいのではなく、普通である。

アルフォンが苦笑した。

「怖がらせてすまない。だが彼女になら、私は君を安心して預けられる。どうか傍に置いてほしい」

そう言って、また頭を下げてきた。

なんとなく、ジョゼフィンの件はもういいかなと思えてくる。

（少なくとも、アルさまが私のためを思ってやったことなのは、わかったもの）

事前に相談してほしかったが……そうされたら断っただろうなと思うので、アルフォン的にはやむを得なかったのかもしれない。

それより問題なのは、婚約のことだった。

（さっき、アルさまが私を、あ、愛しているとか言われたけれど……やっぱり信じられないもの）

マリーベルは、深く息を吸って吐く。

「ジョゼフィンさんの件は、わかりました。それで――」

話しはじめれば、アルフォンが「ああ」と頷いた。

「婚約のことだな。うまく伝えられればいいのだが……そうだな、まずは建前から説明しよう。――今までどおりの恋人同士という設定を止めて婚約にする表向きの理由は、恋人同士では私が君を守りきれないからだ。私は、相手がライアンだけなら、彼がなにを言ってこようがどうとでもあしらえる。君を守ると天地神明にかけて誓うし、確実に守りきれる。……しかし、もしも相手が国王陛下や前国王陛下になってしまったら……無理かもしれない。ただの恋人では、君を庇いきれる自信がない」

悔しそうにアルフォンは顔を歪める。たしかに、国王や前国王に逆らってまで、彼がただの恋人を守るのは無理がある。

「だから、婚約しよう。正式に婚約者となれば、私が君を守るのは当然だし理に適《かな》っている。国王陛下や前国王陛下も大公家の嫡子の婚約者に無体は強いられなくなる」

それは納得できる理由だった。最初にこれだけ説明してもらえたら、マリーベルもここまで動揺せず受け入れられただろう。

（でも、これは建前なのよね？）

マリーベルの見つめる先で、アルフォンが笑う。

「ここからは、本音だ。――私は君を愛している。本当は、婚約なんてまどろっこしいことを言わずさっさと結婚して、名実共に君を私の妻にしたいと思っている。……でも、今の君では、私を信じ切れないだろう？　たとえ、どれほど私が言葉を尽くしても、そしてその結果、なんとか君に結婚を承諾してもらったとしても、君の中の疑惑は消えないはずだ。君は心のどこかで、私の愛を疑う。私が君を愛しているのは、君が君だからではなく『神の恩寵』を受けた者だからなのだと。

「……その結果、私も君も互いを傷つけ疲弊してしまう未来が、私には見える」

アルフォンの声は……切なかった。悲痛な思いが滲み、胸を打つ。

マリーベルは、言葉を失った。……なぜなら、アルフォンの言うとおりだと思うから。

実際、彼女はこの話を聞いたとき、アルフォンが自分と婚約する理由は『神の恩寵』のせいだと感じたし、きっとこれからもそう思うことを止められない。……もしも自分に『神の恩寵』がなかったら、アルフォンは愛してくれなかっただろうと、悲嘆してしまうに違いない。

――――と、そう思った瞬間、マリーベルの胸にツキンと痛みが走った。

（……悲嘆？　あ、私は、アルさまが私を私として愛してくれなかったら……悲しいの？）

マリーベルは戸惑ってしまう。

（……愛してもらえなくて悲しいなんて、これではまるで私が、アルさまを想っているみたいじゃない？）

そこまで考えたときだった。壁際に控えていたジョゼフィンが、静かに動く。

彼女は、冷めた紅茶を淹れ替えてくれた。流れるような動作で、物音ひとつ立てず紅茶をアルフォンとマリーベルの前に置く。

アルフォンは椅子に座ると「ありがとう」と言って、紅茶を一口飲んだ。

マリーベルもカップに手を添える。伝わる熱に、ホッとした。

そんなマリーベルの様子を見て、アルフォンはカップを受け皿に戻し言葉を続ける。

「私は、君を傷つけたくないと思っている。私自身はどれほど傷ついてもかまわないが、君には針の先ほども痛い思いをさせたくない。――――だから、君と結婚ではなく婚約することにした。婚約ならば結婚よりずっと気が楽だろう。なんなら、君は偽装婚約だと思ってもらってもかまわない。……そうだな。とりあえず半年間。君が王太子妃と約束した一年間の期限が終わるまで、私の婚約者になるということでどうだろう？　その間、私は全力で君に私の愛を信じてもらえるように頑張ろう。君が『神の恩寵』を受けているからではなく、君が君だから、私は君を愛したんだと信じてもらえるように努力するから、ひとまず仮の婚約者になってくれないか？」

アルフォンの言葉が、マリーベルの心に響く。本当にそんなことがあるのだろうかと思いながらも、心はトクトクと高鳴った。

「婚約は、君を守るために必要なことだ。…………私は君を愛しているから、自分を守るために私を利用するつもりで、この婚約を受け入れてくれたらいい。今はまだそれでいいから、お願いだ」

アルフォンの眼差《まなざ》しが真っすぐにマリーベルに向けられる。

マリーベルは、唇を噛んだ。

（こんなの……どうすればいいの？）

これほど真剣に想いを告げられて、しかもその気持ちを利用しろと乞われて……これで断るなんて無理だろう。

「……ズルいです。アルさま。これじゃ断れません」

マリーベルの言葉を聞いた途端、アルフォンが発していた張り詰めた空気がゆるんだ。泣きそうになって抗議したのに、彼は嬉しそうに笑うのだ。

「よかった。断れないってことは、婚約を受けてくれるんだな」

その笑顔に、腹が立つ。

「ひどいです！　私は泣きそうなのに！」

「泣いてもいいぞ。私がたくさん慰めるから。むしろ大歓迎だ」

「ひどい！　ひどいです！」

「……殴りますか？」

最後の台詞はジョゼフィンだった。それを聞いたアルフォンが顔色を悪くする。

マリーベルが頷くと同時に、パカンと音がした。

「……ひどいな」

今度のひどいは、アルフォンの台詞。頭を押さえてふてくされている。ジョゼフィンが、彼の頭をトレーで叩いたのだ。……まさか、本当に叩くとは思わなかった。

「自業自得です」

それでも、マリーベルは少し気が済んだ。……だから、微笑んでアルフォンを見つめる。

「私、アルさまと婚約します」

はっきり告げる。

「っ！　本当か？」

「こんなことで嘘はつきません。……アルさまが、私を……そのっ、あ、愛しているっていうのは、まだ信じられませんが……婚約した方がいいみたいですし……その、半年間くらいなら――」

声が段々小さくなっていく。だって、とても恥ずかしいのだ。

顔をうつむけてしまえば、突然抱き締められた。

「ありがとう！　マリー！」

もちろん、そうしてきたのはアルフォンで、ギュウギュウと苦しいくらいに腕に囲われる。

「ちょっ、ちょっと、アルさま——」

「ああ、今日はなんていい日なんだ。よし、善は急げ。すぐに本邸に乗り込んで、父上から婚約許可をだしてもらうぞ。ジョゼフィン、準備は万端だろうな?」

「はい。既に書類を整えて署名さえしていただければいいようになっています。その後の婚約披露パーティーの準備も終わっていますよ」

いやいや、それは手回しがよすぎる。いったいいつから準備をしていたのか?

「マリー。愛している!」

満面の笑みで愛を囁かれ、マリーベルの頬が熱くなった。

「アルさま……そういうのちょっと止めてください」

「ダメだ。私はこれから君に私の愛を信じてもらうために頑張ると決めたのだからな。これくらいは序の口だ。……覚悟しろ」

……心臓がドキドキと壊れそう。

「アルさま——」

「愛している」

(私、本邸に着く前に心臓が止まるんじゃないかしら?)

そんな心配をしてしまうマリーベルだった。


そして到着した大公邸は、大きかった。

前々国王の弟が大公位に就いて王領の一部を大公領として賜り、その地の中心に大公邸を築いたのだそうだが……これを邸と呼ぶのは間違いではなかろうか？

（普通にお城よね。……ひょっとして王城より大きかったりしない？）

王城の右には中央神殿が建ち、左には王国軍の司令本部がある。通常この三つの建物を合わせて王城と呼ぶのだが、大公邸は、神殿と軍部を除いた王城本体に匹敵する大きさがある。単純に城部分だけを比べれば、むしろ大きいくらいだ。

（なんだか、アルさまが王太子さまより偉そうな理由が、年齢的なものだけじゃないような気がしてきたわ。これだけの城を維持して、なおかつ権勢を誇っているんだもの。……大公さまってひょっとして大金持ちなんじゃない？）

大金持ちなどというレベルではないのだが、マリーベルの庶民感覚では他の言葉が思い浮かばない。

ポカンと城――ではなく、大公邸を見あげていれば、視界に大きな手が映った。

「そんなに上ばかり向いていると、首が疲れるぞ」

「アルさま。……大きいです」

手の持ち主はアルフォンで、遅れて顔が視界に入る。

「ん？　……ああ、邸のことか？　それほどでもないと思うが」

「大きいです！　やっぱり、婚約のお話は――」

「なしというのは、なしだ。往生際が悪いぞ」

そんなことを言われても、臆してしまうのだ。邸が大きすぎるのがいけないと思う。

動けないでいれば、手を繋がれて邸の中へと引き入れられてしまった。

その後も、見るもの聞くもの驚くばかり。

「アルさま、あれは？」

「ああ、ザラスターの女神像だ。大理石で彼の代表作だと言われている」

ザラスターとは、マリーベルでも知っている超有名な彫刻家だ。手のひらサイズの作品でも家一軒買えるほどの値段のつく芸術家なのに、大公邸の玄関ホールには高さ三メートルほどの神々しい女神像が立っている。

「あのものすごく大きい風景画は？」

「ミガロの作品だ」

ミガロが超有名画家なのは、言うまでもない。

「あのシャンデリアは？」

「あの天井画は？」

「そこの壺《つぼ》は？」

途中で聞くのを止めてしまった。大公邸にあるものが超一流品ばかりなのが、よくわかった。

（わかっていたけど、大公って普通の貴族とは格が違うのね。……やっぱり、私が婚約者なんて無理なんじゃないかしら）

一歩歩く毎《ごと》に、決意がしぼんでいく。やっぱりダメだ、断ろうと思ったところで、大公が待つという執務室に着いた。

「――――父上、ただ今戻りました」

執務室の重厚な扉の前には、帯剣した騎士がふたり立っていて、その騎士が扉を開けた中に、アルフォンは当たり前のように入っていく。もちろんマリーベルの手は彼と繋がれたままだ。

（ちょっ、ちょっと待って！　アルさま。私、まだ心の準備が――――）

及び腰なマリーベルにはおかまいなしに、アルフォンは奥の机に座っていた大公の前に進み出た。

大公は金髪紫眼で、顔立ちはアルフォンに似ている。アルフォンがあと二十年もしたらこうなるだろうという美丈夫だ。

「ああ、アルフォン、よく帰っ――――」

そう言いながら、見ていた書類から顔をあげた大公は、マリーベルを見て言葉を途切れさせた。

「父上？」

「………あ、ああ。そうか。聞いてはいたが……聞くと見るとは大違いというのは、このことか」

大公は椅子から立ちあがる。マリーベルの前まで歩いてきて……跪《ひざまず》いた。

「え？」

「お初にお目にかかります。『神の恩寵』を受けし我が国の姫君。私は、アルバート・ド・デラーン。あなたの父君の従兄弟に当たります」

マリーベルは、言葉を失った。慌ててアルフォンに視線を向ける。また彼が、相談もなく自分の正体を話したのかと思ったのだ。

アルフォンは、焦ったように首を横に振った。

「違う！　私は、父に君の『神の恩寵』については話していない。父の情報網なら、私が言わずとも君の正体に気づいているとは予想したが……まさか、なんの問答もなしにこんな挨拶をしてくるとは思わなかった」

アルフォンの言葉に嘘はないように思える。

（だったらどうしてこの人は、こんなに確信しているの？）

戸惑っていれば、顔をあげた大公が小さくため息をつく。

「本当に、これでは一目瞭然です。あなたが王族であることは、見る者が見ればすぐに知れるでしょう。……今の国王陛下が浮気をすることはありませんから、あなたの父君は前国王陛下に違いありません。その上で、王城やリセロ伯爵領で起こった奇跡を重ねれば、あなたに『神の恩寵』があるのは考えるまでもなくわかることです」

王城はともかくリセロ伯爵領で起こった奇跡とはなんだろう？　それに、どうして王族であることが一目でわかるのか？

「アルフォン、彼女はまだ国王陛下や前国王陛下とは会っていないのだろう」

マリーベルが聞く前に、大公はアルフォンに声をかけた。言葉は疑問形だが、自分の予想を確信している口調で聞いてくる。

「……はい。たしかにそうですが」

「だろうな。彼らが彼女を見たならば、きっと一目で身内だと気づいたはずだ。……姫君、あなたは、私の祖母――バラナス王国の三代前の王妃にそっくりなのですよ。目の色は違うが、他はうりふたつです」

「はいっ？」

告げられた言葉に驚いた。大公の祖母ならマリーベルには曾祖母に当たる。

（え？　私って、ひいおばあちゃん似なの？　目の色がおばあちゃん似だっていうのは、前に王太子殿下に言われて知っていたけれど……顔まで父方に似ているなんて思わなかったわ）

前国王にはまったく似ていなかったし、母であろう女性には部分的にしか相似点がなかった。いったい誰に似たのかと思っていたけれど、曾祖母というのは盲点だ。

初耳なのだろう。マリーベルと同じくらいアルフォンも驚いていた。

「……三代前の王妃さまですか。私が生まれたときにはもうお亡くなりになっておられて面識はありませんが……そういえば、肖像画なども見たことがありませんね」

アルフォンは、考えながら呟く。

大公は「そうだろう」と頷いた。

「祖母が亡くなったのは、三十年前だからな。私が十五歳、国王陛下が八歳のときだ。お前や王太子殿下がわからないのは当然だし、ひょっとしたら国王陛下もうろ覚えかもしれないな。……祖母は日光過敏症でいつもベールを被っていたから、祖母の素顔を見たことがある者は稀《まれ》なんだ。あと、肖像画が残っていないのは、ご自身が絵のモデルになることを嫌っていたことと、マルス――前国王陛下が、祖母を大の苦手としていたためだ」

大公は前国王を呼び捨てにできる間柄らしい。

（……そっか。前国王陛下ってマルスっていう名前なのね）

マリーベルは、はじめて知った父の名を頭の片隅に置く。今後も呼ぶことなんてないだろうから、隅で十分だ。

しかし、大の苦手とはどういうことだろう。それと肖像画がないことが、どう繋がるのかわからない。

大公は、アルフォンに似た顔を困ったように歪めた。

「祖母は厳格な方だった。もちろん優しい面もあり、私は叱られたことより可愛がってもらった記憶の方がずっと多い。……ただ、王族の女性関係には特に厳しい目を向けておられていてね。政略目的や後継者の関係で側室を娶るのは仕方なしとされても、特にそういった理由もなく権力にものを言わせて多数の女性を囲うことをたいへん嫌っておられた」

マリーベルとアルフォンは、顔を見合わせる。――――それでは前国王が、自分の祖母を苦手としていても仕方ない。きっと、ものすごく反りが合わなかったことだろう。

「祖母は、マルスを見る度叱ってばかりいた。それでもマルスの振る舞いは直らなかったので、祖母の怒りは増すばかりだ。結果、マルスは祖母が苦手になって、祖母が亡くなると同時に王城から祖母の肖像画をすべて取り外し処分してしまったのだ。見ると怒鳴り声の幻聴が聞こえると言ってね」

――――それは、よほど叱られたのだろう。幻聴まで聞こえるのは末期症状だ。

(前国王さまは、そんなに怒られても女好きが直らなかったのね。そんな人が私のお父さんだなんて……複雑だわ)

大公は少し考え込む。やがて「ああ、そうだ」と言って、マリーベルを見た。

「たしか、我が家にある父の肖像画の中に祖母の描かれたものがあったはずです。マルスが遊びに来たときに外してしまったが、捨ててはいないはず。後で探してお目にかけましょう」

それは、見たいような、見たくないような。複雑な気分だ。

そんなマリーベルの気持ちには気づかぬようで、大公は言葉を続けた。

「我々以上の年代の貴族の中には、あなたを見て王族の血縁者だとわかる者もいるかもしれません。マルスの子だとまではわからないかもしれませんが、祖母の血を引いていることは、知る者が見れば一目瞭然です。……どうりで、アルフォンが孤児院出身の侍女と恋仲になったなどという噂が立ったわりには、口うるさい年寄り連中が文句を言ってこないはずだ。こんな理由があったとは思わなかった」

大公は、後半部分を独り言のように呟いた。どうやらマリーベルは知らないうちに、王城の年配者の一部から王族関係者認定を受けていたらしい。

「ああ、だからか。……いくらライアンが許可をだしたとはいえ、マリーが王太子妃を頭ごなしに叱る様子を、侍女長が黙って見ているのが不思議だったんだ。……きっと侍女長もマリーを王族関係者だと思っていたんですね」

以前、開かずの間の件で、マリーベルに意地悪をした侍女たちに侍女長が厳罰を下したのも、アルフォンの怒りを恐れたばかりではなかったのかもしれない。

大公は、息子の言葉を肯定するように頷く。

「とはいえ、マリーベル嬢は王家から正式に認められているわけではない。彼女の容姿に気づいた者たちは、とりあえず様子見をしているといったところだろう。下手に騒ぎ立てて王家の不興を買いたくはないだろうからな。……彼女が城に現れると時期を同じくして『神の恩寵』の奇跡が起こったことに不審を抱いている者も中にはいるかもしれないが……アルフォンがいち早くマリーベル嬢を囲い恋人になったからな。大公家を敵に回してまで手をだしてくるような愚か者は、いなかったということだ」

よくやったと、大公はアルフォンを褒める。

「ありがとうございます。……ついては、今後も彼女を確実に守るために、父上から私と彼女の婚約許可をいただきたいのですが」

ここぞとばかりに、アルフォンは言いだした。

大公は、少し考える。

「恋人では弱いということか。……フム。そうだな、たしかにいい案だが、それはマリーベル嬢も承知のことなのか？」

大公は、マリーベルを見ながらアルフォンにたずねた。

「はい。私は彼女を愛していますから」

アルフォンは、堂々とそう答える。

マリーベルの頬は、カッと熱くなった。

（もうっ、急になにを言いだすのよ！）

そもそも今のアルフォンの言葉は、質問の答えとして間違っているだろう。

大公は、少し意外そうな顔になり、今度はアルフォンとマリーベル、ふたりの顔を順に見つめてきた。

「お前が彼女を愛しているか……では、マリーベル嬢は？――――マリーベル嬢、『神の恩寵』を受けし我がバラナス王国の姫君。あなたの御心は、この婚約を受けてもいいと思っていらっしゃいますか？」

威厳たっぷりの大公から敬語を使われると、マリーベルの背中がぞわぞわする。それを堪えながら考えた。

（……ここで嫌だと言えば、無理に婚約しなくてもいいのかしら？）

なんだかいろいろ言われたり大公に跪かれたりもして、実はマリーベルはテンパっている。姫君なんて呼ばれてもそんな自覚は少しもないし、豪華絢爛《けんらん》な大公邸には萎縮するばかりだ。これで、正式にアルフォンの婚約者になんてなったら心労で倒れるんじゃないかと思う。

（やっぱり断った方がいいような気がするわ）

そう考えたところで、アルフォンと繋いでいた手がギュッと力を込めて握られた。彼の方に視線を向ければ、真摯な視線に貫かれる。

……ドキンと、ひとつ胸が鳴った。

「アルさま――――」

「逃げないでほしい。マリー、お願いだ」

低い声が耳を打ち、アルフォンの熱を伝える。繋がれた手は痛いほどで、紫の瞳の強さに胸の鼓動が速くなった。

「マリー、君を愛している」

大公邸に来るまで、何度も言われた言葉が耳を打つ。

「あ、あの、アルさま。それは今、ここでは、言わないでほしいです」

大公の目の前での愛の告白は、なんとも恥ずかしい。

しかし、アルフォンは平気なようだった。

「ここで言わないで、いつ言うんだ？　……君を愛している。私と婚約してほしい」

「あっと、それはわかっていますから！」

「わかっていても、君は私との婚約を迷っている。だったら、想いを告げて懇願するしかないだろう。私は、なんとしても君と婚約したいんだ」

アルフォンは、真剣だ。真剣にマリーベルに愛を告げてくる。

ドクドクと、マリーベルの心臓が脈打ち、喉から飛び出そうになった。

「マリー、愛し――――」

「うわぁぁ～！　わかりました！　します！　婚約します！　だから、それ以上言わないでください！」

アルフォンの愛の告白を、マリーベルは慌てて遮った。このままでは、本当に心臓発作を起こしてしまいそうなのだ。

「本当だね。マリー、私と婚約するね」

「はい！」

握っていた手を両手で抱え込まれ、顔を近づけ確認されて、マリーベルは大声で返事した。

破顔一笑。アルフォンは嬉しそうに笑う。

「聞きましたか、父上。私とマリーは婚約します！　書類はすべて整っていますので、早くサインをしてください」

「……ああ。そうだな……なんと言うべきか。……お前はそんな性格だったのか？　いったいいつの間に……ああ、いや、わかった。サインしよう」

大公は、なんだか複雑そうだ。それでもペンを取り、アルフォンの差しだした書類にサインする。

「まあ、結婚ではなく婚約だしな。これが現時点での一番いい方法なのは間違いない」

ブツブツと自分に言い聞かせるように呟く大公。

すぐにアルフォンが内容を確認し、そのまま書類を、いつの間にか傍に来ていたジョゼフィンに渡した。

「一刻も早く神殿に提出するよう早馬をだしてくれ。王家から横槍が入らないうちに受理させたい」

「承知しました」

大公の結婚には、王家の許可がいる。しかし、アルフォンはまだ小大公。彼の結婚や婚約に許可をだすのは、親である大公でこと足りる。ただ神殿に届け出が必要で、それを受理されてはじめて婚約が成り立つのだった。

「大公領の神殿であれば、多少の無理は利く。受理証を今日中にほしいと伝えてくれ」

アルフォンの命に、ジョゼフィンは頷く。

「今夜の婚約披露パーティーには間に合うようにいたします」

そういえば、そんなパーティーをするのだと言っていた。これには、さすがの大公も驚いたようだった。

「……準備がよすぎるのではないか？　私が許可しなければどうするつもりだったのだ？」

「大丈夫です。こちらにはジョゼフィンがついていますから」

アルフォンにそう言われたジョゼフィンは、誇らしそうに胸を張る。

大公は少し顔色を悪くした。

「……ほどほどにな」

「善処します」

アルフォンの返答を聞いた大公から、励ますように肩を叩かれたマリーベルだった。


その後、アルフォンの母である大公夫人に紹介されたのだが、こちらは拍子抜けするほどスムーズに話が進んだ。

いきなり息子が見知らぬ婚約者、それも平民の侍女を連れてきたのに、大公夫人は騒ぐこともなく優しく微笑んでくれたのだ。

「アルフォン、あなたが自ら選んでアルバートが許可したのですもの、私が反対することなどなにもないわ。……はじめましてマリーベルさん。これからよろしくね」

両手を取られて話しかけられる。

「あ、はい！　よろしくお願いいたします！」

「フフフ、可愛い人ね。そんなに緊張しなくてもいいのよ。もっと楽にしてちょうだい。……それより、アルフォンはちょっと強引なところがあるから、あなたに迷惑をかけていないか心配だわ。なにかあったら遠慮なく相談してね」

かえって気遣われてしまい、大感激したマリーベルだが、うまくいくことがあればいかないこともあるのは世の習い。

「――――私は、絶対に認めないわ！」

大声で言い放ったのは、もちろんキャロラインだった。赤髪紫眼の美少女は、きつい目をますますきつくつりあげて、マリーベルを睨みつけている。

「どうしてこんな平民が、お兄さまの婚約者になるのです！　お兄さまは小大公！　いずれはお父さまの跡を継ぎ大公になる方です。つまり、お兄さまの婚約者は未来の大公夫人。それが、こんな平凡侍女だなんて！　誰が許しても私が許しませんわ！」

聞きながらマリーベルは、うんうんと大きく頷きそうになる。まったくもってキャロラインの言うとおりだと思う。

（そもそも忘れていたけど、キャロラインさまは重度のブラコンだったわ。大好きなお兄さまと私との結婚なんて許すわけがないわよね）

「私の結婚にお前の許可はいらない」

肩でフーフーと息をし、声を荒げるキャロラインとは正反対に落ち着き払ったアルフォンは、冷めた視線を妹に向けた。

「お兄さまは騙されておいでなのです！　そうでなければ、なんの取り柄もない凡庸な女と婚約しようだなんて思われるはずがありませんもの！」

「騙される？　私が？　まあ、マリーに騙されるのなら、それはそれで本望だが……残念ながら私は騙されてなどいない。至って正常だし、それゆえ父上も私の婚約を認めてくださったのだ」

「でもっ――――」

大公がアルフォンとマリーベルの婚約を認めたことは事実。しかし、それを指摘されてもキャロラインは黙らなかった。なおも声をあげようとする。

「いい加減にしないか、キャロライン！」

それを、アルフォンが一喝して黙らせた。

「私の婚約にお前が口出しする権利はない。……それに先ほどから聞いていれば、私の愛するマリーに対し、平凡だの凡庸だの……よくもそんな的外れなことを言ってくれたな。マリーは、この世で一番素晴らしい私の愛する女性だ。彼女を貶《けな》す人間を私は許さない。たとえ妹といえど容赦しないから、そう思え！」

今まで兄の婚約者を苛めても、注意されこそすれ怒られたことのないキャロラインは、大きなショックを受ける。ワナワナと唇を震わせた。

「そんな。……お兄さまが私をこれほど怒るなんて」

キャロラインは、射殺すような勢いでマリーベルを睨んだ。

「……みんなあなたのせいよ！　この泥棒猫！　お兄さまは絶対渡さないんだから！」

「キャロライン！」

アルフォンに再び怒鳴られたキャロラインは、ギュッと唇を噛みしめると、クルリと後ろを向いて駆け去っていった。

「……ごめんなさいね。マリーベルさん」

キャロラインと同じ赤髪と優しい茶色の目をした大公夫人が、謝ってくる。

ここは、大公邸の大広間。二時間後に行われる婚約披露パーティーの式次第を、アルフォンとマリーベル、そして大公夫人で確認していたところに、キャロラインが飛び込んできて、先ほどの騒ぎとなったのだ。

「キャロラインが、あれほどアルフォンに懐いたのは、私や夫が忙しさにかまけて娘に手をかけなかったせいなの。本当に申し訳ないわ」

大公夫人に頭を下げられたマリーベルは、慌てて首を横に振る。

「いいえ、キャロラインさまのお気持ちもわかりますから。大好きなお兄さんの婚約者に、私なんかが急になってしまったんですもの。怒られても当然です」

「そんなわけがあるか！」

声を荒げたのはアルフォンだった。

「アルフォンの言うとおりですよ。どうか自分を卑下しないでください」

大公夫人もそう言ってくる。

「私も実家は貧しい伯爵家で、アルバートと結婚が決まったときには、周囲にいろいろ言われたものです。……でも、夫を信じ、胸を張り、頭をあげ続けてきました。そうすれば、自然に噂なんて消えてしまうのです。……どうか、マリーベルさんも自信を持ってください。きっとアルフォンが全力であなたを支えるでしょう」

「当たり前だ。マリーを傷つける者は誰だって許さない」

大公夫人とアルフォンの優しさが、心に沁《し》みる。

感動していれば、その場に大公がやって来た。彼の後ろには使用人がふたり従っていて、白い布に包まれた大きな荷物を持っている。

「キャロラインのことを聞いたよ。すまなかったね、マリーベルさん。私からも謝罪する」

大公にはお願いして「姫君」呼びと敬語を止めてもらった。とてもじゃないが居心地が悪くて我慢できなかったのだ。

「お詫びと言ってはなんなのだが、これを受け取ってほしい。保管室の中からようやく見つけたんだ」

そう言って大公は背後の使用人に合図した。大きな荷を抱えた使用人ふたりが、その荷を両脇で支え、荷を覆っていた白い布を取り払う。

現れたのは、一枚の絵画だった。そこには、大公と同じ金髪と紫の目の青年と彼の背後に立つ男女の姿が描かれている。年齢的に見て、背後の男女は青年の両親だと思われた。三人は、穏やかな笑みを見る者に向けている。

「――――これは?」

マリーベルは、その絵に釘付けになった。絵の中の母親とおぼしき人物が、自分とそっくりだったからだ。

よく見れば、絵の中の父親は、頭上に王冠を戴いている。母親も優美なティアラをしていた。

「私の父と、祖父母――――三代前の国王夫妻の肖像画だよ」

大公が、静かな口調で教えてくれる。

なるほど、これでは一目瞭然だった。マリーベルが王家の血筋だということは、この絵を見ればすぐわかる。

(ひいおばあちゃん……ベールを被っていてくれてありがとう! あと、全然まったく尊敬できないし、父親だなんて思いたくないけど……お父さん、ひいおばあちゃんの肖像画を外してくれて感謝します!)

マリーベルは、生まれてはじめて父に感謝の念を抱いた。

「この絵を、今日の婚約披露パーティーの間だけここに掛けようと思う。集まるのはうちの派閥の者だけだから、余計な情報が王家に漏れる心配はないはずだ。……マリーベル嬢がどれほど大切な存在なのか、知らしめる必要があるからな。アルフォンの婚約者の座を狙っていた家も、この絵を見れば黙るはずだ」

言いながら大公が黒い笑みを浮かべる。

「……キャロラインもこれを見て、わかってくれるといいんだけど」

大公夫人が悩ましそうにそう呟いた。

なんとなく、それは無理そうだとマリーベルは思う。

(私が王家の血を引いていようといまいと、キャロラインさまは変わらないと思うわ)

彼女が気に入らないのは、兄の気を惹く存在だ。そこに身分も容姿も関係ないはず。

(教えるつもりはないけれど……きっと、私が『神の恩寵』を受けているとわかったとしても、キャロラインさまは、罵倒してくるんでしょうね)

ブラコンもそこまでいけば、感心する。

そして、マリーベルの予想は、ピタリと当たった。

「私は……私は、絶対認めないんだからぁ～！」

婚約披露パーティーで肖像画を見たキャロラインは、会場中に響き渡る大音量で、そう絶叫したのだった。

そんなこんなで、大公邸到着早々に大騒ぎがあった今回の旅行だったが、その後は比較的穏やかにすごすことができた。

約束どおりアルフォンは、マリーベルを領地のあちらこちらに案内し、いろんな体験をさせてくれた。

滞在二日目はピクニックで、その翌日は湖で魚釣り。大公邸に隣接する馬場で、乗馬訓練をさせてくれたこともあったし、王都に比べても遜色ない領都でのショッピングや朝市巡りもやった。

ふたりで訪れた場所は、すべてマリーベルの中に忘れ得ぬ思い出として積み重なっていく。

「マリー、疲れていないか？」

同時にマリーベルは、アルフォンに甘やかされるのにも慣れてきた。

なにせ、歩くときは手を繋ぐのが基本で、立つ位置もアルフォンのピッタリ横。腰に自然に手を回されて、疲れたと思えば寄りかからせてくれる。重くても軽くても荷物はアルフォンが持つし、少しでも躓いたりしたら、すかさず抱きあげ運ばれる。

「マリー、ほらこっちも美味しいぞ。食べさせてやるから口を開けろ」

「……えっと、アルさま。それはちょっと恥ずかしいです」

さすがに食事時に「あ～ん」と食べさせられるのは、人前では断っている。ふたりっきりのときは押し切られることも多いのだが。

もちろん遊んでばかりもいられなかった。小大公の婚約者となったマリーベルは、大公妃教育を受けなければならなくなったのだ。

幸いにしてマリーベルは、学ぶことが好きだった。政治経済も歴史も語学もたいへんだけど苦ではない。孤児院を出た後は、働きながら図書館などで独学していたので、それ以上の知識を得られる機会を得たことは望外の喜びだ。

ただし、礼儀作法は苦手だった。特に、ダンスが難しい。

「足下ばかり見たらダメだよ。ほらマリー、顔をあげて、私を見るんだ」

……苦手にしている原因の最たるものは、アルフォンだろう。そんな甘い表情で見つめられたら、ダンスのステップなんて、あっという間に頭から蒸発してしまう。

「私、ダンスを教えてもらうのは、アルさま以外の人がいいです」

「却下だ。たとえ世界が滅びても許可できないから、諦めるように」

世界が滅びても許可しないのは、やりすぎだ。マリーベルのダンスが上達できる日は、永遠にきそうになかった。

楽しくて忙しい、夢のような日々がすぎていく。

そして、残念なことに楽しければ楽しいだけ、時間は早く経過するものだった。

「……帰りたくありません」

「同感だが、これればかりは仕方ない」

大公領に来て三週間。マリーベルとアルフォンが王都に帰る日が迫っていた。

「ライアンの地方視察も、終盤に入っているからな。帰城のタイミングは可能な限り合わせた方がいい。その方が面倒事も少ないからな」

面倒事というのは『神の恩寵』の奇跡のことだろう。アルフォンが王都に確認したところ、マリーベルが王城を出た後一週間ほどで、王城の庭から神祥花が消え、神泉の聖水が止まったそうだ。神鵠に至っては、マリーベルが城を出たと同時に姿を見せなくなったとか。

「やっぱりあの鳥、ものすごく厄介ですね」

その直後に王太子も出発しているので、今のところ問題は起こっていないそうだが、だからこそ、帰城の時期がずれるのはマズかった。

「今、ライアンたちの現在位置を再確認してもらっている。場合によっては明日にも領地を発《た》たなければならない。準備をしてくれ」

アルフォンの婚約者となったマリーベルだが、王城暮らしは変わらない。侍女の仕事はリリアンの話し相手以外はしなくてよくなりそうだが、正式に辞めるわけではなかった。

「あまり特別扱いを要求すると、国王陛下に正式に引き合わせないといけないからな」

本来であれば、小大公であるアルフォンの婚約者を国王に引き合わせないなどあり得ない。だが、王太子がキャロラインとの婚約を一方的に解消した際に、猛抗議したアルフォンを宥めるため、国王は彼に婚約者を紹介しようとしたそうだ。国の内外を問わず才色兼備の女性を集め見合いの場を設けようとしたのだが、これが逆効果。怒ったアルフォンは「今後二度と私の婚約者について、関与しないでください！」と、言い渡したという。

「あのときは腹立ち紛れだったが、今になればいい仕事をしたな。当時の私を褒めてやりたい」

おかげで国王にマリーベルを紹介せずに済んでいる。今後も王家の手を借りなければならないようなことがなければ、知らぬ顔をしていてかまわないと、アルフォンは言った。

「大丈夫。身分は侍女でも私の婚約者となった君に、おかしな仕事を割り振れる者などいない。今までどおり私の身の回りの世話をしてくれればいい。……君は、必ず私が守る」

力強く言い切るアルフォンの姿にドキッとする。

王城を出るときは、彼の恋人のふりをしているだけだった。それが、大公領に向かう間に告白され、婚約者になった。

（まだ、私は本当に受け入れたわけじゃなくて、期間を決めた婚約者だけど……）

それでもアルフォンは、真摯に想いを伝えてくれて、マリーベルを守ると誓ってくれた。

そんな彼に、マリーベルは心の高鳴りを止められない。心のどこかで、アルフォンがこれほどに自分を大切にするのは『神の恩寵』のせいだと思っているけれど……いつか、その気持ちを超えてアルフォンを信じられる日がくるかもしれない。

そうなるといいなと、マリーベルは思った。

第七章　攫われたお姫さまになりました

（……もう、疲れたわ）

　マリーベルは、心の中で弱音を吐く。

「――――それで、それで？　波打ち際で裸足になった小大公さまとマリーは、その後どうしたの？……キャッキャッ、ウフフと笑い合って水の掛け合い？　……それとも、転びそうになったマリーを小大公さまが庇い損ねて、ふたりでバシャンッて海にダイブするシチュエーション？　……水に濡れて服が透けたマリーの色っぽさに、小大公さまが焦ったように自分の上着を着せかけるのは、もうお約束よね！　それから気持ちの高まったふたりは、夕日をバックにキスするの！」

　両手を組みうっとりしたリリアンが、きゃぁ～と、自分の妄想に酔いながらソファーにもたれかかる。

「……夕暮れ時じゃなかったから、夕日をバックは無理よ。それ以前に東海岸だから朝日しか見えないって言ったわよね」

「えぇ～？　そんなのつまんないわ。せっかく海に行ったんだから、夕日をバックは基本でしょう？」

　リリアンは、不満そうにプクッと頰を膨らませ文句を言う。

「不可能なんだから、どうにもならないわよ。もう、勝手な妄想もいい加減にしてよね」

マリーベルが言い返せば、リリアンは行儀悪く舌打ちした。

ここは、王城の王太子妃の私室。無事に王都に帰ってきたマリーベルは、大公領に行っている間のあれやこれやを、リリアンから根掘り葉掘り聞かれている。

「っていうか、その話は三日前にもしたでしょう？　毎日同じ話を繰り返すのは時間の無駄だと思うけど」

「そんなはずないじゃない！　他人のコイバナは一番盛りあがる話題なのよ。マリーのお話だけでドンブリサンバイはいけちゃうわ！」

帰ってきたその日から、リリアンはハイテンション続き。その理由は言うまでもなく、マリーベルがライアンと婚約したからだ。

「それで、その後マリーは小大公さまから婚約を申し込まれたのよね。ああ、私もその場に立ち合いたかったわ！　マリーと一緒に大喜びして床を転げ回りたかったのに」

たとえなにがあっても、床を転げ回ったりしない。

「ライアンさまも残念がっていたのよ。どうしてもお祝いしたいから、サプライズでパーティーを開こうかって言っていて――――って、あ、これ内緒の話だったわ！　ごめん、マリー、今の聞かなかったことにして！」

うっかり口を滑らせたリリアンが、慌てたように頼んでくる。たしかにこれではサプライズにはならないだろう。

だが、しかし――――。

（これって、また王太子さまの企《たくら》みよね？）

「……パーティーって、まさか、国王陛下や前国王陛下もいらっしゃるの？」

「え？　あ、うん。……ライアンさまにとって、小大公さまはお兄さんでしょう。だから国王陛下は小大公さまを自分の子どもみたいに思っているし、前国王陛下は孫みたいに思っているんですって。だから、おふたりもパーティーにお呼びしたいって、ライアンさまは言っていたわ」

（……やっぱり）

「嫌よ。絶対、嫌！　そんなパーティー、私は開いてほしくないから！」

「えぇっ？　なんで？　マリーと小大公さまの婚約を祝うパーティーよ。お祝いくらいさせてよ」

「国王陛下や前国王陛下が一緒のパーティーを、平民の私が楽しめると思うの？　そんな怖いパーティー、ありがた迷惑だわ！」

　リリアンは、ガ〜ンとショックを受けたような顔になった。

「で、でも――――」

「でもじゃないわ！　もしも、サプライズパーティーを開いたら、私は即刻お城を出て行くから！」

　ビシッと言い切れば、リリアンはこの世の終わりみたいな顔をした。

「ダメよ！　マリーが出て行ったら、リリー寂しくて死んじゃうわ！　うわぁ〜ん、行かないで！」

　泣いて縋りついてくるリリアンに、マリーベルはパーティーをしないように約束させる。リリアンは、コクコクと頷いた。

「絶対よ。絶対にサプライズは止めてね」

「わかったたわ。約束する！」

　これでなんとか安心だ。

(それにしても、王太子さまもしつこいわね)

マリーベルがアルフォンの婚約者になったことに、王太子はかなりショックを受けていた。アルフォンがマリーベルを特別に思っていることを知っていたはずなのに、どうやらそれを純粋な好意だとは信じていなかったらしい。

(まさか本気で婚約するなんて思っていなかったようなのよね？　……まあ、私だって予想外のことだったんだけど)

これで手をだすのを諦めてくれればと思ったのだが、どうやらそうはならなかった。

(よほど必死なのね。気を引き締めなくっちゃ！)

アルフォンにも相談しようと思っていれば、リリアンが話しかけてきた。

「じゃあ、パーティーは諦めるけど、プレゼントならしてもいい？　大親友が婚約したんだもん。私、絶対お祝いしたいのよ！　今、ラッピングしてもらっているの」

両手を組んで小首を傾げ上目遣いで見つめてくるリリアンは、本当に可愛らしい。

うっかり、それくらいならいいかと頷こうとしたマリーベルだが……寸前で思いとどまった。

「……そのプレゼントって、リリーが選んだものなの？」

ついさっき気を引き締めると思ったばかりだ。念には念を入れて確認しなくてはと思う。

リリアンは、無邪気な笑顔で「もちろんよ」と頷いた。

「ライアンさまから、候補を三つあげてもらって、その中から選んだの。オルゴールと髪飾りと香水があったんだけど……髪飾りにしたわ！　とっても可愛いのよ」

……ギリギリセーフだった。

（王太子さまからって時点で、普通のものとは思えないもの）

思い起こすのは、アルフォンからもらった『神の恩寵』の言い伝えをまとめた資料集だ。その中に、オルゴールも髪飾りも香水も載っていた。

「ねぇ、その三つって、どれも神鵠がデザインされているんじゃない？」

「え？　なんで知っているの？　……そうよ。三つとも、今にも羽ばたきそうな生き生きとした神鵠がついているわ」

（……やっぱり）

本当に王太子はしぶとい。たしか、すべて『神の恩寵』を受けた者が触れると、神鵠が動きだし囀る伝承のある品物だ。

「……私、神鵠って苦手なの」

だからマリーベルは、そう言った。

「え？」

「神聖な鳥らしいから大きな声では言えないけど……あんまり見たくないわ。偶然だと思うけど、神鵠を見た日って、ろくなことがないのよ」

嘘ではない。神鵠そのものがマリーベルの面倒事だ。

「まあ！　そんなことってあるのね。……わかった。髪飾りは止めるわ。もちろん他のふたつも止めにする」

「ありがとう。せっかく選んでくれたのに、ごめんね。……そうだ！　私、どうせもらえるなら、リリーの髪みたいな可愛いピンク色の物がいいわ」

ピンクなら『神の恩寵』には関係ないだろう。

「えぇっ！　もう、マリーったらリリーのことを可愛いだなんて……正直者なんだから！　わかった。絶対ピンクの物にするわね！」

ピンクの髪が可愛いと言ったのであって、リリアンを可愛いと言った覚えはない。まあ、上機嫌になったようなので、わざわざ指摘はしないけど。

なにがいいかと悩みはじめるリリアンを見ながら、マリーベルはもう一度気を引き締めた。

（王太子さまは本気だわ。油断しないようにしなくっちゃ！）

痛いほど拳を握り締めた。


その翌日。

「……ライアンめ、そんなことを企んでいたのか」

アルフォンが忌々しそうに、マリーベルの耳元で囁く。

「油断も隙もありませんでした。アルさまも気をつけてください」

今度は、マリーベルがアルフォンの耳元に口を近づけ、小さな声でそう言った。

――先ほどから、至近距離で顔を近づけ小声で話しているマリーベルとアルフォンだが、周囲の人間は誰も彼らに奇異の目を向けていない。なぜなら、ここはバラナス王立美術館で、ふたりの背後には『館内はお静かに』という看板が貼られているからだ。ふたりだけでなく、他の者も会話は小さな声で囁きながら行っている。

昨晩のリリアンとのやり取りで発覚した事実を相談したいと言ったマリーベルに、アルフォンは美術館デートを提案してきた。

（思う存分内緒話ができる場所なんて言うからどこかと思ったけど……たしかに、納得ね）

マリーベルは、感心しきり。ふたりきりで見たいからと言えば警護の騎士も距離を取ってくれるし、言うことなしの環境だ。

「本当にライアンは諦めが悪い」

「それだけ必死なんだと思います。……どうしてそんなに必死なのかは、ちょっと理解できませんけど」

放っといてくれればいいのにというのが、マリーベルの本心だ。彼女には、自分が『神の恩寵』を受けていると名乗り出るつもりはないのだし、現状そのままでも特に問題ないはずだ。

「……諦めが悪いと言えば、もうひとりいるな」

アルフォンの小声が、苦みを帯びた。

マリーベルは、視線をそっと出入り口の方に向ける。

「……でも、この場で大声をだして文句を言ってこられないだけ、我慢していらっしゃるんじゃないでしょうか？」

「本当にそんなことをするようなら、さすがに私も愛想を尽かすぞ。国一番戒律の厳しい修道院に放り込んでやる」

アルフォンは険しい表情でそう言った。

ふたりの視線の先には、派手な赤いドレスに身を包む美少女がいる。言わずと知れたキャロライン――アルフォンの妹である。ふたりの後を追って大公領から王都に戻ってきた彼女は、以前にも増してブラコンぶりを拗《こじ》らせ、最近はふたりの後を見張るようにつけまわしている。

「今日はデートだから来るなと、はっきり言い渡しておいたのに」

そんなことを言えば、逆効果だ。キャロラインの視線の鋭さにも納得がいく。

事実、マリーベルは、離れた場所からでもキャロラインの殺気をビシバシと感じていた。正直、あまり気分のいいものではない。

「私も両親も、キャロラインには厳しく注意したのだが……なにか迷惑をかけていないか？」

「大丈夫ですよ。前みたいに直接文句を言われることはなくなりましたから。せいぜい、無視されたり睨まれたりするくらいです」

マリーベルがそう答えた途端、アルフォンの眉間にくっきりと縦じわが寄った。

「……あの子は、まだそんな愚かなことをしているのか」

「本当に大丈夫ですから！　キャロラインさまの気持ちを考えれば、我慢している方だと思います。あまり叱らないであげてくださいね」

庇ってやる必要なんてないように思うが、それでもなんとなく可哀想で、マリーベルはキャロラインを擁護する。それに、あのキャロラインのことだ。アルフォンに怒られれば怒られるほど、マリーベルを逆恨みするに違いない。

（絶対、反省なんてしそうにないもの。……鬱憤をためすぎて暴走したらたいへんだわ）

キャロラインには、なにをしでかすかわからないような不安定な部分がある。できれば、あまり刺激しないでいたいのだ。

「本当に君は優しいな」

「そんなことありません。打算塗れですよ」

「それはそれで、頼もしい」

マリーベルとアルフォンは、顔を近づけ互いの耳にこそこそと囁き合う。

そんな自分たちの様子こそが、なによりキャロラインを煽っていると気づけないマリーベルだった。

◇◇◇

そして、案の定キャロラインは、ものすごく怒っていた。

(なによ、なによ、なによ！　あの、平民女！)

視線の先には、王都でも評判のカフェテラスでくつろぐアルフォンとマリーベルの姿がある。王立美術館を出たふたりは、その後この店に移動し席に座ったばかりだった。

こっそり後をつけているつもりのキャロラインは、カフェテラスとは道路を挟んで反対側の街路樹の陰にいる。

「……お嬢さま。そろそろお戻りになりませんか？」

「シッ！　静かにして。お兄さまに見つかったら、また叱られてしまうでしょ！」

空気を読まぬ護衛騎士の進言に、キャロラインは一喝した。

「小大公閣下であれば、もう既にお嬢さまの行動などお気づきになっておられると思いますが……」

「そうね。いつものお兄さまであれば、私のことをすべて知っておられて当然だわ。でも、今のお兄さまは、あの女狐《めぎつね》に騙されて盲目になっておられるのよ。私は、一刻も早く愛するお兄さまの目を覚まさせて差しあげなければならないの！　邪魔をしないでちょうだい！」

キャロラインは、己の考えを信じ切ってそう叫んだ。

護衛は困ったような表情で口ごもる。やがて仕方なさそうに引き下がった。

もっとも、キャロラインはそんな護衛になど目もくれない。目を皿のように見開いて見つめる先は、アルフォンとマリーベルのみだ。

ちょうどふたりは、運ばれてきたカップに口をつけるところだった。コクリと一口飲んだアルフォンは、味が気に入ったのか目を細めている。

「ああ〜、上機嫌なときのお兄さまのお顔……なんて、神々しいの。眼福だわ！」

たった今まであった怒りをあっという間に吹き飛ばして、キャロラインは悶《もだ》えた。いつだってアルフォンは、彼女の憧れであり喜びだ。

……しかし、そのキャロラインの喜びは、訪れたとき同様あっという間に吹き飛んだ。なんと！　アルフォンが運ばれてきたケーキを、マリーベルに「あ〜ん」と食べさせようとしているのだ。

「な、な、な、なんて、破廉恥な！　あの女狐が、優しいお兄さまに強要したのね！」

もちろんそんなことはない。むしろマリーベルは恥ずかしがって、アルフォンが差しだすケーキから顔を背けている。

しかし、曇りきったキャロラインの目には、そんな光景は映らなかった。

「お兄さまが手ずから食べさせてくださるなんて、私だって四歳と十一カ月三十日のとき以来一度もないのに！」

単純に五歳の誕生日以降は、もう大きくなったからという理由で食べさせてもらえなかっただけである。日にちまで記憶しているキャロラインのブラコンぶりには、護衛もドン引きだ。

そんな彼女の目には、図々《ずうずう》しくもマリーベルがアルフォンの手を無理やり掴んで、自分の口にケーキを入れさせた――――ように見えた。もちろん、真実は正反対。マリーベルはアルフォンを止めようと彼の手を押し返したが、力及ばず口に入れられてしまっただけだ。

「あの女狐！　絶対許せないわ。……なんとしても排除しなくっちゃ！」

キャロラインは、体をワナワナと震わせる。

しかし、残念なことに彼女にはそのための手段がなかった。今までキャロラインは、兄の婚約者を陥れるため大公家の力を自分勝手に使っていたのだが、今回はそれを禁じられてしまったのだ。それだけでなく、キャロラインの取り巻き令嬢たちの家門にまで、今後一切キャロラインに協力するなというお達しが出てしまった。

（おまけにジョゼフィンが、あの女の味方についちゃうし）

ジョゼフィンは大公家の使用人という立場にあるが、実際は父の大公さえ一目置く実力者。幼い頃からワガママ放題のキャロラインは、叱られてばかりだ。誰より苦手なジョゼフィンがマリーベルの傍にいては、おちおち近づくことさえできなかった。

「……お嬢さま。そろそろお戻りになりませんか？」

再び声をかけてきた騎士さえも、その本当の任務はキャロラインの護衛ではなく監視である。

（今の私は、無力だわ。……誰か協力者が必要よ）

キャロラインは考える。

ふと彼女の脳裏に、黒髪黒目の顔だけは整っている青年が浮かんだ。隣国イドゥーンの王子である彼は、王立学園の下級生。とはいえほとんど接点はなく、時々元婚約者のライアンに話しかけていたな、くらいの印象である。

（誰であろうと、お兄さまの前では有象無象のひとりですもの）

そんな彼が先日恋文を寄越した。内容は、ふたりきりで会いたいという愚にもつかないもの。今までのキャロラインならその場で破棄した手紙だが、内容はともかく送ってきた方法が気になったので、手元に残していた。

（あの手紙は、大公家の検閲を受けずに直接届いたのよね）

大公家に届く物は、大なり小なり内容をあらためられる。それは個人宛の手紙でも例外ではなく、常であれば差出人を精査の上、執事が直接キャロラインに手渡してくるのが決まりだ。

なのに、イドゥーンの王子からの手紙は、知らぬうちにキャロラインのポシェットに入っていた。その日、彼に会った記憶などないにもかかわらずだ。

いつものキャロラインなら、すぐにその事実をアルフォンに伝えたはずだった。会った覚えのない男からの手紙が、肌身離さず身につけていたポシェットに入っていたなど、怖すぎる。

しかし、その日――いや、最近いつもアルフォンの傍には、マリーベルがいた。これ見よがしに兄とくっついているマリーベルを、近くで見るのは業腹だ。

結果、キャロラインは兄に手紙の話をしなかった。大公家の令嬢としては失格かもしれないが、そんなものより自分のやりたいようにやるのが、キャロラインという人物だ。

イドゥーンの王子からの手紙には、彼と秘密裏に会う方法が書かれていた。そして、キャロラインを助けたいとも。

(他国の王子の手を借りたくはないけれど……手段を選んでいる場合じゃないわよね。手紙には、学園に来てほしいと書いてあったけど)

たしかに、学園であればアルフォンの目は届かない。

――キャロラインの視線の先で、最愛の兄とマリーベルは楽しそうに会話していた。

胸の奥底から湧きあがってくる黒い感情に身を任せたキャロラインは、イドゥーンの王子と会う決意を固めたのだった。

◇◇◇

その日、マリーベルはいつもより注意していた。なんでも、前日にキャロラインが学園に行ったのだそうで、普段とは違う動きをした妹を、アルフォンが警戒していたからだ。

「恩師をたずねられたと聞きましたが?」

「たしかにそう言っていたが、あいつは卒業以来そんな殊勝なことをしたことがない。学園内では護衛と称した見張りもつけられなかったし……ともかく、またおかしなことを企んでいる可能性がある。油断はするな」

考えすぎではないだろうか？　まあ、気をつけるに越したことはないのかもしれない。

警戒しながらもマリーベルは、普段どおりアルフォンと一緒に一日をすごした。夕食も一緒にとってリリアンの元へと向かう。

いつもであれば、夕食後はアルフォンと別れ、ジョゼフィンに同行してもらうのだが、今日は彼女の弟のリセロ伯爵が王都に来ているそうで、少し遅れるとの連絡が入っていた。ひとりで行けるというマリーベルを押し切って、アルフォンが送ってくれている。

（王城の中をちょっと移動するだけなのに、アルさまは心配性だわ。こんなに四六時中一緒にいるんだもの。危険なことなんて起こるはずもないのに）

そんなことを考えながら階段を上っていれば、ちょうど下りてくるキャロラインに会った。他に人影はない。珍しくキャロラインもひとりだった。お付きが誰もいないのは滅多にないことだ。

すかさずアルフォンが、マリーベルを背に庇う。

それを見たキャロラインは、ギリッ！　と、歯がみした。……しかし次の瞬間、その口元がフッと歪む。

なんだか嫌な予感がした。警戒して見ていれば、突如キャロラインの足が宙に浮く。自分で踏みだしたわけでもなんでもない。まるで風に浮くようにフワリとあがり、バランスを崩したのだ。

「え？　まだ早っ――――キャァァ！」

驚いたようになにかを口走った後で、大きな悲鳴をあげてキャロラインは階段を転げ落ちた。

「キャロライン！」

アルフォンが驚き、すぐに階段を駆け下りる。マリーベルもただちに後を追った。

階段下でぐったりと目を閉じて横たわるキャロラインは、ピクリともしない。どうやら気を失っているようだ。

「キャロラインさま！」

マリーベルが慌てて伸ばした手は、アルフォンに押さえられた。

「待て！　頭を打っているかもしれない。動かさない方がいい」

「そ、そうですね。では、私はお医者さまを呼んできます」

キャロラインはかなり大きな悲鳴をあげたのだが、誰も近寄ってくる気配はない。ならばこちらから助けを呼びに行くしかないだろう。

急いで駆けだそうとしたマリーベルだが、その手をアルフォンが摑んで引き止めた。

「いや、私が行く。君はここにいてくれ。その方が安全だ」

彼はこんなときでもマリーベルを心配してくれている。その心遣いはありがたかったが、マリーベルは首を横に振った。

「もしもキャロラインさまの意識が戻ったら、アルさまがお傍にいた方が安心されます。私は大丈夫です。誰か人を見つけたらその方に頼んですぐに戻ってきますから」

アルフォンは、少し考え込んだ。

「……いや、それなら君は医師を呼ぶ手配だけをして、その後はそのまま王太子妃の部屋に行ってくれ。ここはこれから大騒ぎになるだろうし、私も君につきっきりというわけにはいかなくなる。落ち着いたら迎えに行くから、安全な場所で待っていてほしい」

たしかにその方がいいかもしれない。医務室も王太子妃の部屋も、方向は同じだ。

マリーベルは「はい」と頷き急いで階段を駆けあがった。

「気をつけろ！」

アルフォンの声が、背中にかかる。

（キャロラインさま、どうか無事でいて）

願いながらマリーベルは走った。意地悪ばかりされるのだが、マリーベルはキャロラインを憎みきれないのだ。痛い思いをしてほしいなんてとても思えない。

急ぐあまり前ばかり見ていたマリーベルの腕が、急に横から伸びてきた手に捕まえられたのは、走りだしてすぐだった。

「きゃっ！」

グイッと引かれて、物陰に押し込まれる。

「ようやく捕まえた。僕のマリー」

ねっとりとした声が聞こえてきた。慌ててそちらを見れば、黒い髪が目に映る。

マリーベルの腕を摑んでいたのは、サリフだった。

「あ、サリフ殿下！　ちょうどよかった。今キャロラインさまが階段から落ちてたいへんなんです。お医者さまを呼ぶのを手伝ってくださいませんか？」

マリーベルよりサリフの方が足が速い。彼に医務室に行ってもらえれば、その間に王城の衛兵に事情を話し、アルフォンの手伝いに向かわせられるだろう。

頭の中でそんな段取りをつけていれば、サリフの返事が聞こえた。

「嫌だね」

「え？」

思わず聞き返してしまう。

「嫌だと言ったんだ。……そんなことよりマリーったら、もう僕をサリーと呼んでくれないの？　寂しいな」

今、サリフはなんと言ったのだろう？

「キャロラインさまが階段から落ちたんですよ！」

「知っているよ。……彼女を突き落としたのは、僕だからね」

「は？」

マリーベルは、耳を疑った。サリフは無邪気な笑みを浮かべる。

「前にも言っただろう。僕は風魔法を使えるって。階段の上でキャロライン嬢の足を浮かせたのは僕さ。ああ、あと背中もちょっと押したかな。本当は、彼女が自分で飛び降りるって言っていたんだけど、怖がって失敗したら意味ないからね。彼女が君たちと会ってすぐに、僕が隠れて魔法を使ったんだよ」

まるで自慢するかのようにサリフは話す。

「なっ！　……どうしてそんなことを」

「マリー、君を手に入れるためだよ。あの忌々しい小大公から引き離して、僕のものにしたかったからね。これから君は、僕と一緒にこの国から逃げだすんだ。キャロライン嬢も、君がいなくなることを望んでいるからね。階段から飛び降りたっていいと思うくらいには、君を邪魔に思っているよ。……まあ、実際には僕の魔法で突き落としたんだけどね」

楽しそうにクックッとサリフは笑う。

マリーベルの背中を悪寒が走り抜けた。目の前のサリフは、本当に自分の知っているサリフなのだろうか？　彼の言葉が本当だとしたら、狂気の沙汰だとしか思えない。

同時に、このままここにいてはいけないと思った。焦って自分の腕からサリフの手を振り払おうとしたのだが、ますます強く摑まれるだけ。

「離してっ！」

叫んだ途端、白い布で口元を覆われた。ツンと薬品の臭いが鼻をつく。

「うっ……」

「眠り薬だよ。目が覚める頃は王都の外だ。今度は僕と旅行に行こうね」

優しい声音が、心底恐ろしかった。

（……アル……さま……）

意識が闇に呑まれていく。まぶたの裏に浮かんだのは、心配そうなアルフォンの顔だった。


——次に目覚めたとき、マリーベルは馬車の中にいた。目を開けて最初に飛び込んできたのは、綺麗なサリフの顔。真上からマリーベルを見下ろしている。

「あ、気がついた。思ったより早かったね。もう少し可愛い寝顔を見ていたかったけど……でも、そろそろお腹が空く頃かな？　サンドイッチでも食べる？」

マリーベルは、膝枕をされているらしい。慌てて飛び起き、できる限りサリフから距離を取った。掛けられていた毛布の裾を、胸の前でギュッと握り締める。

「アハハ、可愛い。怯える子猫みたいだ。大丈夫。苛めたりしないよ。僕に逆らわない限りはね」

以前は弟みたいで可愛いと思えた笑顔なのに、今となってはまったくそう思えない。

マリーベルの体は、ブルッと震えた。サリフの話が本当ならば、彼はマリーベルを攫《さら》うためにキャロラインを階段から落とした人物だ。

「……キャロラインさまは、どうなりましたか？」

震える声を抑えながらたずねれば、サリフは「アハッ」と笑った。

「マリーったらお人好《ひとよ》しだね。こんな目に遭わせられても、あんな女を心配するんだ。……大丈夫。一応あれでも僕の協力者だからね。死なない程度に風魔法で守っておいたよ。落ちたときに気を失ったのも、失神しただけだと思うよ。とんだ臆病者だけど、小大公を君から引き離すのには役立ったから、まあマシかな」

協力者と言いながら、サリフがキャロラインを利用できる手駒のひとつとしか考えていないのは明白だ。やはり彼の思考は異常だと思う。

「どうして私を攫ったのですか？」

恐ろしくて仕方なかったが、確認しないわけにはいかなかった。自分が狙われる理由に、マリーベルは心当たりがあるからだ。

（サリフ殿下が、それを知っているはずがないと思うけど……）

でも、そうでもなければ自分がサリフに攫われる理由がわからない。

「――――そんなの君が『神の恩寵』を受けているからに決まっているでしょう」

恐れていた答えを、サリフはあっさりと口にした。

「っ！　どうしてそれを？」

「見たんだよ。君が開かずの間の扉を開けるところをね」

マリーベルは、息を呑む。まさかあれを見られていたとは思わなかった。

「見間違いかと思ったんだけど、神殿の泉から聖水が出た日にも君を見かけたし……決定的になったのは、小大公が視察に出かけた日かな。君を風魔法で転ばせたら、神鵠が集まってクッションになっただろう。あれはスゴかった」

サリフにはいろいろと見られていたらしい。それに、アルフォンが出かけた日にマリーベルが転んだのも、サリフの風魔法のせいだったのだ。

「あ、まさか、私が以前階段から落ちそうになったのも――」

同じように足が浮いたような感じがした事件を思いだし、マリーベルはハッとする。

「そうそう、あれも僕だよ。本当はあそこで僕が君を颯爽と助けて、仲良くなる計画だったんだけどね。それを小大公が邪魔してくれて……ほんと、あの人ってろくなことをしないよね」

ムスッとしながらサリフは口を尖らせる。人を階段から落として、それをきっかけに仲良くなろうだなんて、正気の沙汰とは思えない。

「王太子の提案で前国王に会わされそうになって困っている君を助けて、愛称で呼び合う仲にまでなれたのに、それを邪魔したのも小大公だった。仮病まで使ったのに、君を強引に攫っていったんだ」

サリフは、悔しそうに拳を握り締める。

あのときの親切も全部サリフの計略だったと知って、マリーベルは悔しくなると同時に悲しくなった。

「どうして、そこまでするのですか？」

「そんなの決まっている。『神の恩寵』を受けた君を僕のものにしたいからさ。そうすれば、君を所有する僕こそが『神の恩寵』の持ち主になれる！」

サリフは自分の胸に手を当てそう言った。唇の両端があがり、高慢な笑みを浮かべる。

「僕が『神の恩寵』に憧れているっていう話は、前にもしたよね。焦がれて止まない『神の恩寵』を君みたいな可愛い子が持っているなんて、最高なんだよ！　しかも、その事実を誰も知らない。まあ、君と婚約した小大公は知っているのかもしれないけれど……それってつまり、小大公さえなんとかすれば、僕が君を手に入れられるってことだからね。……僕はこれから君を僕の国に連れて行く。『神の恩寵』がバラナス王国だけのものだなんて決まっていないからね。君さえ僕の手の中にあれば『神の恩寵』もそこにあるんだ。『神の恩寵』を手に入れた僕の前に、誰もがひれ伏すことだろう！　僕の計画は完璧だ。事実、こうして君を誘拐できたし。『神の恩寵』は、僕のものになる運命だったんだ！　大丈夫。マリーは、僕が大切に大切にしてあげるから。誰の目にも触れないように厳重に囲って、一生傍にいるよ」

うっとりと語るサリフの表情は恍惚《こうこつ》として、泥酔している人のように目の焦点が合っていない。

恐怖にかられたマリーベルは、なんとか逃げられないかと、馬車の窓に目を向けた。格子窓の外に広がっていたのは、見渡す限り緑の草原。太陽の位置が低いので、早朝かもしくは夕方なのかもしれない。

（薬で眠っていたから、時間感覚がないわ。私は、あれからどれくらい眠っていたの？　一晩だけだと思うんだけど……ここはもう王都ではないわよね）

どんどん焦りが募っていく。浅い息を繰り返し、なんとか心を落ち着かせようとした。

（王都にこんな広い草原があるとは聞いてないわ。サリフ殿下の故国イドゥーンは、バラナス王国の西に位置する国よね）

彼が自分の国に帰ろうとしているのなら、ここは王都より西側なのかもしれない。マリーベルは、必死に王都周辺の地図を思いだそうとする。

そんな彼女の様子を、サリフは愉快そうに見つめていた。

「そんなに必死になっちゃって、可愛いな。ここがどこか知りたいの？　聞いてくれれば教えてあげるのに。あのね、ここは王都の南に位置するカピア平原だよ。このまま走ると十日くらいでファンエイク国に着くかな？」

「え？」

どうしてファンエイク？　イドゥーンに向かっているのではなかったのか？

疑問が顔に出たのだろう。サリフは声をあげて笑った。

「アハハ！　嫌だなぁ、僕がそんなバカ正直にイドゥーンを目指すはずがないじゃないか。小大公は嫌になるほど優秀だからね。きっともう今頃は、君を攫ったのが僕だって気がついているはずだ。イドゥーンとの国境だって封鎖されるに違いない。そんな場所に向かうのは、松明に飛び込む虫けらくらいだよ」

だからサリフは別の場所を目指しているというのだろうか？

（でも、イドゥーン以外で彼が身を隠し続けられる国なんてあるの？　……それがファンエイクなの？）

「マリーったら、そんなに一生懸命考えていたら疲れちゃうよ。僕がどれほど入念に君を攫う計画を立てたと思っているんだい？　ちょっとやそっと考えたくらいでわかるはずがないさ。君がいくら考えたって無駄だよ」

サリフは、よほど自分の計画に自信があるのか「わかるのは神さまくらいだ」とまで言い切る。

「そんなことより、ほら、サンドイッチを食べようよ。……ああ、馬車から逃げようとしても無駄だからね。外から鍵をかけてあるし見張りの騎士もいるから。まあ、万が一馬車から出られたとしても、この見晴らしのいい平原で逃げおおせるわけもないけど」

上機嫌なサリフの差しだしてきたバスケットには、断面も美しいサンドイッチが並んでいた。

マリーベルは、小さく首を横に振る。食べ物なんて喉を通りそうにない。

「サリフ殿下、お願いします！　私を帰してください！」

望みはないと思いながらも、頼まずにはいられなかった。痛いほどに指を組み、サリフの目を見つめる。

彼は、途端顔を顰めた。

「もう、ダメだね。そんなことを言っちゃうなんて。……寝顔の方が可愛かったな。サンドイッチを食べないなら、もうひと眠りするといいよ」

言葉と同時に、小さな箱から取りだした白い布をマリーベルの口に当ててくる。ツンと覚えのある薬品の臭いがした。

「嫌っ！　止めてください。サリフ殿下！」

暴れて抵抗したが無駄だった。グッと口の上から白い布で押さえられ、意識が遠のいていく。

（……助けて……アルさま）

悔しさと悲しさに涙を流しながら、マリーベルは意識を失った。

◇◇◇

時は少し遡る。

キャロラインに付き添っていたアルフォンの元に医師が来たのは、少し時間が経ってからのことだった。

「遅い！」

マリーベルが真っすぐ医務室に向かったのなら、もっと早く来られたはずだ。アルフォンが怒れば、医師は平身低頭。慌ててキャロラインを診察し、動かしても大丈夫と判断してから、一緒にやって来た衛兵に指示して医務室へと移動した。

同時にアルフォンは、別の衛兵にジョゼフィン宛の言付けを頼む。内容は、自分の代わりにマリーベルのいる王太子妃の部屋へ向かえというもの。キャロラインの意識がまだ戻らず、いつまで付き添わなければならないかわからなかったからだ。

（キャロラインは、このまま放って置いてもいいと思うが……マリーに頼まれたからな。まったく彼女は優しすぎる）

そこが魅力でもあるのだが、その優しさを向ける相手はもっと選んでもいいと思う。少なくともワガママすぎる自分の妹には必要ないとアルフォンは思った。

（どうせ今回のことも、私の気を引くために自分で階段から落ちたのだろう。……まったく愚かに

も程がある）

目覚めたら厳しく叱ろうと決めて、アルフォンは用意された椅子に深く腰かける。幸いキャロラインは打ち身とかすり傷くらいで大きな怪我はない。

（悪運が強いな）

そう思いながら見ていれば、ジョゼフィンが慌てた様子で駆け込んできた。

「アルフォンさま！　マリーベルさまが行方不明です！」

ジョゼフィンの顔色は蒼白《そうはく》だ。アルフォンもたちまち顔色を変える。

「どういうことだ！」

「王太子妃さまのお部屋に、マリーベルさまはおいでにならなかったそうです。他にもおられそうな場所を探しましたが、お姿が見えません！」

ジョゼフィンから説明を聞くにつれ、アルフォンの表情は険しくなっていく。

「医務室に連絡してからいなくなったということか？」

「え？　医務室に連絡ですか？」

アルフォンの言葉に、医師が驚いたような声をあげた。

「ここには、そんな女性は来ていませんよ」

これにはアルフォンも驚いた。

「本当か？」

「私は、衛兵から連絡を受けたんです。その後すぐに現場に駆けつけたのに、小大公さまから遅いとお叱りを受けたので、おかしいなとは思っていたのですが……」

途中から医師の口調は恨みがましいものになる。先ほどアルフォンに怒られたのがよほど怖かったらしい。しかし、アルフォンはそんな医師にかまいもしなかった。

「では、マリーは私と別れてすぐに行方不明になったということか？　……医務室に来たその衛兵について調査しろ」

ジョゼフィンは硬い表情で「はい」と頷く。

「城内の調査はどうなっている？」

「王太子妃さまの協力を得て詳しく調べさせています。城門の出入りも止めました」

「王都の門は？」

キャロラインが階段から落ちて、そろそろ一時間が経つ。マリーベルが行方不明になっている理由は様々考えられるが、アルフォンが一番懸念するのは誘拐だ。小大公の婚約者というだけでも、身代金目的の誘拐をされる可能性はあるのだが、なおかつマリーベル自身も『神の恩寵』の持ち主という厄介な秘密を持っていた。誰にも知られていないはずだが、万が一のこともあるので対策に万全を期したい。さすがに誘拐して一時間で王都の外に出るのは難しいと思われたが、それでも逃げ道はすべて塞ぎたかった。

「王都の封鎖となると、王太子妃さまの権限だけでは無理です。国王陛下の許可がいります」

「わかった。陛下のところには、私が直接行こう。ジョゼフィンは、大公家の騎士を総動員し捜索に当たらせるよう指示をだせ！　それから――」

アルフォンが続けてなにかを命令しようとしたときだった。甲高い声があがる。

「待って！　お兄さま、陛下のところになんて行かないで！」

叫んだのはアルフォンの妹キャロラインだった。たった今まで気を失っていたのに、都合よく目覚めた彼女は、ベッドから身を起こしアルフォンに手を伸ばしてくる。

「私、階段から落とされて……怖くって……ひとりにしないでください！」

アルフォンと同じ紫の目からハラハラと涙がこぼれ落ちた。いつも高飛車な少女が弱々しく願う姿は、誰しも守ってあげたいと思わせるものかもしれない。しかし――――。

「起きたかキャロライン。ちょうどいい。今、お前を起こせとジョゼフィンに命令するところだった。……お前には聞きたいことがあるからな」

アルフォンは、冷たく妹を睨みつけた。

「――――あ」

「お前が階段から落ちて、その騒ぎの中でマリーベルが行方不明になったことについて、お前は、どう申し開きをする？　まさか偶然だとは言うまいな。私は、そんな愚かな言い訳をする妹を持った覚えはないぞ」

キャロラインは、サッと顔色を青ざめさせる。

「そ、そんな……お兄さま、私は――――」

「お前と問答している暇はない。さっさと今回の件について知っていることをすべて吐いて、ジョゼフィンに伝えろ。……ジョゼフィン、どんな手を使ってもいい。キャロラインから洗いざらい聞きだして報告に来い。私は陛下のところにいる」

言い置いたアルフォンは、そのまま急いで医務室から出て行く。キャロラインの方は、振り向きもしなかった。

蒼白な顔で震えるキャロラインの肩に、ジョゼフィンが手を乗せる。

「お嬢さま。あなたは、お兄さまを好きなら決してやってはならないことをしてしまったのですよ。もしもマリーベルさまが無事に見つからなければ、アルフォンさまはあなたを生涯絶対に許さないでしょう。……それが嫌なら、すぐに話してしまいなさい」

ジョゼフィンの冷たい声が、キャロラインには死刑宣告のように響いた。


その後すぐにアルフォンは、国王と面会した。

自分の私室にアルフォンを招き入れた国王は、まるで待っていたかのようにすぐに人払いをし、話しはじめる。

「緊急事態だ。挨拶はいらぬ。——現状を見るに、マリーベル嬢は誘拐された可能性が高いな。既に王都の封鎖命令はだしてある。ただ、命令が届く前に同じタイプの馬車が東西南北の各門から同時刻に出発したとの報告があった。ひょっとしたらその馬車は、マリーベル嬢を乗せたものと、追っ手を混乱させるための囮《おとり》馬車かもしれない。それぞれ追跡するよう指示したが……追いつけるかどうかは不明だ」

国王の表情は苦々しい。

アルフォンは、驚くと同時に拳を握り締めた。

「……知っておられたのですか？」

「マリーベル嬢が『神の恩寵』の持ち主だということか？　これでも私は王だからな。かなり前から知っていたよ。……アルフォン、お前に先に保護されてしまったがね」

国王は苦笑する。————王城に『神の恩寵』の奇跡が起き、同時に侍女長や他数名の年配の家臣から、三代前の王妃によく似た侍女が入ったとの報告を受けた国王は、すぐにマリーベルの正体に気づいたそうだ。とはいえ『神の恩寵』が王太子にないことはトップシークレット。大っぴらに動くわけにもいかずどうしようかと考えているうちに、アルフォンがマリーベルの恋人になってしまったというわけらしい。

「お前の性格は知っているからな。マリーベル嬢に一目惚れしたなどとは信じられん。であれば、なんらかの理由で彼女が『神の恩寵』を持っていると知ったのだろうと察したのだよ。そして、恋人として、彼女を守ろうとしていることも。……まさか、ライアンが『神の恩寵』を受けていないことも、私たちが本物の『神の恩寵』の持ち主を探していることも知らないはずのお前に先を越されるとは思わなかったが。まあ、私もどう動こうか迷っていたところだったし、マリーベル嬢の身柄と安全が確保されるなら、お前に任せてもいいと判断したのだよ。……しかし、まさかこんな事件が起こるとは考えもしなかったな」

国王は、悔しそうだ。

「ご期待に添えず申し訳ありません」

今の言葉が本当ならば、国王はアルフォンを信じてマリーベルを任せてくれたことになる。なのに、みすみす彼女を誘拐されてしまったことを、アルフォンは謝罪した。

「いや。情けないことだが、城の衛兵も何人か行方不明になっている。おそらくこの事件の犯人に抱き込まれた協力者だろう。お前だけの落ち度ではないのだ。……犯人は、かなり用意周到に準備していたようだな。そうでなければ、これほど短時間で城だけでなく王都からまでも抜けだせるはずがない。この犯行を防ぐためには、マリーベル嬢を王城の奥深くに監禁でもしなければ無理だっただろう。……しかし、そんなことをすれば、彼女自身が我々を信頼できなくなっていたはずだ」

事実マリーベルは、自分が城に捕らわれることをなにより恐れていた。だからこそアルフォンも、彼女の自由を制限しなかったのだ。

(そのことを後悔はしないが……危険性がわかっていたのだから、もっと注意を払うべきだった)

アルフォンは自責する。しかし、過ぎたことを悔やんでも仕方なかった。

「国境の封鎖は可能ですか?」

だからアルフォンは、そうたずねた。

「……それは、犯人が他国の者の可能性があるということか?」

国王は意外だというように聞き返してきた。さすがに他国が絡んでいるとまでは、考えなかったのだろう。

だが、マリーベルが行方不明だと聞いた瞬間から、アルフォンの頭にはひとりの青年の影がチラついていた。それを国王に説明しようとしたそのときに、扉が強く叩かれる。

「父上! マリーベル嬢が行方不明と聞きました!」

「小大公さまは、こちらに来ていらっしゃるのでしょう! マリーは、マリーは見つかりましたか?」

部屋の中に飛び込んできたのは、王太子夫妻だった。リリアンは今にも倒れそうで、それをライアンが支えている。

その問いに答える前に、またあらたな人物が現れた。

「御前失礼いたします。ジョゼフィン・リセルアでございます。小大公さまに急ぎの連絡があり、まかり越しました」

アルフォンは、急いで彼女を迎える。

「キャロラインが白状したか？」

「はい。……ここでお話ししても？」

「かまわない！」

一刻を争うのだ。キャロラインが愚かな行為をしたことは、大公家の恥となるかもしれないがそんなことにかまっていられない。

ジョゼフィンは、表情を引き締めた。

「結論からお伝えすれば、今回の事件の黒幕はサリフ・イドゥーンでした。キャロラインさまは学園でサリフ・イドゥーンと会い、マリーベルさまの誘拐に協力するよう頼まれたそうです」

ジョゼフィンの言葉に、国王と王太子は驚く。どちらの顔にも信じられないといった表情が浮かんでいた。

一方、アルフォンは――――やはりと思った。自分が不在の間にマリーベルに近づき、傍に置こうと企てた隣国の王子。イドゥーン国は身分による差別の激しい国だ。それなのにサリフは、王太子から侍女のマリーベルを庇い囲おうとしたのだ。

（あのときも気に入らなかった。……なにか裏があるのかと疑ったんだ）

サリフが『神の恩寵』のことを知っているのかどうかはわからない。だが、彼がマリーベルに特別な興味を向けていたのは間違いなかった。

アルフォンの胸の奥から、サリフに対する怒りが込みあげる。口汚い罵り声をあげてしまいそうになり、それでも国王の前だからと我慢した。

しかし、我慢できない人物がこの場にもうひとり。

「うそっ！　あの、トシシタコアクマヤンデレ野郎が、リリーの大切なマリーを攫ったの？　ヒロインに手をだせなかったからって、モブをラチカンキンとか、本当に最低最悪のクソ野郎だわ！リリー、絶対に許さないんだから！」

顔を真っ赤にして怒り狂うのは、リリアンだ。言っている言葉の半分ほどは意味不明だが、サリフを貶していることだけはよくわかる。

リリアンの怒りを見て、アルフォンは反対に落ち着いた。普段は可愛らしい王太子妃の豹変《ひょうへん》に呆気にとられている国王の方に顔を向ける。

「陛下、ただちに国境封鎖をお願いします」

「あ、ああ……そうだな。取り急ぎイドゥーン国との国境をすべて封鎖しよう」

ところがその国王の言葉に、リリアンが「ダメよ！」とストップをかけた。

「そっちじゃないわ！　あのハラグロヤンデレが、そんな素直に自国を目指すはずがないじゃない！　あいつは追っ手の裏をかいて、ザマァミロって嘲笑《あざわら》う気満々の性悪なのよ。…………フフフ、でも、大丈夫！　こっちにはリリーがいるんだもん。ゲームでサリフの逃走経路はちゃんと覚えているわ。あいつの裏の裏をかいて、こっちがザマァって笑ってやるわ！　……国王さま、封鎖しなければならない国境は、イドゥーンではなくファンエイクの方です！」

リリアンは、人差し指をビシッと伸ばし前方を指し示した。おそらくファンエイクを指したつもりなのだと思うが、まったく見当外れの方向である。

「ファンエイク？」

「サリフの配下がファンエイクにいるのよ。一旦ファンエイクに出てから海路でイドゥーンに向かうつもりでいるの」

まるで実際に見聞きしたかのごとく、自信たっぷりに言い切るリリアン。

「リ、リリー？　……それは『聖女の祝福』でわかるものなのかな？」

妻の勢いに及び腰になりながら、ライアンが確認した。

リリアンは、ハッとする。

「え？　あ、その……そうそう、そうなのよ！　リリーの『聖女の祝福』でわかるの。ほらっ、リリーってば、優秀だから……」

リリアンの視線が少し泳ぐ。『聖女の祝福』でそんなことがわかるのかという疑問はあるものの、今は理由なんてどうでもいいとアルフォンは思った。

「サリフは、ファンエイクに向かっているんだな？」

「え？　ええ、そうよ。たしか王都の南門を出て、カピア平原を南下するはずだわ」

「カピア平原か。……一本道だから探しやすそうだな」

平原を通る街道を思いだしながら、呟いたアルフォンの言葉にリリアンが慌てて反応する。

「あ！　ダメダメ！　道を探しちゃダメよ。サリフは道なんて通らないの！　平原を突っ切っていくから、真っすぐ南に向かわなきゃダメ！　サリフは、風魔法で馬車を浮かせられるのよ！」

「は？　風魔法？」

「そうよ！　馬車の車輪を浮かせれば、後は馬さえ通れればどこでも走らせられるもの。探すのは平原を南に向かう馬の足跡よ！」

「……わかった」

それは少したいへんそうだ。しかし、知らずに街道だけを探すよりよほどマシ。

「陛下、今すぐ王都の門の通行許可証の発行をお願いします」

目的地がわかれば、後は追うだけだ。

（マリー、待っていろ。必ず助けだしてやる！）

「……わかった。すぐ用意しよう。だが、アルフォン。まさかお前ひとりで行くつもりか？」

意気込むアルフォンに、国王が確認する。

「事態は一刻を争います。もちろん、我が家の騎士団も準備ができ次第追ってこさせますが、まず私が先行するつもりです」

「そんな！　アル兄さんひとりだなんて危険です」

ライアンが焦ったような声をだす。だが、国王は暫《しば》し考えた後に頷いた。

「わかった。騎士団は大公家ではなく城の部隊をだそう。緊急待機の一隊がいるからな。そちらの方がより早くお前を追えるはずだ。指揮はライアンに任せる」

王家の緊急部隊をだしてもらえるならありがたい。ライアンも表情を引き締め「はい」と答えた。

「アルフォン、お前の優先順位は、なによりマリーベル嬢の救出だ。しかし、絶対に無理はするな。相手の位置さえ確認できればライアンの部隊の到着を待ってから動けばいい。わかったな」

「承知しました」

国王の言葉は正しいものだった。頷いたアルフォンだが、無理をしない自信はない。たとえどんな無理をしてでも、マリーベルを救出したいと思っているからだ。

国王から王都の門を通る許可証を手に入れたアルフォンは、すぐに城を飛びだした。城内を一気に駆け抜け、ジョゼフィンが手綱を引いて用意していた馬に飛び乗る。

「マリーベルさまとの無事のお帰りをお待ちしています！」

「任せろ」

馬を駆るアルフォンの脳裏には、マリーベルの顔しか浮かんでいなかった。

◇◇◇

チチチと鳥の声が聞こえて、マリーベルは目覚める。相変わらず馬車の中だが、サリフの姿はなく誰もいない。

馬車は、停車しているようだった。耳を澄ませば、鳥の声の他にも低い話し声が聞こえてくる。なにを言っているのか内容までは聞き取れないが、声の中にはサリフの声も混じっていた。

……その声を耳にするだけでも、怖気《おぞけ》が走る。

(嫌よ。このまま連れて行かれるなんて……絶対、嫌！)

マリーベルは、この事件が起こるまでサリフを嫌いではなかった。助けてもらったこともあるし、好感を持っていたくらいだ。しかし、今ではもう彼が理解できない。自分の目的のためなら他人が傷ついても平気なところも、相手の気持ちを考えず誘拐し連れ去るところも、マリーベルに好意を示しながらも、自分の気にくわないことを言われた途端気絶させるところも――すべて異質で、受け入れられなかった。

(これ以上、サリフ殿下とは一緒にいたくないわ。……それに、私は帰りたい!)

王都に、王城に。……いや、違う。アルフォンの元に帰りたいと、強く思う。傍にいて、一緒に話したり笑ったりして……そして、抱き締めてほしいのだ。

(アルさまの傍なら、私は安心できるから……一緒にいるなら、アルさまがいい。……ううん、アルさまじゃなきゃ嫌なのよ!)

そう思うと同時に、ひとつの考えが頭に浮かんだ。

(……逃げよう!)

このまま馬車で連れ去られるなんてごめんだ。なんとしてもサリフから逃れたい。

(眠っていたから確信は持てないけど……まだ王都からそれほど遠くには離れていないんじゃないかしら。こっそり馬車から逃げだして、身を隠しながらなら帰れるかもしれない。……それにアルさまなら、きっと助けに来てくれるもの!)

急にいなくなったマリーベルを、アルフォンが心配しないわけがない。優秀な彼のことだ、すぐにサリフがマリーベルを攫ったことに気づき、今頃必死に探しているだろう。

(不安なのは、サリフが故国に向かっていると思って、イドゥーン方面を探しているかもってことだけど……)

そこまで考えたマリーベルは、不安を払うように首を強く横に振った。こればかりは、いくら心配しても仕方ない。今の自分にできるのは、サリフに気づかれぬよう馬車から逃げだすことだけ。

気持ちを落ち着けていれば、馬車の外の話し声が段々遠ざかっていった。マリーベルは、馬車の椅子に横たわっていた体を恐る恐る起こして、そっと窓から外を覗いてみる。

そこにはサリフと護衛だろう騎士が三人いた。三人のうちひとりはサリフと話し込んでいて、もうふたりは草を刈り払った場所にテントを張っている。太陽は低い位置にあり、テントを張っていることからも、今は夕刻なのだと思われた。

(カピア平原はかなり広いから、ここで一泊するつもりなのね。街道沿いには旅人が無料で利用できる宿泊小屋もあるって聞いたけど……)

マリーベルを誘拐して逃げているサリフたちは、誰が来るかもわからない宿泊小屋を利用するのを避けたのかもしれない。きっと街道を外れて、平原の中に踏み入ったのだろう。格子窓からでは、あまりよく見えないのだが、周囲には馬車の通れるような道は見えなかった。

(いったいどうやってこの場所まで来たのかしら?)

サリフの風魔法で馬車を浮かせて来たことに、さすがのマリーベルも気づけていなかった。

(ううん、そんなことどうでもいいわ。むしろ周りは草だらけだし、逃げやすそう)

草原といっても、この辺りの草丈はかなりある。低い草は三十~四十センチ。高い草なら、優に一メートルは超えている。マリーベルが屈んで潜り込めば、見つからず逃げることが可能なはず。

(風も強いようだし、草が揺れてもわからないわよね。後は、逃げだすチャンスだけだわ)

そう思って見ていれば、サリフと他の騎士たち全員がテントの中に入っていった。打ち合せでもするのかもしれない。

(今よ!)

マリーベルは、そっと馬車の扉を開けた。幸い鍵はかかっていないし、馬車の見張りもいない。きっとマリーベルがまだ眠っていると思っているのだろう。

静かに馬車の扉を閉めたマリーベルは、草むらの中に潜り込んだ。体をできるだけ低くして、息を殺してその場から離れる。髪や服が草に絡まって進みづらいが、泣き言なんて言っていられなかった。

（できるだけ離れなくっちゃ！）

逃げたいというその一心で、這《は》いつくばるように進む。草とはいえ、背の高いものは木と同等に硬い茎や枝を持ち、時折服が枝に引っかかりビリッと破れる。しかし、それを気にする暇はなかった。途中で虫やトカゲみたいな生き物が目の前に現れるが、悲鳴を押し殺す。

（逃げるのよ、遠くに。ああ、でもどっちに行けばいいのかしら？　王都ってこっちでいいの？）

草の中に潜っているため方向がまったくわからない。どうしようと思いながらも進んでいれば、目の前の地面から急に新芽が芽吹いて伸びた。見る見るうちに十センチほどに育った茎に蕾《つぼみ》がついて、ポンと効果音が聞こえそうな勢いで小さな白い花が咲く。

（え？　……まさか、神祥花？）

とてもよく似た花だ。信じられぬ思いで見つめていれば、その花の向こうにまた新芽が出て白い花が次々に咲いていく。ポン、ポン、ポンと、実際に音はしないのだが、そんな感じで草藪《やぶ》の中に、白い花の列ができていった。神祥花は、おいでおいでと誘うように揺れている。

（ひょっとして、道案内をしてくれているの？）

信じられないような出来事だったが、マリーベルにとっては一筋の光明だった。白い花が導くままに進みはじめる。

――――そうしてしばらく行くと、遠くでバタン！　と大きな音がした。

「マリーが逃げた！　探せ！」

風に乗って聞こえてきた声は、サリフのもの。ついに逃げたことがバレたらしい。

（でも、思ったよりも離れているわ。このまま隠れながら進めば逃げ切れるかも）

マリーベルは、少し希望を感じる。しかし、すぐにその希望を打ち砕く声が聞こえてきた。しかも、とても近くでだ。

「マリー、無駄なことは止めてすぐに戻るんだ！」

あがりかかった悲鳴を、慌てて呑み込む。そんなに早く居場所がわかるはずがないからだ。きっとこれはサリフの風魔法で声を運んでいるのだろう。

「マリー、どこに逃げても僕は必ず君を見つけだすよ。それに、あと一時間もすれば日が暮れるんだ。夜になればこの辺りには狼や狐が出る。武器も持たない君が、どうやって獣から逃げるのかな？……今、君を守ってやれるのは、僕だけだよ」

サリフの声は穏やかで、聞き分けのない子どもに語りかけるかのような口調だ。

（聞きたくないわ！　こんな声）

どれほど優しく聞こえても、恐怖は募るばかりだった。サリフの元に戻るくらいなら、狼や狐の方がずっとマシ！　そう思ったマリーベルはますます姿勢を低くし、這いつくばるように逃げる。

サリフの声は、段々苛立ちを帯びてきた。

「マリー！　いい加減にしろ！　……お前たちも、どうして女ひとり見つけられないんだ！」

後ろの部分は、仲間の騎士を怒鳴りつけたもの。

「しかし！　サリフ殿下、この広い草原で隠れた人間を見つけるのは困難です！」

「うるさい！　お前らはさっさと探せばいいんだよ！」

怒鳴り声が、キンキンと耳に響く。

「……クソッ！　こうなったら――松明を持ってこい！」

いつまでも見つからないマリーベルにしびれを切らしたのか、サリフがそんな言葉を叫んだ。

「サリフ殿下！　まさか、草原に火をつけるつもりですか？」

騎士の驚く声が聞こえる。

「隠れている可愛いネズミを炙《あぶ》りだすためだ。仕方ないだろう？」

「しかし、そんなことをしたら、我々も危険です」

「安心しろ。僕には風魔法がある。火を煽るのも、向きを変えるのも、お手のものだ。……マリー、僕から逃げた君が悪いんだよ。大丈夫。醜い火傷の痕が残ったとしても、僕の愛は変わらないからね！」

陶然としたようにサリフは叫んだ。どうやら彼は、マリーベルを藪からだすために、草原に火を放とうとしているようだ。

（狂っているわ。……そんな愛、お断りよ！　第一、相手を火傷させようとして、なにが愛よ！）

そんなものを愛とは呼べない！　マリーベルは、憤然とした。本当は怒鳴りつけてやりたいが、見つかっては元も子もないので黙って足を動かす。藪の中を苦労して進んでいれば、やがてパチパチと火のはぜる音がした。

(……くっ、本当に火をつけたのね)

やはりサリフはまともではなかった。風魔法で火を煽っているのだろう、背後から草木の燃える臭いのする風が吹いてくる。

(マズいわ)

やがて、臭いだけだった風に煙が混じり、目や喉が痛くなってきた。咳き込みそうになるのを堪えて、マリーベルは進む。

「マリー! 意地を張っていないで早く出ておいで。このままでは焼け死んでしまうよ」

誰のせいだと怒鳴りつけたい! 我慢して沈黙を貫き、這うように前進した。――しかし、そんな進み方では風に煽られた炎に追いつかれるのも時間の問題だ。徐々に熱風が近づいてくる。

「マリー! 本当に死んじゃうよ?」

(死んだって嫌よ!)

こぼれそうな涙を堪え、歯を食いしばって進んだ。

すると、突如バサバサという羽音がして「見つけた!」というサリフの声が響く。

(え?)

見あげれば、草の隙間から橙《だいだい》に染まった夕焼け色の空とその橙を横切る白い影が見えた。

「……まさか、神鵠なの?」

小さな白い鳥が数羽、マリーベルの頭上をクルクル回っている。

「しっ、しっ! あっちへ行ってよ」

小さな声で囁くが、神鵠はますます集まるばかりだった。

「あそこだ！　あそこにマリーがいるぞ！」

そして、その神鵠の姿が、サリフにマリーベルの居場所を教えてしまっている。

「もうっ！　なんてことしてくれるのよ！」

もはや隠れても仕方なかった。マリーベルは、すっくと立ちあがると神鵠に向かって怒鳴る。

白い神の鳥は、嬉しそうにマリーベルの周囲をクルクル飛び回った。

「捕まえろ！」

サリフの声が聞こえて、慌ててマリーベルは駆けだす。

「逃げても無駄だよ、マリー。諦めて僕のところに戻っておいで」

「誰が戻るもんですか！」

マリーベルは、必死に走った。彼女を追いかけてくるのは、サリフの護衛騎士三人だ。ただ幸いなことに、彼らの馬は炎を怖がって走れないでいるため、三人とも自分の足で走っている。しかも自分たちで放った炎を避けながらだ。彼らの足は遅かったが、それでも騎士は成人男性で、マリーベルは女性だった。彼女と騎士たちの距離は徐々に縮まって、今にも追いつかれてしまいそう。

（嫌よ！　捕まりたくない！　……誰か、誰か……助けて！）

草に足を取られ、膝をつき、もう走れなくなって、マリーベルは叫んだ！

「助けて！　……アルさま！」

脳裏に浮かぶのは、ただひとり。マリーベルを愛していると言ってくれたアルフォンの姿。

「アルさま！　アルさま！　アルさま！」

涙が、溢れた。サリフは、嫌だ――――アルフォンがいい。アルフォンでなければ、嫌なのだ！

喉も裂けよとばかりに、愛しい人の名を呼ぶ。

そして、こんなときなのに唐突に思い至った。

(……ああ、そうよ。私……アルさまが好きなんだわ！)

これほど焦がれ会いたいと願う人を愛していないはずなどない。アルフォンは、いつもマリーベルを助けてくれて、真っすぐに想いを告げてくれる。彼の隣でなら、マリーベルは心から笑い安らげるのだ。

(私は、今もこれからもずっと、アルさまの傍にいたい！　一生一緒にいたいのよ！)

「————アルさま！」

想いの丈を込めて、名を呼んだ。すると————。

「マリー！」

アルフォンの声が聞こえてくる。ハッ！　と顔をあげた。

涙で滲んだ視界に、こちらに迫る一騎の騎士が見えた。銀の髪が夕日をキラリと弾く。

「……アルさま」

声が、掠《かす》れた。袖口で目を擦り、涙を払って見つめる。……見間違えなんかじゃない！

「マリー！」

それは、本当にアルフォンだった。見る見る騎馬は大きくなり、跨《また》がる騎士の姿もくっきりと見えてくる。

「アルさま！」

「クソッ！　早くマリーを捕まえろ！」

焦った声は、サリフのもの。

ついにマリーベルに近づいていた三人の騎士のひとりが、乱暴に彼女の肩を摑んだ。

「嫌っ！　離して！」

マリーベルは、滅茶苦茶に暴れて抵抗する。同時に、神鵠が三人の騎士に襲いかかった。

「うわっ！　このっ」

「イテテ、止めっ――――」

「前が見えない！」

肩から手が離れて、マリーベルはよろけながら前に進む。そんな彼女を駆けてきた騎馬から伸びた手が救いあげた！

「……アルさまっ！」

「マリー！　マリー！　無事か？」

それはもちろんアルフォンで、マリーベルは馬上に引きあげられ、彼の腕に抱き締められた。

アルフォンの右手は手綱を握り、マリーベルを摑むのは左手のみ。それでも、抱き締めてくる力は痛いほどに強い。

「マリー、もう大丈夫だ」

「アルさま、アルさま……会いたかった！」

マリーベルも、力一杯アルフォンに抱きついた。大きな体と力強い腕にホッとする。とてつもない安心感が体に満ちた。

「王太子妃からカピア平原にいると聞いて馬を飛ばしてきたんだが、間に合ってよかった。怪我はないか？　……途中から神鵠が道案内をしてくれたぞ」

マリーベルの居所をサリフにバラしたと思われた神鵠だが、鳥たちの目的はアルフォンの道案内だったらしい。怒鳴りつけて悪かったなと、マリーベルはほんの少し思った。大丈夫だと伝えようと伏せていた顔をあげ、アルフォンを見たのだが、途端彼の顔が険しくなる。

「その傷は！　誰かに、やられたのかっ？」

アルフォンは、食い入るようにマリーベルの胸元に目を向けていた。見れば、彼女の服の襟が破れて胸が三分の一くらい見えてしまっている。逃げる途中で枝に引っかけ破れたのだ。

それにしても、傷なんてどこにもないのに？

「……傷ですか？」

「ああ！　胸にあるだろう！」

――マリーベルの胸にあるのは『神の恩寵』の『痣』だけだ。たしかに、はだけた服から痣の一部が見えている。ひょっとしてこれがアルフォンには傷に見えるのか？

しかし、マリーベルの『痣』は、他の人には見えないはずのもの。

戸惑いながら自分の痣に触れたマリーベルは、ふと、かつて同じ場所に触れたひとりの女性を思いだした。目に涙をいっぱいにため、マリーベルを見つめた彼女は、流民の占い師――多分、母だ。

『あなたの痣を見ることができるのは、あなたが心から信頼した人だけなのよ』

そう母は言っていた。

つまり、痣がアルフォンに見えているということは、マリーベルが彼を信頼している証だ。

（ああ、私は本当にアルさまを……愛しているのね）

その事実が、ストンとマリーベルの心に落ちた。

「……アルさま、私あなたを愛しています」

だから、伝えた。自分の気持ちをアルフォンに知ってほしいから。

「――――え？」

「愛しています。アルさま。……愛しているんです！」

アルフォンは、一瞬動きを止めた。しかしすぐにまた、力一杯マリーベルを抱き締めてくる。

「……本当に？」

「はい」

ジッと見つめ合った。婚約しているふたりが、今ここでようやく両想いになったのだ。

――――そこに、耳障りな叫びが聞こえてきた。

「いい加減にしろ！　マリーは、僕のものだ！　……小大公、お前はいつも邪魔なんだよ！」

それはサリフの声で、炎の燻《くすぶ》る草原の向こうにいたはずの青年は、いつの間にか距離を縮めている。十メートルほど離れた場所で、怒りで顔を真っ赤にして怒鳴っていた。

「マリー、こっちに来い！　今ならまだ君だけは許してやる。早くしないと、そのゴミと一緒に焼き殺すぞ！」

サリフの手には、燃え盛る松明が握られている。きっとまたそれを使って、風魔法で火を放つつもりなのだろう。

「嫌よ！　私は、あなたとは行かないわ！　死んだって嫌っ！」

きっぱりと断れば、サリフの顔は醜く歪んだ。

「なら、死ね！　僕のものにならないのなら、そんなお前はいらない！　お望みどおり殺してやるよ！」

サリフは、松明を振りあげた。その炎が急激に大きくなり風に乗って襲いくる！

「マリー！　顔を伏せろ！」

マリーベルの頭を自分の胸につけるように抱き締めたアルフォンは、馬の手綱を操り炎の塊から距離を取った。

逃げ切れなかったのは、神鵠に邪魔され動きの取れなかった三人の騎士だ。

「うわぁ！」

「お止めください、サリフ殿下！」

「ひぇ～！　助けて！」

炎が服に燃え移り、三人は這々《ほうほう》の体で逃げだした。

サリフがそんな言葉に耳を貸すはずもない。次々と炎が火の玉となって打ちだされ、アルフォンとマリーベルに襲いかかってきた。しかも、その火は草に燃え移り、辺り一帯を火の海に変える。

「クソッ！　逃げ道を塞がれた」

巧みに馬を操り逃げていたアルフォンだが、ついには火に囲まれてしまった。

「ハハハ！　僕に逆らったりするからだ！　死ね、死ね、死んじゃえ！　みんな燃え尽きろ！」

サリフは狂ったように高笑いをする。松明の火を一層強く燃えあがらせこちらに向けた。それでアルフォンとマリーベルを焼き殺す炎を打ちだすつもりらしい。

「マリー！」

アルフォンが、少しでも炎から守ろうと腕の中にマリーベルを抱え込んだ。

（……嫌よっ！　ここで死ぬのは嫌！　……誰か助けて！）

マリーベルが願ったときだった。空の低い位置に輝いていた太陽が、一際強い光を放つ！

「……なっ？」

アルフォンが驚きの声をだした。腕の力がゆるみ、マリーベルも顔をあげる。空を眺めて「あ」と呟く。

なんと、太陽が三カ所で輝いていたのだ。複数の太陽が見える現象『幻日』が起こっている。

（なんで、今『幻日』が？）

驚愕している間にも、太陽はますます光を強めていった。眩しさに目を眇《すが》めれば、太陽から一直線に光線が放たれるのが見える。

「うぉっ！　ぎゃぁぁぁぁっ！」

近くでものすごい悲鳴があがった。悲鳴の主はサリフで、見れば彼は目を押さえてのたうち回っていた。

「目が！　目が！　僕の目がっ！」

しかも、転んだ拍子に放してしまったのだろう、松明が彼の近くに転がり落ち、あっという間に炎が彼を包む。

「……太陽から出た光が、サリフの目を射貫いたんだ」

冷静な口調でアルフォンが説明してくれた。眩しくてマリーベルにはよく見えなかったのだが、アルフォンには見えたらしい。

しかも、驚きの現象はこれだけではなかった。太陽が三つも出ているのに、突如頭上に雲が湧き、雨がザーッと降りはじめたのだ。恵みの雨は、見る見る草原の炎を鎮めていく。

「……スゴい。これも神の奇跡なのか」

呆然としたようにアルフォンは呟いた。

おそらく間違いないだろう。雨の中なのに、神鵠が楽しそうにマリーベルの周りを飛んでいるのだから。

ピチチピチチと囀る小鳥の一羽が、マリーベルの肩に止まった。首をコテンと傾げて、マリーベルを見てくる鳥は、まるでこれで大丈夫かとたずねているようだ。

マリーベルは、小さく笑った。

「ええ、大丈夫よ。とても助かったわ。ありがとう。……まあ、ちょっとやりすぎたんじゃないかとも、思っちゃうけれど」

マリーベルは空を見あげる。そこにはまだ三つの太陽が輝いていた。

「……そうだな。たしかにやりすぎだ。この奇跡をなかったことにはできないだろうな」

アルフォンが困ったように呟く。『幻日』まで現れてしまっては、ちょっとやそっとの言い逃れはできないだろう。そうなれば、マリーベルに『神の恩寵』があることを、全国民に発表しなければならなくなるかもしれない。

どうしよう？　と思っていたところに、地響きが聞こえてきた。

「え？」

「……あ！　そうだ。ライアンが部隊を率いて私を追ってきているのだった」

見れば、草原の向こうから騎士の一軍が大地を震わせ駆けてくる。

（……これって！）

ピン！　ときたマリーベルは、アルフォンを見あげた。

アルフォンも、ハッとしたようにマリーベルを見てくる。

「……きっと、まだ大丈夫ですよね？」

「ああ、きっと大丈夫だ！」

ふたりは顔を見合わせ、イイ笑顔を浮かべる。

「――――アル兄さん！」

一軍の先頭をライアンが駆けてきた。

「ライアン！　よく来てくれた！」

「王太子さま！　ありがとうございます！」

アルフォンが、マリーベルと一緒に馬を降りライアンを出迎える。ライアンもすぐに馬から飛び降り近寄ってきた。それをアルフォンが、逃がさないというようにガシッと捕まえる。

「本当にありがとう、ライアン！　よく私たちを助けてくれたな！　さすが『神の恩寵』の持ち主だ。素晴らしい奇跡だった！」

「私を救ってくださるために『幻日』まで呼び起こし、雨まで降らせるなんて！　さすが王太子さまです。心より感謝申しあげます！」

「…………………え？」

アルフォンは、呆然とするライアンをハグし、バシバシと背中を叩く。マリーベルは、両手を組みキラキラとした目で王太子を見つめる……ふりをした。

その横を、神鵠がパタパタと羽ばたいていく。マリーベルに纏わりついている神鵠だが、見ようによってはライアンの周囲を回っているように見えなくもない。

――――火が消え、雨があがった空に、三重の虹がかかっていた。


その後、アルフォンは面倒な後処理をすべてライアンに押しつけて、王都に帰った。サリフやその配下の回収、草原の真ん中に放りだされたサリフの馬車の移動なども含めすべてだ。

「私は、早く最愛のマリーを安心できる場所に連れ帰らなければならないからな」

堂々とそう言ったアルフォンに、ライアンはちょっと呆れた目を向けていた。それでも「わかりました」と了承したあたり、やはり彼は真面目な王太子だ。

王都に帰ったアルフォンは、マリーベルを王城ではなく大公邸に連れて行った。

「……えっと、国王陛下への報告は？」

帰る道すがら、今回の事件についてのキャロラインの供述や国王とのやり取りについて説明を受けていたマリーベルは、てっきり一番に国王に会うのだと思っていたのだが、アルフォンは首を横に振る。

「それもライアンがするだろう。大丈夫だ。後で簡単に事情を書いた文をジョゼフィンに届けさせるから」

それで本当にいいのだろうか？　不安に思うマリーベルを馬から降ろし、そのまま横抱きにしたアルフォンは、ズンズンと大公邸の中に入っていく。

「ア、アルさま！　私、自分で歩けます！」

「いや、君は手も足も傷だらけだ。精神的にも疲労しているだろうし無理はしない方がいい。本当はすぐに休ませてやりたいのだが、確認したいことがあるからな」

それはなんだろう？　今回の誘拐の経緯やサリフの目的などは、既に伝えてあるのだが？

疑問に思っていれば、真っすぐ自分の私室にマリーベルを運び込んだアルフォンは、彼女をフカフカのソファーに座らせるなり、その前で片膝をついた。

「……もう一度、あのときの言葉を言ってくれ」

「あのとき？」

それは、いったいどのときだ？

アルフォンは、マリーベルの左手を持ちあげその手の甲に口づけを落としてくる。

「ア、アルさま？」

「君を見つけ、馬上に引きあげ、この手に抱き締めたときに言ってくれた言葉だ」

マリーベルは、少し考えた。あのときは無我夢中でよく覚えていない。

「……会いたかった、ですか？」

とても会いたかったので、この言葉なら間違いなく言ったと思われる。なのに、アルフォンは首を横に振った。

「その言葉もとても嬉しかったが、私が聞きたいのはその次の言葉だ。……私が、君の胸の傷を指摘したときに言ってくれただろう？」

傷ではなく痣だ。

「あ、あの……これは傷じゃなくって」

「ああ。わかっている。帰ってくる途中に気になってよく見てみた。……それは『神の恩寵』の『痣』だな。……今日までは見えなかったようだが」

アルフォンは確信しているように話す。

「そうです。その痣で……えっと、その……わ、私が、心から信頼した人じゃないと見えない魔法がかかっているみたいで」

マリーベルの手を握るアルフォンの手に、ギュッと力が入った。紫の目が大きく見開かれる。

「君が、心から信頼した人にだけ？」

「はい。……そうです」

アルフォンは、輝くような笑みを浮かべた。

「信頼してくれてありがとう。とても嬉しい。……それで君は、ああ言ってくれたんだな」

マリーベルは、コクリと頷く。段々頬が熱くなってきた。アルフォンがなにを言ってほしいか、わかったからだ。

アルフォンは、甘い表情で微笑んだ。

「お願いだ。もう一度あのときの言葉を言ってほしい」

それは先ほどと同じ言葉。マリーベルの心臓がドクドクと高鳴ってくる。

「……アルさま」

「頼む」

紫の目に見つめられ、マリーベルは目を逸らした。ゴクンと唾を呑み込む。

「マリー」

「……………あ、愛しています」

「マリー、もう一度」

「…………私、あなたを愛しています」

「マリー」

「愛しています！　アルさまを、愛しています！」

「マリー」

「こ、これ以上は無理です！　恥ずかしい！」

マリーベルがそう言った途端、立ちあがったアルフォンが彼女を抱き締めた。

「ありがとう、マリー！　嬉しい、とても嬉しい！　私も君を愛している！」

頬に手を添えマリーベルの涙を拭ったアルフォンは、彼女の目を覗き込んできた。ジッと見つめられて、マリーベルは目を閉じる。

「ア、アルさま……私も」

ギュウギュウと抱き締められて自然に涙がこぼれた。愛されているのだと、心から信じられる。

……唇に、そっと柔らかいものが触れた。涙がまたこぼれて、唇から離れた柔らかいものは、涙を追って順に頬を移動する。

それが、アルフォンの唇だということは、目を瞑っていてもわかった。繰り返し繰り返し、アルフォンはマリーベルに口づけてくる。

幸せだと、マリーベルは思った。

大公邸の窓の外に、たくさんの白い鳥が押し寄せていたが……幸いなことにマリーベルはそれに気づかなかった。

エピローグ

結局、マリーベルが王城に行ったのは翌日になってからだった。アルフォンがそれでいいと言い張ったのだ。

「国王陛下が待っておられるのではないですか？」

「待たせておけばいい。たいへんな目に遭った君を休ませる方が大切だ」

そんなことはないだろうと思うのに、国王からも報告は急がないという伝言が届いてしまった。本当にいいのかと思いながらも、気が抜けて爆睡してしまったマリーベルだ。

（やっぱり疲れていたのよね。考えてみたら、私ってば誘拐されたんだもの、無理ないわ）

一晩ゆっくり寝たおかげで体調がいい。しっかり朝食をとって登城すれば、国王と一緒に待っていたのは憔悴《しょうすい》しきった王太子夫妻だった。……なんとなく申し訳なくなってくる。

「うわぁ～ん！　マリー、無事でよかったわぁ～！　もう、もう、マリーになにかあったらどうしようって、リリー気が気じゃなかったのよぉ～」

ドン！　と勢いよく抱きついてきたのはリリアンで、真っ赤に泣きはらした目の下にくっきり隈ができていた。その後ろに立つ王太子は、リリアンよりさらに疲労の色が濃い。よく見れば、昨日と同じ服を着ていて裾には泥がついたまま。

（まさか……ずっと向こうで後処理をしていて、今帰ってきたばかりなのかしら？）

その考えは正しかったようで、リリアンが落ち着くと、国王からライアンに報告するよう言葉がかかる。

「――――気になる件から先に片付けよう。マリーベル嬢とは初対面となるが、正式な挨拶は報告が終わった後でかまわないかな？」

国王の声は低く柔らかな響きがあって、マリーベルの緊張を落ち着かせてくれた。どんなに言っても離れないリリアンを腰に縋りつかせたまま、マリーベルは「はい」と答える。

それを見たライアンが、口を開いた。

「――――まず、今回の事件の犯人サリフ・イドゥーンですが、失明した状態で身柄を拘束しました。彼に協力した三名の騎士も一緒に城の地下牢《ろう》に収容しています」

サリフと三人の騎士は意識のない状態で捕縛されたそうだ。ただ不思議なことに四人とも外傷はなく、炎に包まれていたはずなのに火傷のひとつもなかったという。それどころか、あれほど火の手のあがっていた草原も青々とした緑に戻っていたそうだ。

「推測ですが――――あのとき降った雨は『神雨《じんう》』だったのではないかと思っています」

神妙な面持ちで、ライアンはそう言った。

『神雨』とは、文字どおり神の雨。普通の雨の代わりに『聖水』が降るそうだ。『神の恩寵』を持つ者が出た際に、ごくごく稀に降ることがあるらしく、『神雨』に当たった者はあらゆる病が治り、大地は豊かな緑に溢れるという。

「……サリフの目だけが治らなかったのは、そもそも視力を奪ったのが神のご意思であったためではないでしょうか？」

ライアンの言葉に、国王は「そうだろうな」と頷く。

マリーベルは、驚いてしまった。

「そんな雨もあるんですね？」

「君のために神が降らせた雨だと思うがな」

不思議そうなマリーベルを、どこか呆れたように見ながらアルフォンが言う。

「え？　マリーのために『神雨』が降ったの？」

リリアンが、青い目を大きく見開き見あげてきた。なんで？　と、その顔に書いてあるようだ。

「マリーベル嬢は『神の恩寵』の持ち主だからな」

平然と答えたのは、国王だった。

「えぇっ！　マリーが『神の恩寵』を受けているの？」

「……やはりそうなのですね」

驚愕するリリアンとは反対に、ライアンは納得したように呟く。

マリーベルは、昨日のうちにアルフォンから、国王はマリーベルに『神の恩寵』があると知っていたと聞かされていた。知っていてなおかつ見守ってくれていたのだとも。

それまで玉座に座っていた国王は、静かに立ちあがると、マリーベルの前まで歩いてきて深く頭を下げた。

「許してほしい、マリーベル嬢。――――十八年前、私は我が子に『痣』を見つけられなかったにもかかわらず『神の恩寵』を受けたと宣してしまった。そのせいで、君は本来受けられるはずだった権利や庇護を奪われたのだ。孤児としての生活には、辛く苦しいことも多かっただろう。そのすべてをこんな謝罪ひとつで済ますつもりはないが、まずは謝罪させてほしい」

そんなに真面目に謝られても困ってしまう。

「あ、いいえ、そこまで苦労をしたつもりはないので、大丈夫です」

礼儀作法とかそういったものを一旦全部脇に置き、マリーベルは首を横に振った。今はなにより誤解を解く方が大切だと思ったからだ。

「それは、許してもらえるということだろうか？」

「許すとか許さないとかじゃないです。私、そんな謝られるような目に遭ったつもりはありませんから」

孤児だろうがなんだろうが、マリーベルは自分の人生を精一杯生きてきた。たしかに王族に比べれば貧しく質素な生活だろうが、その人生を不憫《ふびん》なものだったなんて断定してほしくなかった。

「……そうか。君は強く優しい人なのだな」

国王は感じ入ったように呟く。

「そんなことありませんから」

これくらいのことで、その認定はおかしいだろう。しかし、否定したマリーベルの横では、アルフォンが「そのとおりです」と頷いている。

その後、今度はマリーベルから見た今回の事件について、詳細を国王に報告した。この場の全員が、マリーベルに『神の恩寵』があるとわかっているので、サリフの発言についてもそのまま伝えられる。

話をすべて聞いた国王は、眉間にしわを寄せた。

「……そうか。サリフは、我が国に来たときから『神の恩寵』に強い興味を向ける少年だった。若者らしい憧れかと思っていたのだが、まさか自分のものにしようとするとは想像だにしなかった。……あまりに熱心に聞きたがるから、開かずの間のことも教えてしまったのだ。結果それがマリーベル嬢にサリフの注意を向けてしまったのだな。……すまなかった」

国王は深く頭を下げる。

「いいえ、それだけが理由ではなかったようですので！」

「それでも原因の一端となったのはたしかだ」

慌てて国王の謝罪を止めようとしたマリーベルだが、国王はますます申し訳なさそうになる。

居たたまれずに焦るマリーベルを救ってくれたのは、リリアンだった。

「マリーが『神の恩寵』の持ち主ということは……つまり、マリーはリリーの叔母さんになるってこと？」

なにやら考え込んでいたと思ったら、突然そんな突拍子もないことを叫んだのだ。

「叔母さん!?」

思いもかけない言葉に、マリーベルは口をポカンと開けた。そういえば国王はマリーベルの年の離れた兄。つまり王太子は甥で、王太子の妻であるリリアンは義理の姪《めい》になってしまう。

「マリーじゃなく、マリー叔母さんって呼ぶべきなのかしら？」

「嫌よ！　叔母さんなんて呼んだら承知しないから！」

咄嗟にマリーベルは叫んだ。国王の前だろうがなんだろうが知ったことじゃない。

「そうよねぇ？　私もマリーはマリーって呼びたいわ」

「絶対そうしてちょうだい！　……それにしても、今の話で気になるのはそこなの？　私が『神の恩寵』を持っているってことに、もっと違う反応はないの？」

マリーベルは、呆れながらそう聞いた。アルフォンやライアン、国王も唖然《あぜん》としている。

リリアンは少し考えた後で「だって」と口を開いた。

「マリーはマリーでしょう？『神の恩寵』だって生まれたときからあったんだから、今までとなにも変わらないわよね？　……それに、リリーに『聖女の祝福』があるって教えたときも、マリーは別に変わらなかったし、王太子妃になっても同じだった。……だったら、私だってマリーがなんだろうと変わる必要はないんじゃないかしら？」

なんだかよくわからないが、リリアンらしい言い分だ。

「……私が変わらないから、リリーも変わらないの？」

「そうよ。それじゃいけなかった？」

「いけなくなんてないわ」

「よかった！」

リリアンは嬉しそうに笑った。無邪気な笑顔はとびきり可愛らしく、やっぱり彼女には勝てないなぁと、マリーベルは思う。

ライアンはそんなリリアンを眩しそうに見ていた。しかし、こちらは変わらないというわけにはいかなそうだ。なんなら今すぐにでも王太子の座を明け渡すとか言ってきそうな雰囲気がある。

（そんなの困るわ。どうしよう？）

悩むマリーベルを救ったのは、またしてもリリアンだった。

「あ！　そうだわマリー。いくら大好きなマリーでも、王さまの椅子は渡さないから、そこは諦めてね」

緊張感や気負いの欠片もなく、リリアンはそう話す。なんとなくマリーベルは、昔孤児院でリリアンがお気に入りのお菓子を独り占めし、分けてあげないわと宣言したときを思いだした。

（あのときと同じ顔をしているんだもの。……ううん。どっちかっていうと、お菓子のときの方が真剣さがあったような気がするわ）

「リリー！」

驚きの声をあげたのは、ライアンだった。

「君は、なにを言いだすんだ？　マリーベル嬢に『神の恩寵』があるのなら、王になるのは当然マリーベル嬢だよ！」

「えぇっ！　どうしてですか？　ライアンさまには『聖女の祝福』を持っている私がついているのに。それに、王さまになる勉強をとっても頑張っていましたよね？　頑張り屋さんで私の愛しているライアンさまが王さまになるのが当然です！」

リリアンはきっぱりと言い切る。

「リリーの言うとおりです！　私も王さまになるのは王太子さまがいいと思います！」

これ幸いにと、マリーベルも賛成した。

「マリーベル嬢？」

「っていうか、私は王さまになるのなんて嫌なんです。『神の恩寵』のことも、このまま王太子さまが待っているってことにしてほしいです！」

「それは――――」

「ほら！　マリーだってこう言っているじゃない。今までもそれで問題なかったんだもん。これからもそれでいいに決まっているわ」

「そうそう！　リリーったら、たまにはいいこと言うじゃない」

「たまにじゃないわ。私はいつもいいことしか言わないわよ」

マリーベルの言葉に、リリアンは満更でもないような様子で胸を張る。女性ふたりに決めつけられて、ライアンは困り顔を浮かべる。

そこでアルフォンが、パン！　とひとつ手を打った。全員彼に注目する。

「『神の恩寵』の持ち主と『聖女の祝福』の持ち主が揃って主張しているんだ。――――次期王はライアン。『神の恩寵』も今までどおりライアンが持っているということにする」

決定事項のようにそう告げた。

「国王陛下もそれでよろしいですね？」

「もちろんだ。私にとってはこの上ないこと。……ありがとう、マリーベル嬢」

国王はまた頭を下げてくる。居心地が悪いので止めてほしいとマリーベルは思った。

「しかし、父上！『神の恩寵』の持ち主が王として血筋を繋いでいかなければ、加護が国から失われてしまいます！」

伝承にはそう記されているのだ。ライアンは、焦ったように声をあげる。

彼に反論したのは、アルフォンだった。

「それだが……ライアン、なにも『神の恩寵』の持ち主が王となる必要はないと私は思っている。血筋を繋ぐことだけならば、私とマリーの子がお前たちの子と結婚すれば問題ないはずだ」

――――子ども同士が結婚？

アルフォンのとんでもない発言に、マリーベルはびっくりした。ライアンも言葉を失っている。

「あ！　それってステキ！　マリーの子どもなら絶対可愛いわ！」

単純に喜ぶのはリリアンだ。パチパチと拍手をしている。

「――――とはいえ、一番は子どもの意思だ。私は我が子に望まぬ結婚をさせるつもりはないからな。私とマリーの子を王家に迎えたいのなら、しっかり子どもを躾《しつ》けるように」

子どもどころか結婚もまだなのに、アルフォンは上から目線で命令した。

面白くないのは、リリアンだ。

「私とライアンさまの子どもが、マリーの子どもに好かれないはずがないでしょう！　もうっ、そんな意地悪ばかり言っていると、小大公さまには孫を抱っこさせてあげませんからね！」

「なっ！　孫は私の孫だぞ」

「私の孫で～す！」

――――だから、まだ結婚もしていないのに、どうして孫の話になるのだろう？

気の早すぎる言い争いをするアルフォンとリリアンに、マリーベルは呆れた目を向けた。国王も頭が痛いとでもいうように、眉間に手を当てている。

放心状態だったライアンは、やがて我に返りマリーベルの方を向いてきた。

「マリーベル嬢。あなたは本当にそれでいいのだろうか？」

マリーベルと同じ緑の目の中には、不安と戸惑い、それに罪悪感が見え隠れする。

「ええ、もちろんです。私、王さまなんて面倒くさいことしたくありませんから。申し訳ありませんけど、王太子さまに頑張ってもらいたいです。……あ、でも子どもの話は時期尚早だと思います。子どもって天からの授かりものですもの。そういう話は、もっと後でいいですよね？」

子どもが生まれるかどうかもその性別も、まだまだ不確定。今からそんな話をする必要はないはずだ。

マリーベルの言葉を聞いたライアンは、ようやくホッとしたような顔をした。

「ああ。私もそう思う。……ありがとう、マリーベル嬢」

「どういたしまして」

マリーベルとライアンは、顔を見合わせ笑った。彼とこんな風に穏やかな気持ちで笑い合えるなんて、少し前までは想像すらできなかったことだ。

（――――あらためて思い返せば、アルさまに連れられて王城に来てから、本当に信じられないようなことばかりだったわ）

王太子妃の話し相手として、あれほど近づくまいと思っていた王城で侍女となり、小大公アルフォンの恋人のふりをしていたはずが、いつの間にか想いを寄せられ婚約者になった。誘拐されてたいへんな目に遭い、でもその中で自分の気持ちに気づくことができたのだ。

（警戒していた国王さまも王太子さまも、きちんと向き合えば怖い人じゃなかったし――――そのどれもこれも、ちょっと前の私だったら信じられないことばかりだわ）

もしも王城に来ずに、ずっと王都の食堂で働いていたのなら、今もマリーベルはなにも知らず、王都から逃げだすことばかりを望んでいただろう。

実際に見て行動しなければわからないことはたくさんあるのだと、マリーベルは知った。

（これからも私はいろんなことをやっていこう。……前にアルさまは言ってくれたわ。『行きたいところがあれば連れて行くし、やりたいことがあれば、なんでもやらせてやる』って）

あのときも嬉しかったのだが、今はその言葉のありがたさが何倍も身に染みる。

「アルさま。私、お城に来られて……アルさまのお傍にいられて、本当に幸せです」

心からの言葉が、声となった。

「マリー！　私も、君と共にいられて幸せだ」

アルフォンは、すぐにマリーベルの言葉に応え抱き締めてくれる。

「ええ！　マリー、私は？　私もマリーの傍にいられてものすごく幸せなのよ！」

そこにリリアンが突撃し、その場に明るい声が響く。

――――本当に幸せだと、マリーベルは思った。


その後、サリフはバラナス王国の罪人として裁かれることとなった。彼の故国イドゥーンは、『神の恩寵』で富めるバラナス王国との友好関係を重視し、妾腹の王子を切り捨てたのだ。サリフの罪状は、デラーン小大公の婚約者に横恋慕し誘拐したあげく殺害しようとしたこと。判決はまだ出ないが、失明したことによる情状酌量があったとしても終身刑は免れないだろう。

キャロラインは、規律の厳しい修道院に入れられることになった。反省の様子が見られれば還俗《げんぞく》も可能だが、二、三年は戻さないと大公自ら言い渡している。

「なんだか可哀想な気がするんですが……」

「マリー、君は優しすぎる。キャロラインのためにもしっかり反省させることは必要だ」

キャロラインに同情するマリーベルを、アルフォンは強く抱き締めながらそう言った。

ここは、王城内に建てられた大公家の別邸にあるバルコニー。見下ろす庭園には神祥花が咲き乱れ、木製の手すりには神鵲が鈴なりになって止まっている。

『神の恩寵』の持ち主を変わらずライアンとするために、王城の敷地内に大公家の別邸が建てられたのは、事件から一ヵ月後のことだった。表向きの理由は、王太子妃リリアンが大公妃となるマリーベルを近くに置きたいと願ったためとされ、初代大公である前々王弟の宮を建替えた。

アルフォンは、狭くなったと文句を言っているが、マリーベルから見れば十分広い。朝食、昼食、夕食と、それぞれ別に部屋があって、他にも百人ほどが集まって夜会を開ける大広間やサロンがいくつもある邸を、どうして狭いと思えるだろう。

「ああ、でも私と君の寝室が近いのは嬉しいな。こういうのは狭い家の利点だな」

バルコニーから屋内に移り、吹き抜けの階段を下りながら、アルフォンは嬉しそうに笑った。視線は、隣り合うふたりの寝室に向いている。

マリーベルは呆れた目を、彼に向けた。

「……寝室が別々にある段階で、狭いとは思えません」

言い返した途端、アルフォンの目がキラリと光る。

「そうか。だったら寝室をひとつにしよう！」

「え？」

「よかった。君も別々の寝室は寂しいと思ってくれていたんだな」

――どうしてそうなる？

「ひとつになんてしませんよ！　……だ、だいたい私たちはまだ婚約者です。一緒に寝るなんて……ふ、不謹慎です！」

真っ赤になってマリーベルは叫んだ。

アルフォンは、クスリと笑う。

「別に寝室をひとつにしても、一緒に寝るとは言っていないぞ」

「――あ」

貴族の寝室は広い。キングサイズのベッドをふたつ置いても十分余裕があるほどだ。

自分がとんでもない早とちりをしたのだと思い、マリーベルは恥ずかしくなった。

「もちろん、君が望んでくれるなら、私としても同衾《どうきん》は願ってもないことだけど」

「ど、同衾！　……し、しませんよ、そんなこと！」

「そうか。それはとても残念だ」

アルフォンは、真面目な顔でそう言うと、次いで堪えきれないように笑いだした。

「あ……アルさま！　私をからかいましたね？」

「そんなことはしないよ。ただ、君が真っ赤になって狼狽える姿が、とても可愛いから」

「そういうのを、からかうって言うんです！」

マリーベルはますます赤くなって、今度は怒りだした。きっとその姿もアルフォンは、可愛いと思っているだろう。

アルフォンとマリーベルの新居となったその邸に、大きな声と明るい笑い声が響いた。


そして、今日も別邸は朝から賑やかだ。

「きゃあっ！　アルさまったら、どうして毎朝私の隣で寝ているのですか？」

声の主はマリーベルで、彼女を驚かせたアルフォンは、肘を枕にベッドに寝転んでいる。

「愛する人と一つ屋根の下に住んでいるのに、まだ婚約者だからなんていう不合理な理由で夜は別々に寝なければいけないんだ。朝一番に顔を見に来てもいけなくはないだろう？」

しれっとそんなことを言いながら、マリーベルの髪を一房手に取って愛おしそうに口づけた。

マリーベルは、また真っ赤になって狼狽える。

――一緒に住むようになってから、アルフォンはますますマリーベルを溺愛するようになっていた。彼曰《いわ》く。

「婚約者に愛を囁き態度で表すのは、当然だし合理的なことだ。きちんと想いを伝えずに誤解されたりケンカしたりするのは、時間の無駄だからな。……なにより私が悲しい」

それはそうだと思うのだが、ものには限度というものがあるだろう。始終一緒にいたり、抱き締めたり、食事を食べさせたり、キスしたり――。

「やりすぎでしょう！」

マリーベルの叫びで、寝室の窓の外、王城内のどこよりも群れ集っていた神鵠が声に驚きバサバサと飛び立った。

「マリー、愛しているよ」

羽ばたきの音が消える前に、マリーベルの声はアルフォンの口づけで塞がれて――。

彼女の幸せな日々は、はじまったばかりだった。

あとがき

この度は拙作をお手に取っていただきありがとうございます。

今回のお話の主人公は、乙女ゲームのモブでありながら、国家を揺るがす秘密を抱えた女性です。

彼女にとって王城は、身バレの地雷いっぱいの超危険地帯。少しでも早くそこから逃れたいのに、うっかり秘密をヒーローに知られてしまい、さあたいへん！　そこからはじまる物語です。

逃げたい主人公と、彼女を守りつつ絶対逃がしたくないヒーローとのやり取りを、お楽しみください。


このお話のイラストは、中條由良《ちゅうじょうゆら》先生に描いていただきました。

主人公もヒーローも、みんなみんな美しいのですが、私（そしておそらく編集担当さまも）の一番のお薦めは『神鵠』です！　愛くるしい白い小鳥に、胸をズキュン！　と撃ち抜かれてしまいました。

本作の主人公にしてみたら、ちょっと厄介な面倒くさい鳥ですが、そこも含めて叫びたいです。「神鵠、サイコウ！」と（笑）。

中條先生、ありがとうございました！

また、いつもご指導いただく担当さまにも、心よりの感謝を申し上げます。無事に出版できるのも、担当さまはじめ関わってくださった皆さまのおかげです！

そして、毎回のことですが、私のお話を読んでくださるすべての読者さま。

「ありがとうございます！」

今回もこの一言を伝えられて、嬉しいです！

皆さまの目や心に触れて、はじめて私の作品は完成するのだと思っています。

できうることなら、再びお目にかかれることを願って。

風見　くのえ

Sora Hinata
日向そら
Illustration
チドリアシ
人でなし神官長と棺の中の悪役令嬢
hitodenashi shinkanchou to hitsugi no naka no akuyakureijyou
フェアリーキス
NOW ON SALE
美形ドS神官長VS
口の減らない悪役令嬢
悪役令嬢なのに、棺の中で眠る姿を聖女として公開して参拝料を頂く——。処刑直前で悪役令嬢に転生したことに気づいたエライザは、助けてくれた神官長アレクシスからそんなお願いをされてしまう。超絶美形なのに腹黒で欲深な彼に反発しながらも従うしかない。しかしアレクシスは小動物が大好き。魔力量を恐れ小動物に逃げられて悲しむ姿に可愛いと思ってしまうエライザ。そんなある日、ゲームヒロインに偽聖女であることがバレてしまって!?
フェアリーキス
ピンク
fairy kiss
Jパブリッシング　https://www.j-publishing.co.jp/fairykiss/　定価：1430円（税込）